LE CŒUR de Charlie

Tome 1

NISHA ET CAETERA
Les Éditions de l'Opportun

sont éditées par les Éditions de **l'Opportun**
16, rue Dupetit-Thouars
75003 Paris

www.editionsopportun.com

Direction éditoriale : Stéphane Chabenat
Éditrice : Tiphaine Aubé
Mise en pages : Nord Compo
Conception graphique de la couverture : 2Li

EMITHEM

LE CŒUR
de Charlie

Tome 1

À tous les cœurs cachés qui,
comme Charlie,
n'attendent que d'être trouvés

Avez-vous remarqué le petit symbole sur la quatrième de couverture de ce livre, juste au-dessus du code-barre ? En voici la signification :

Sans contenu explicite détaillé

Peu de scènes explicites détaillées

Présence de plusieurs scènes explicites très détaillées

Playlist

À écouter avec chaque chapitre

Come Back Home – Sofia Carson
Weather – Novo Amor
Young & Free – Dermot Kennedy
When You Were Young – Benjamin Francis Leftwich
Technicolour Beat – Oh Wonder
Eyes Closed – Ed Sheeran
Sons and Daughters – Allman Brown, Liz Lawrence
Dancing On My Own – Calum Scott
Work Song – Hozier
Waves (Acoustic) – Dean Lewis
Après un rêve – Gabriel Fauré, Yo-Yo Ma

Le Cœur de Charlie

All Mine – Plaza
Christmas Tree – V
House of Cards – BTS
Friends – Chase Atlantic
when the party's over – Billie Eilish
As It Was – Harry Styles
Broken Home – 5 Seconds Of Summer
New Year's Day – Taylor Swift
River Flows in You – Yiruma
Paradise Circus – Post, Ghostpoet
you broke me first – Tate McRae
Kids In America – Riverdale Cast
Leave a Light on – Tom Walker

Prologue
Edgartown

Lorsqu'on est enfant, on veut que les choses restent comme elles sont. Le même professeur, la même maison, les mêmes amis… Mais tout cela change lorsqu'on entre dans l'âge adulte. Le moment même où l'on souffle nos bougies pour la dix-huitième fois sonne le début du reste de notre vie. On se retrouve avec plein de rêves et d'espoir. Alors, nous décidons de partir vers l'inconnu afin de réaliser nos rêves, car l'envie est trop grande. Le monde nous appelle et nous sommes bien trop affamés pour refuser d'y succomber. Seulement, l'appel de l'aventure est si grand que nous ne nous soucions pas des personnes que nous laissons derrière.

Nous oublions les vraies priorités de notre vie afin de laisser place à la rêverie.

C'est une erreur qu'Ellie Rose a faite. Rêvant de devenir chirurgienne, elle a quitté le domicile familial à dix-huit ans afin d'aller étudier la médecine à Boston, laissant derrière elle ses parents. Ils n'étaient pas une priorité pour le moment, pour la simple et bonne raison qu'elle n'avait jamais été la leur. Cependant, sa grand-mère l'était. Marguerite Rose a toujours été un soutien pour la jeune femme, quelqu'un sur qui elle pouvait compter et se reposer à n'importe quel moment.

Avant de partir à la conquête de ses rêves, Ellie et Marguerite étaient extrêmement proches, soudées par les mêmes déceptions. Elles avaient l'habitude de cuisiner ensemble et d'échanger des avis sur leurs dernières lectures. Les choses simples étaient celles qui contentaient les deux femmes. Dans un monde où les traditions se perdent, Ellie et Marguerite continuaient d'en créer d'autres.

À chaque anniversaire d'Ellie, Marguerite faisait un gâteau et lui offrait un bouquet de fleurs qu'elle prenait soin de poser sur sa table de chevet avant son réveil. Dès les premières chaleurs d'été, Marguerite amenait Ellie à la plage tous les matins afin qu'elle puisse s'amuser avec les autres enfants. Lorsque l'horloge sonnait vingt heures, le duo allumait un feu et s'installait devant pour jouer aux échecs.

Durant ces quelques moments passés ensemble pendant les vacances, il leur en fallait très peu pour être heureuses.

Marguerite n'a jamais été le genre de grand-mère à rester assise dans son canapé toute la journée. Elle aimait s'occuper de diverses façons, en cuisinant, en prenant soin de son potager ou encore en allant aider sa voisine à repeindre le portillon de son jardin. C'est une des nombreuses raisons pour lesquelles Ellie admire sa grand-mère : elle ne se laisse pas abattre par le temps qui passe. Une autre raison est que ses parents n'ont jamais été des exemples. Tous deux sont trop pris par leur travail pour se préoccuper de leur fille.

Ils sont associés dans un grand cabinet d'avocats à New York, ce qui ne laisse aucune place à une vie de famille. Leur carrière occupe une telle place qu'ils n'ont plus donné de nouvelles à Ellie depuis bientôt six mois. Bien trop en colère contre eux, la jeune femme n'a même pas essayé de les contacter pour leur dire qu'elle désirait prendre une année sabbatique auprès de sa grand-mère. Encore une fois, elle s'était débrouillée toute seule. L'université de médecine était passionnante, mais le stress qu'Ellie accumulait déteignait sur son moral. Chaque jour était le même que la veille et sa vie était devenue très vite morose. Son quotidien ne se résumait plus qu'aux études et même le sommeil se faisait rare. Boston n'était plus vraiment chez elle. Ce n'était que l'endroit où une partie d'elle s'était effacée.

C'est pour toutes ces raisons qu'Ellie se tient actuellement à l'extérieur de l'hippodrome d'Harbor View, la petite ville voisine d'Edgartown, valises en mains. Du ciel chargé de gros nuages gris tombe une grosse pluie qui trempe Ellie en quelques secondes. Le tonnerre frappe de temps à autre en créant une relaxante symphonie avec les flots.

Elle est enfin à la maison.

Elle repousse les cheveux mouillés de son visage et dévoile un grand sourire, contrastant avec la tempête. Elle agrippe fermement ses valises et s'avance vers un banc protégé par un toit, mais elle n'a pas le temps de s'asseoir, car elle est éblouie par une lumière blanche se dirigeant dans sa direction. Il s'agit des phares d'une voiture. La voiture en question s'arrête pile-poil devant elle et la vitre s'abaisse, révélant un homme avec une barbe blanche et de drôles de lunettes rondes, souriant de toutes ses dents. Il doit avoir la soixantaine. Il porte un large ciré de pêcheur sur le dos et un béret sur la tête.

— Tu dois être Ellie Rose, n'est-ce pas ? demande le conducteur en haussant un peu la voix afin qu'Ellie puisse l'entendre par-dessus la pluie.

Ellie s'avance vers la fenêtre ouverte.

— C'est bien moi, sourit-elle de plus belle.

— Je m'appelle Oscar. Marguerite m'a envoyé te chercher, dit-il en lui rendant son sourire.

Le vieil homme se penche et déverrouille la porte du côté passager.

— Qu'attends-tu pour monter ? ricane-t-il à la silhouette trempée de la jeune fille.

Ellie ne se fait pas prier et saute dans la voiture, posant ses valises sur la banquette arrière. Elle est si excitée à l'idée de revoir sa grand-mère après plusieurs mois. Peu importe d'où l'on vient, rien n'est aussi apaisant que de revenir chez soi.

Une fois sa ceinture bouclée, la voiture démarre en direction d'Edgartown.

— Marguerite n'a pas arrêté de parler de toi à ma femme.

Les rides présentes au coin de ses yeux s'accentuent lorsqu'il rit tandis que sa moustache blanche rebique légèrement lorsqu'il parle.

— Ça ne m'étonne pas, c'est une bavarde.

— Si j'ai bien compris, tu viens de la ville ? interroge Oscar.

— J'arrive de Boston.

— Qu'est-ce qu'une jeune femme comme toi vient faire dans une si petite ville ?

Ellie soupire à la pensée de Boston. Elle aimerait pouvoir effacer les six derniers mois.

— J'ai besoin de m'éloigner de la grande ville et de revenir à mes racines.

Son regard se perd sur les gouttelettes qui dégringolent sur la vitre.

— Je ne suis plus très sûre de mon futur, ajoute la jeune femme.

Oscar pose son regard quelques secondes sur Ellie, avant de se concentrer sur la route.

— Qui peut se targuer d'être sûr de son futur de nos jours ?

Les mots d'Oscar résonnent dans l'esprit d'Ellie. Elle a beau se les répéter, elle ne trouve aucune réponse adéquate. Cela la rassure un peu sur son cas.

Après une bonne quinzaine de minutes, le panneau Edgartown apparaît sur le côté de la route, pour le plus grand bonheur d'Ellie. Elle est officiellement chez elle. Le vrai chez elle. Au milieu de la tempête sombre, les néons des restaurants et de la librairie illuminent la place principale. Edgartown n'abrite que mille cinq cents habitants, mais pourtant, ce n'est pas une ville morte. L'endroit est chaleureux même lorsque les flots s'abattent dessus.

— Bienvenue à Edgartown, Ellie.

Elle sourit de nouveau et ne décroche plus son regard de la fenêtre.

— Merci.

Son regard se pose sur toutes les vitrines et sur tous les bâtiments, tandis que certains souvenirs refont surface. Elle remarque même les lumières de Noël qui ont certainement été installées récemment en ce mois de novembre, mais quelque chose d'autre capture son attention. Il s'agit d'une personne vêtue d'un sweat à capuche noir. Elle semble essoufflée, puisqu'elle est penchée, les mains sur les genoux et la tête baissée. La personne semble agitée. Ellie l'observe, tandis qu'elle se redresse et dévoile son visage. Elle est surprise de voir qu'il s'agit d'un garçon qui semble avoir approximativement son âge. Cependant, ce qui la surprend le plus sont les blessures sur son visage : un énorme bleu colore le bord de son œil, une coupure fraîche strie sa lèvre supérieure d'un trait rouge vif et une entaille traverse une partie de son front. Les yeux du garçon se baladent lentement sur ses phalanges ensanglantées. Son regard est affligé. Ellie se demande ce qui a bien pu lui arriver pour qu'il soit dans cet état, mais il est rapidement hors de vue.

Oscar prend un dernier virage.

— Nous y sommes.

Devant eux se trouve une petite maison qu'Ellie reconnaît immédiatement. De nombreux pots de fleurs la décorent et de jolies jardinières ornent le patio.

Elle ne remarque même pas qu'Oscar est déjà hors de la voiture avec ses valises dans les mains, jusqu'au moment où le vieil homme tape brusquement à la fenêtre, la faisant sursauter. Elle sort immédiatement du véhicule et se précipite à l'abri sous le porche où l'attend déjà Oscar. Il pose ses valises près de la porte et sourit chaleureusement.

— Ravi de t'avoir rencontrée, Ellie !

— De même, Oscar, merci pour tout.

Elle lui retourne son sourire. Oscar enlève son béret, le secoue et le replace sur sa tête.

— C'était un plaisir. Passe le bonjour à Marguerite pour moi.

— Promis, dit-elle en hochant la tête.

Oscar la salue d'un dernier geste de la main avant de se retirer et de courir jusqu'à sa voiture.

La jeune femme soulève ses deux valises et appuie sur la sonnette au moment même où le tonnerre gronde, comme si les cieux voulaient aussi déclarer son arrivée. Peu de temps après, la porte s'ouvre sur Marguerite. Le visage d'Ellie s'illumine et son esprit s'apaise.

— Oh, ma petite-fille !

Marguerite se précipite, les bras grands ouverts vers elle. Ellie accepte son étreinte et se fait submerger par son parfum si familier. Elle se sent enfin à la maison dans les bras de sa grand-mère. Même si un déluge est en train de tomber sur la petite ville, même si ces derniers mois ont été un cauchemar, même si ses parents semblent l'avoir oubliée, elle se sent en sécurité et heureuse d'être ici. Elle resserre son étreinte et ferme les yeux, se promettant de ne jamais oublier ce moment.

Jamais.

Chapitre 1
Le déluge

Si Ellie devait attribuer un terme à l'un de ses regrets, elle choisirait sans hésitation *absquatulate*. Cette étrange expression, héritée du latin *absquatulatus* qui signifie « partir furtivement », évoque précisément ce sentiment de s'enfuir d'un lieu, laissant derrière soi une situation sans résolution.

— Assieds-toi là, je vais te chercher une serviette pour que tu puisses te sécher.

Marguerite lui montre la table placée dans la cuisine avant de monter à l'étage sans plus de manières.

Ellie laisse son regard se balader sur la pièce. Tout est comme dans son souvenir. Les murs sont blancs, le sol est recouvert d'un vieux parquet, d'élégantes bougies font danser leurs flammes sur le comptoir de la cuisine et une plante verte ramène la nature dans la demeure. Un doux parfum de lavande émane de la maison, lui rappelant de nombreux souvenirs.

Peu de temps après, Marguerite réapparaît dans la cuisine, une serviette de bain à la main.

— Essuie-toi, tu es trempée.

Ellie remercie sa grand-mère et sèche ses cheveux en les frottant avec la serviette.

— Que dirais-tu d'aller prendre une douche bien chaude pendant que je prépare de la tisane ? propose Marguerite en souriant chaleureusement à sa petite-fille.

Ellie sourit.

— D'accord. Est-ce que tu peux m'indiquer le chemin de la salle de bains s'il te plaît ? Ma mémoire des lieux est un peu rouillée.

— Première porte sur la droite à l'étage. Oh, et ta chambre est la porte juste à côté.

Ellie hoche la tête et grimpe l'escalier avec ses valises en mains. Elle regrette de les avoir tant remplies. Elle arrive dans le couloir, essoufflée, et pousse la porte de sa chambre avec son pied. Un sourire se dessine sur son visage en retrouvant la pièce de son enfance. C'est ici qu'elle a passé toutes ses vacances. L'odeur du vieux bois se mélangeant à la lavande est encore présente. La vieille armoire dans laquelle elle aimait ranger ses habits et ses peluches est encore à la même place, contre le mur. Cependant, les vieilles peintures ont laissé la place aux murs blancs et le lit simple a été remplacé par un lit double. Ellie laisse échapper un rire en voyant l'ours en peluche qu'elle emportait autrefois partout posé entre les deux coussins.

La jeune femme pose ses valises dans un coin de la chambre et se dirige vers la grande baie vitrée. En cette journée de novembre cafardeuse, elle peut voir l'océan agité et la pluie tomber. Elle sourit face à ce spectacle, heureuse d'enfin être de retour.

Une fois dans la salle de bains, elle prend le temps de se regarder dans le miroir. Elle se reconnaît à peine. Ses cheveux bruns tombent le long de son visage pâle, ses yeux bleus ont perdu leur étincelle, des cernes rendent sa mine triste. Elle déteste son reflet.

Elle a du mal à croire ce qu'elle est en train de faire. Elle n'avait pas prévu de mettre un point d'arrêt à ses études de médecine, mais les choses ont pris un tournant qu'elle n'aurait jamais pu imaginer. Elle passe une main sur son cou, puis sur son épaule, grimaçant à son propre contact. La jeune femme soupire et finit par rentrer dans le bain chaud qu'elle vient de faire couler. La chaleur de celui-ci détend tous ses membres et apaise son esprit. Elle se demande si quitter Boston et mettre en pause ses études est raisonnable. Elle ne peut s'empêcher de penser qu'elle est en train de saboter sa vie.

Elle aurait aimé avoir un soutien parental, quelqu'un pour l'aiguiller dans ses choix, mais cela n'est pas dans ses options. Sentant sa colère grandir, Ellie secoue la tête et sort du bain. Elle aurait aimé rester plus longtemps, mais elle sait qu'elle a beaucoup à raconter à sa grand-mère.

— Hey, Nonna.

— Par ici ma petite Ellie, j'ai fait de la tisane.

Marguerite prend les deux tasses dans ses mains et se dirige vers le salon d'un pas hâté. Ellie la suit de près, laissant ses yeux se balader sur chaque mur de la maison. Rien n'a vraiment changé, les vieux tableaux sont encore accrochés, la tapisserie fleurie a vieilli mais reste la même et la vieille collection de cartes postales de son grand-père est encore à sa place.

Les deux femmes s'installent près de l'âtre, là où elles avaient l'habitude de passer toutes leurs après-midis ensemble.

— Voici ta tisane. Et ici tu as un biscuit au beurre. J'en ai tout un plat dans la cuisine, n'hésite pas à te goinfrer, ils sont pour toi, déclare chaleureusement la vieille dame.

— Merci Nonna, dit Ellie en prenant la tasse entre ses deux mains.

Un étrange sentiment de bien-être envahit Ellie au son du feu crépitant à côté d'elles. C'est comme si elle avait fait un bond dans le passé, retrouvant le calme et la quiétude de la vie auprès de sa grand-mère. Même l'odeur de la tisane est restée la même.

— Alors, chantonne Marguerite, parle-moi de ta vie dans la grande ville de Boston !

Son visage s'étire en un sourire, tandis qu'elle porte sa tasse à ses lèvres.

Ellie soupire. Elle ne sait pas vraiment comment aborder le sujet. Elle n'a pas vraiment envie d'en parler, mais il s'agit de Marguerite, elle lui doit des explications. De plus, elle l'a toujours soutenue dans tout ce qu'elle a entrepris.

— Pas vraiment comme je l'avais espéré, admet-elle, la gorge serrée.

Le visage illuminé de Marguerite se crispe d'inquiétude tandis qu'Ellie soupire. Elle pose sa tasse sur la table devant elle et lève le regard vers sa grand-mère.

— Il s'est passé beaucoup de choses ces derniers mois. Je pensais que partir étudier à Boston serait un moyen de m'éloigner de papa et maman, et ça a été le cas… dit-elle en jouant nerveusement avec ses mains. Seulement, ça n'a pas tout réglé. Il s'est passé des choses dont je ne suis pas encore prête à parler et j'ai vraiment besoin de prendre du recul, finit-elle d'une voix chevrotante.

La jeune femme pose son regard sur la fenêtre où des gouttelettes de pluie font la course. Marguerite écoute attentivement, inquiète.

— Quant à la médecine… je ne sais pas si c'est vraiment ma voie. J'ai raté mes derniers examens.

Les yeux d'Ellie deviennent humides tandis que Marguerite pose une main rassurante sur la sienne.

— Parfois, je me dis que je n'aurais pas dû partir. J'avais des amis, j'avais Cody et je t'avais toi dans la ville voisine. J'ai tout abandonné pour échapper à mes parents et à l'enfance qu'ils m'ont donnée à Falmouth.

Elle baisse la tête, honteuse.

— Ellie, tu as fait ce qui te semblait juste. Tu as suivi ton rêve et c'est normal d'être perdue de temps en temps. La course aux rêves est impitoyable, mais elle en vaut vraiment la peine. T'échapper de la petite ville de Falmouth est la meilleure chose qui te soit arrivée.

De chaudes larmes coulent désormais sur les joues d'Ellie.

— Et puis, maintenant que tu es de retour, je suis certaine que Cody serait ravi de te revoir. J'ai entendu dire qu'il est encore à Falmouth.

Cody Thompson est le meilleur ami d'enfance d'Ellie. Ils ont grandi ensemble et ont fait les quatre cents coups jusqu'à ce que leur amitié se transforme naturellement en quelque chose de plus fort. Ils ont été le premier amour l'un de l'autre. Leur relation les a amenés à expérimenter les premiers baisers, les premières fois, les premières disputes et frustrations ensemble. C'était un amour simple et pur qu'Ellie affectionnait beaucoup. Malheureusement, cela a pris fin lorsque la jeune femme a pris la décision de partir à la conquête de son rêve, laissant Cody soudainement derrière elle. Le jeune couple s'est alors mis d'accord sur le fait qu'une relation à distance ne serait pas saine. La séparation a été inévitablement dure, mais le temps a su apaiser les cœurs brisés.

Ellie pose sa main sur celle de sa grand-mère.

— Peut-être que partir était la bonne chose à faire sur le moment, mais il y a des façons de le faire. J'ai abandonné mes amis et Cody sans même regarder en arrière. Je ne voulais qu'une chose : m'éloigner de Falmouth et de mes parents. Je n'en avais rien à faire des personnes que je laissais derrière. Je les ai délaissés tout comme je t'ai délaissée. Je suis vraiment désolée, explique Ellie dans un sanglot.

Dire tout cela à voix haute ne fait qu'accroître sa culpabilité. Tout semble plus réel maintenant qu'elle est de retour. Des fragments de sa vie d'avant viennent lui rappeler ce qu'elle a laissé.

— Ellie, il faut laisser le passé dans le passé. Tu es de retour, c'est ce qui importe à l'heure actuelle. Tu n'as pas à être désolée, tu n'as rien fait de mal. Est-ce que c'est clair ?

Ellie essuie une larme et hoche la tête.

— Tu peux rester ici autant de temps que tu le souhaites. Tu es toujours la bienvenue.

La jeune femme se détend dans les bras de sa grand-mère, écoutant le doux son du feu qui crépite dans le foyer et la pluie qui tombe dehors.

— Merci Nonna, dit-elle en essuyant ses yeux humides.

Marguerite passe ses mains sur les joues d'Ellie et sourit une fois de plus.

— Je t'aime Ellie.

— Je t'aime aussi grand-mère.

— Bon, je pense qu'il faut que l'on se change les idées. J'étais justement sur le point d'aller chez Joey's pour faire réparer ma radio. Tu veux venir avec moi ?

Joey's est la petite boutique multifonction d'Edgartown tenue par Joey Yellington. Ellie se souvient d'y être allée souvent lorsqu'elle venait passer les vacances ici.

— D'accord.

Une fois chaussées et vêtues, Ellie et Marguerite se dirigent vers la boutique qui se trouve près du port de la ville. Le trajet ne dure que quelques minutes, mais cela est suffisant pour tremper les deux femmes malgré leur parapluie.

La sonnette au-dessus de la porte retentit lorsqu'elles passent la porte. Marguerite se précipite aussitôt vers le comptoir, sa vieille radio à la main, tandis qu'Ellie décide de flâner dans la boutique. Tellement de choses lui rappellent son enfance. Elle sourit lorsqu'elle trouve de vieux vinyles.

— Joey, te voilà ! s'exclame Marguerite depuis le comptoir lorsqu'un homme dans la soixantaine arrive.

Joey est vêtu d'un tablier vert et ses cheveux grisâtres sont couverts de poussière.

— Madame Rose, quel plaisir de vous revoir ! Toujours aussi charmante ! complimente Joey.

— Oh, voyons, Joey, j'ai presque vingt ans de plus que vous, ricane Marguerite battant une main dans les airs.

— L'âge n'est qu'un nombre.

Suite à la plaisanterie charmeuse de Joey, Marguerite éclate de rire. Ellie sourit à leur échange et continue de chercher un vinyle à son goût.

— En quoi puis-je vous aider aujourd'hui ?

Marguerite pose sa vieille radio sur le comptoir.

— Eh bien ma radio ne marche plus. Elle fonctionnait encore très bien hier et voyez-vous, elle appartenait à mon défunt mari, j'y tiens donc beaucoup, explique Marguerite.

Joey inspecte la radio un moment, avant de la reposer sur le comptoir et de s'adresser à Marguerite.

— Je ne pense pas que ce soit bien grave, commence-t-il. En revanche, j'étais en train de réparer le bateau de monsieur Welberg et malheureusement, je dois retourner au travail puisque je lui ai promis d'avoir fini pour demain. Mais je suis sûr que Charlie saura réparer votre radio.

— J'en suis sûre, sourit Marguerite.

Joey disparaît dans son atelier pendant quelques secondes avant de revenir accompagné.

— Charlie, madame Rose a besoin de ton aide aujourd'hui, informe Joey avant de saluer Marguerite et de retourner à son atelier.

— Bonjour Charlie, salue Marguerite.

— Bonjour Rita, répond ce dernier en utilisant le surnom qu'il a attribué à Marguerite.

Au son de la mystérieuse voix et de la familiarité de son discours, Ellie lève la tête vers le jeune homme. Elle est surprise de voir le garçon qu'elle a vu ce matin, celui qu'elle a aperçu lorsqu'elle était dans la voiture avec Oscar.

Il ne porte plus son sweat à capuche et est désormais vêtu du même tablier que Joey. Ses cheveux sont brun chocolat et semblent s'accorder parfaitement avec ses yeux verts. Les blessures qu'Ellie a remarquées le matin même sont bel et bien présentes sur le visage fin du jeune homme, bien qu'elles ne saignent plus. Cependant, la coupure sur sa lèvre inférieure ne semble pas avoir aussi bien cicatrisé que les autres.

— Je suis heureuse de te revoir. Mais que t'est-il arrivé ? Questionne la vieille dame en posant une tendre main sur son visage.

Ellie est surprise par la proximité de sa grand-mère avec le mystérieux garçon. Il semblerait que Charlie et Marguerite se connaissent bien.

— Rien de bien grave, répond Charlie en baissant les yeux sur la radio.

— Charlie, je t'avais dit d'arrêter de te battre.

Charlie lève la tête vers la vieille dame et pose ses deux mains sur le comptoir.

— Je vais bien Rita, je t'assure, affirme-t-il en forçant un sourire, mais quelque chose dans ses yeux trahit son discours. Si j'ai bien compris, ta radio ne marche plus.

Marguerite soupire mais n'insiste pas.

— Oui, ma radio a soudainement décidé de faire des siennes.

Charlie observe la radio comme l'a fait Joey précédemment. Il la tourne et ouvre l'arrière.

— Il semblerait que la batterie soit morte. Je vais la remplacer. Je dois juste aller chercher une batterie dans l'arrière-boutique, informe-t-il avant de disparaître.

Marguerite se tourne et cherche du regard sa petite-fille.

— Ellie, as-tu trouvé quelque chose qui te plaît ?

— Hum… Juste quelques vinyles.

— Choisis-en quelques-uns que l'on pourra écouter à la maison, veux-tu ?

— Tu as un tourne-disque ?

Marguerite sourit.

— Celui de ton grand-père.

Ellie rigole à cela et choisit trois vinyles qui semblent intéressants avant de rejoindre sa grand-mère près du comptoir.

— *The Rise and Fall of Ziggy Stardust* de David Bowie. Très bon choix.

— Un classique, rétorque Ellie.

Charlie réapparaît derrière le comptoir, la nouvelle batterie en main. Il ne remarque pas tout de suite la présence d'Ellie, bien trop concentré sur la radio. Cependant, la jeune femme en profite pour l'observer de plus près. Elle se demande à qui il essayait d'échapper ce matin.

Ellie sort de ses pensées lorsque Charlie relève la tête. Son regard se pose brièvement sur la jeune femme qui se sent soudainement mal à l'aise.

— Elle devrait marcher maintenant, dit-il en tendant la radio à Marguerite.

— Que ferais-je sans toi Charlie ?

Charlie s'appuie sur le plan de travail derrière lui et force un sourire.

— Oh ! J'allais presque oublier ! Marguerite prend soudainement sa main. Charlie, je te présente Ellie, ma petite-fille. Elle a le même âge que toi.

Les joues de la jeune femme deviennent pourpres dès lors que Charlie pose son regard une nouvelle fois sur elle. Cette fois-ci, il prend le temps de l'observer. Il laisse ses yeux se balader sur sa silhouette puis sur son visage.

— Ellie, je te présente Charlie Wolf. Jeune charmeur insouciant qui n'écoute jamais mes conseils, dit Marguerite en fusillant du regard le jeune homme.

Ce dernier esquisse un sourire amusé.

— Charlie, je suis ravie que tu aies pu rencontrer ma petite-fille !

Les yeux de Charlie se posent une nouvelle fois sur Ellie. Son visage impassible la met mal à l'aise.

— Merci pour ton aide, Charlie.

Marguerite dépose dix euros sur le comptoir.

— N'hésite pas à passer à la maison si tu as besoin de quelque chose. Dis au revoir à Joey de ma part, veux-tu ?

Charlie hoche légèrement la tête. Les deux femmes quittent la boutique, faisant sonner la petite cloche au-dessus de la porte à leur passage. Ellie est soulagée de voir que la pluie s'est arrêtée.

— Tu sembles bien le connaître, remarque timidement Ellie en évitant les flaques d'eau.

— Charlie ?

— Hum-hum.

— Oui, je le connais depuis qu'il a dix ans. J'étais amie avec sa famille, explique Marguerite. C'est un garçon très gentil qui a vécu beaucoup de choses pour son jeune âge.

Ellie se demande ce que Marguerite peut bien vouloir dire par là, mais elle n'insiste pas. De nombreuses questions lui viennent en tête à propos de Charlie, il semble être une énigme.

Cependant, elle n'a jamais été bonne à ce jeu-là.

Chapitre 2
Telle une proie

Ellie est réveillée par les doux rayons du matin qui ont trouvé leur chemin à travers les rideaux fins et écrus accrochés aux fenêtres. Une odeur envoûtante taquine ses narines, et comme guidée par la senteur, elle descend vers la cuisine à pas légers. Marguerite est près du four, en train de sucrer quelques gaufres et d'ajouter des fruits rouges sur le côté de l'assiette. Le grincement du parquet la fait se retourner et elle sourit aussitôt à sa petite-fille.

— Bonjour ma chérie.

— Bonjour Nonna, répond Ellie en s'asseyant à table, tandis que Marguerite pose une assiette bien garnie devant elle.

La gaufre est encore plus délicieuse qu'elle ne l'aurait cru. Elle pousse un léger soupir, envoûtée par la saveur du petit-déjeuner. C'est comme si rien n'avait changé.

— Nonna, dit-elle en finissant d'avaler son morceau. Il faut que tu fasses des gaufres tous les jours, c'est une question de vie ou de mort ! s'exclame-t-elle avant de croquer dans un morceau bien plus gros que le précédent. Ch'est délichieux, ajoute-t-elle la bouche pleine.

— Je préfère faire une spécialité différente chaque matin, l'informe-t-elle sagement.

Ellie ne fait que hocher la tête et pique sa fourchette dans un autre morceau, puis l'engloutit en un rien de temps. Marguerite s'assoit en face d'Ellie et l'observe déguster son petit-déjeuner.

— Que comptes-tu faire aujourd'hui ?

Ellie enfin rassasiée, pose sa fourchette, pousse légèrement son assiette et lève la tête vers sa grand-mère.

— Je n'y ai pas pensé, probablement rien. Je vais rester avec toi.

— C'est ton premier jour de retour à Edgartown et tu ne vas rien faire ? s'étonne Marguerite.

Ellie hausse les épaules.

— Je n'ai rien à faire, annonce-t-elle en prenant une gorgée de son jus d'orange. Je veux juste profiter de cette année sabbatique ici avec toi.

Elle finit sa phrase avec un grand sourire, enthousiaste à l'idée de passer l'année à Edgartown.

Marguerite laisse échapper un léger sourire.

— Très bien, peut-être que tu aimerais m'accompagner au marché ?

— Avec plaisir, Nonna.

La jeune femme monte aussitôt, s'habille rapidement et enfile ses précieuses Converse blanches que Cody lui a offertes pour son dix-septième anniversaire il y a deux ans.

Lorsqu'elle redescend, Marguerite est déjà dehors, assise sur le banc du patio, son panier sur les genoux. La vieille dame observe les quelques personnes se baladant devant chez elle. Elle suit du regard un couple dans la trentaine. Ils se tiennent tous deux par la taille tout en marchant. L'homme se penche légèrement vers la jeune femme et plante un doux baiser sur sa joue, ce qui fait glousser sa bien-aimée. Fier de lui, l'homme ne lâche pas du regard la jolie rousse à ses côtés, ne prêtant plus attention au monde extérieur. Marguerite sourit tendrement, ne sachant pas que sa petite-fille se trouve à quelques pas d'elle en train de l'observer. Ellie s'approche doucement et pose une main sur son épaule.

— Est-ce que ça va, grand-mère ?

Cette dernière hoche légèrement la tête et se redresse. Ses yeux ne sont plus humides et si la tristesse les occupait quelques secondes plus tôt, ce n'est plus le cas.

— Ne t'en fais pas, la rassure-t-elle en posant sa main froide sur la joue d'Ellie. Ce sont seulement les souvenirs de ton grand-père qui me jouent des tours…

Ellie voudrait dire quelque chose. Elle voudrait réconforter sa grand-mère, mais Marguerite ne lui laisse pas le temps et se met en route. Les souvenirs de son grand-père sont tout autour d'elle et elle ressent également son absence.

Woody, le grand-père d'Ellie, a quitté ce monde d'une belle mort. Dans son lit auprès de sa femme, une nuit d'été. Il a tout simplement arrêté de respirer, laissant son corps doucement sombrer. Ellie se rappelle avoir eu un coup de téléphone de son père annonçant le décès de Woody, en une simple phrase : « Ton grand-père est mort. Ta mère et moi sommes bien trop occupés pour venir aux funérailles. Tu seras gentille de faire un discours de notre part. » Ellie avait été écœurée de la cruauté dont ses parents avaient fait preuve. Elle ne pouvait pas croire à leur manque d'intérêt, tout particulièrement de son père qui venait de perdre sa figure paternelle.

Le jour des funérailles, sans surprise, les parents d'Ellie n'étaient pas présents. Le simple fait qu'ils choisissent leur travail plutôt que l'enterrement de Woody était suffisant pour qu'elle décide de ne plus jamais leur adresser la parole. Ellie a toujours trouvé triste qu'ils n'aient même pas essayé de cacher le fait que leur travail passait avant tout. C'était comme si leur part d'humanité avait été effacée.

Perdre son grand-père a été une des choses les plus difficiles de sa vie. Woody et Ellie avaient un lien spécial, presque comme un père avec sa fille. Tout ce qu'elle n'a jamais eu. Woody était quelqu'un d'actif malgré son âge. Il avait pris l'habitude d'emmener Ellie en randonnée lorsqu'elle n'avait que quatre ans et lui avait appris à tirer à l'arc. Woody fut aussi la personne qui poussa Ellie à étudier la médecine, ayant été lui-même médecin pour l'armée de Terre.

— Oh, Ellie regarde !

Marguerite désigne de belles et grosses mangues reposant sur un étalage.

Ellie sourit à la scène et tend un billet à la marchande. Les deux femmes passent l'heure à flâner sur le marché en se remémorant les souvenirs qu'elles partagent. La sortie est agréable et sans prise de tête. Ce sont les moments qu'Ellie préfère. Les petits moments de vie qu'on ne remarque pas tout le temps. Ellie a toujours pensé que les choses les plus simples sont les plus précieuses et que bien trop souvent, seules les personnes les plus attentives excellent dans l'art de les remarquer.

Après être rentrées à la maison, Marguerite ne perd pas de temps et s'affaire à préparer le repas. Ellie s'assoit sur le canapé et commence à faire défiler les chaînes de la télé, dans l'espoir de trouver quelque chose d'intéressant.

— Ellie !

Marguerite apparaît dans le salon, un torchon en main. Ellie lève la tête vers elle.

— Je suis désolée de te déranger, mais il me manque de l'huile, est-ce que tu pourrais aller en acheter chez Joey's ?

— Bien sûr.

Marguerite essuie ses mains sur le torchon et prend un billet de dix dans son manteau.

— Tu pourras garder la monnaie.

Ellie prend le billet, enfile ses bottines et salue sa grand-mère.

Elle pousse la porte et se retrouve d'emblée enveloppée par la chaleur du petit magasin. Elle est soulagée de voir que Charlie n'est pas au comptoir. Elle n'a pas aimé l'atmosphère pesante qui s'est dégagée dans le magasin hier lorsqu'il la regardait.

La jeune femme se dirige vers les rayons d'alimentation au fond de la boutique et prend une bouteille d'huile de tournesol ainsi qu'un paquet de marshmallows, sa madeleine de Proust. D'un pas léger, elle se dirige vers le comptoir vide. Voyant qu'il n'y a personne, elle appuie sur la sonnette posée sur le comptoir. Personne.

Elle pose ses courses et soupire avant de sonner de nouveau mais encore une fois, personne ne semble être là. Peut-être que Joey est dans l'arrière-boutique et qu'il n'entend pas le bruit de la sonnette, se dit-elle. Alors elle se met à sonner plusieurs fois consécutives en espérant se faire entendre.

Au bout de cinq minutes, toujours personne. Sentant l'agacement monter, Ellie s'apprête à sonner une nouvelle fois, mais un violent bruit venant de l'arrière de la boutique l'interpelle.

— Excusez-moi ! Hé oh, j'aimerais bien payer ! s'exclame-t-elle.

Un autre bruit sourd résonne, ainsi que des voix s'envoyant des insultes plus vulgaires les unes que les autres. Soudain, inquiète à l'idée que Joey ait un problème, Ellie se précipite à l'arrière, mais l'endroit est éteint et vide.

— Joey ! s'exclame-t-elle en allumant la lumière.

Les voix se font de nouveau entendre, elles semblent plus proches cette fois-ci. Ellie scanne la pièce avant de remarquer une porte entrouverte tout au fond de l'arrière-boutique. Anxieuse de ce qu'elle pourrait trouver derrière cette porte, elle s'approche doucement. L'échange des voix se fait plus clair désormais et il n'y a plus de doute : quelqu'un est en train de régler ses comptes. Elle pousse légèrement la porte sans faire de bruit et est éberluée de trouver trois garçons ensanglantés sur le sol. L'un d'entre eux se tient le nez, probablement cassé. Un autre est allongé sur le côté en position fœtale, se tenant l'abdomen. Le dernier, qui semble plus robuste que les autres mais tout aussi sanguinolent, se tient sur ses coudes, un regard menaçant en direction de la personne qui se tient devant eux. Lorsque Ellie relève la tête, elle est choquée de constater que l'agresseur n'est autre que Charlie.

Le garçon de la boutique. Celui qui était si gentil avec Marguerite hier.

Il se tient droit sur ses jambes, dominant les trois garçons allongés au sol, le visage ensanglanté. Le tablier de travail de Charlie est lui aussi taché de sang. Ses blessures au visage se sont rouvertes et il arbore une nouvelle entaille au niveau du front. Ses yeux sont rivés sur ses cibles, le regard noir et déterminé. Ellie est certaine qu'il n'a pas remarqué sa présence.

La suite va très vite. Charlie lève la jambe et, juste au moment où il s'apprête à frapper d'un coup de pied l'un des jeunes hommes au sol, Ellie pousse violemment la porte et se précipite devant eux.

— Arrête ! s'exclame-t-elle, les mains de part et d'autre de son corps afin de former un bouclier invisible autour des garçons.

Charlie se retient de frapper et son expression déterminée change. Il semble surpris de voir Ellie, mais cela ne dure qu'un instant. Ses traits se durcissent de nouveau.

— Écarte-toi, dit-il les dents serrées.

Sa mâchoire est contractée et ses poings fermés le long de son corps. Surprise de voir autant de haine dans les yeux de Charlie, la jeune femme déglutit, soudainement mal à l'aise.

— Tu-tu, bégaie Ellie. Tu peux pas faire ça !

Ses mains deviennent moites et son cœur accélère. Dans quoi est-elle en train de s'embarquer ? Elle vient d'arriver et la voilà déjà impliquée dans les petites histoires de rivalités.

Charlie ne réagit pas. Ses iris sont fermement posés sur les trois garçons, comme un prédateur chassant ses proies. C'en est dérangeant pour Ellie qui pensait, à première vue, que Charlie était quelqu'un de calme et réservé. Mais la personne qu'elle a sous les yeux est quelqu'un de froid, d'indifférent, presque sans émotions.

Charlie soupire bruyamment et fait un pas en avant vers Ellie. Cette dernière déglutit mais garde sa position devant les trois jeunes hommes.

— Écarte-toi, répète-t-il, mais cette fois-ci sa voix est plus grave et ses mots semblent bien plus percutants.

Ellie se retourne vers les trois garçons derrière elle et fait signe au plus conscient des trois de s'en aller. Sans perdre de temps, il se relève, aide les deux autres à se relever et ils s'éloignent sous le regard agité de

Charlie. Ce dernier tente de les rattraper, mais Ellie le stoppe brusquement en attrapant son bras. Il observe le trio disparaître tout en jurant à voix basse. Une fois les garçons hors de portée, Ellie retire sa main et fait un pas en arrière. L'atmosphère devient soudain plus pesante.

Charlie se retourne vers Ellie et pose son regard meurtrier sur elle. Un frisson parcourt sa colonne vertébrale, mais la jeune femme fait en sorte de garder la tête haute et de ne pas détourner le regard. Elle attend que la colère de Charlie s'abatte sur elle, mais il se replie vers la boutique. Surprise et soulagée, elle le suit jusqu'au comptoir.

Charlie prend les articles et les scanne, sans lever une seule fois le regard vers la jeune femme.

Ellie prend le temps de l'observer. Les blessures qu'elle avait remarquées auparavant se sont rouvertes et sans surprise, ses phalanges ont hérité d'un bleu à cause des coups qu'il a portés. De plus, une grosse entaille vient abîmer le côté de son crâne, au niveau de la tempe.

— Tu devrais aller à l'hôpital, tu saignes beaucoup au niveau du crâne.

Elle pointe son doigt vers sa propre tempe. Charlie lève brièvement la tête vers Ellie mais n'articule pas un mot. Agacée par son comportement immature, elle soupire.

— Je dis ça pour ton bien, mais si tu préfères jouer les gros durs qui tabassent des jeunes innocents, libre à toi.

— Qui te dit qu'ils étaient innocents ? demande-t-il soudain en posant le sac sur le comptoir.

Sa voix est étrangement calme.

— Je ne vois pas vraiment comment ces trois garçons auraient pu te faire du mal. De ce que j'ai vu, tu étais celui qui leur mettait des coups.

Charlie souffle sèchement, faussement amusé par l'ignorance de la jeune femme.

— Tu ne sais pas ce qu'ils ont dit. Tu ferais mieux de te mêler de tes affaires, Eddie.

Ellie prend un air vexé.

— C'est Ellie, idiot, lance-t-elle.

— Est-ce que je suis censé me soucier de savoir si ton prénom est Ellie ou Eddie ? dit-il en croisant les bras.

Ellie siffle, n'en revenant pas de l'insolence de Charlie. Elle arrache le sac du comptoir et, d'un pas décidé, se dirige vers la sortie.

— Tu devrais vraiment montrer ta blessure à un médecin, tu fais peur comme ça !

Sur ces derniers mots, elle quitte la boutique soulagée de ne plus être en sa compagnie. La brise balaie son visage et vient calmer son esprit. Elle se demande comment Marguerite peut trouver Charlie agréable et gentil. Il est tout le contraire de ce qu'elle a décrit. Il semble être une personne à problèmes, quelqu'un qu'il vaut mieux éviter. Le grand méchant loup d'Edgartown.

Chapitre 3
Wolf

Une fois Ellie sortie du magasin, Charlie prend appui sur le comptoir, la tête baissée. Il soupire, soulagé d'être enfin seul. Les mots du trio résonnent encore dans son esprit, telle une mélodie dont on n'arrive pas à se séparer. C'est toujours la même chose, les mêmes bagarres, les mêmes personnes, les mêmes souvenirs qui refont surface. Il a l'impression d'être piégé au fond d'un puits et de tomber à chaque fois à mi-chemin, lorsqu'il essaie de remonter à la surface.

Une vive douleur au niveau du crâne l'extirpe de ses pensées. Il pose une main tremblante sur son cuir chevelu et grimace à la douleur que ce simple geste lui inflige. Il peut sentir la chaleur du liquide rouge qui coule de sa tempe jusqu'à son cou. Il a sans doute dû se cogner plus fort qu'il l'a pensé lorsqu'il s'est fait violemment pousser contre le mur. Dans ces cas-là, Charlie irait normalement chercher l'aide de Marguerite, la seule personne qui le comprenne dans cette ville et qui ne le regarde pas de travers. Seulement, il s'est promis d'arrêter de demander son aide depuis qu'elle a perdu son mari. Il ne souhaite pas devenir un poids pour Marguerite. Et puis, il n'a aucune envie de revoir Ellie.

C'est une bonne chose que Joey soit exceptionnellement absent afin de mettre à l'eau le bateau tout récemment terminé de monsieur Welberg. Cependant, cela veut dire que Charlie doit s'occuper de la boutique en son absence, et il ne sait pas s'il est vraiment en état de le faire.

Charlie traîne péniblement son corps vers l'arrière-boutique où se trouve un évier. Son corps semble être chargé de plomb. Sa tête commence à sérieusement lui tourner et le sang ne semble toujours pas vouloir s'arrêter de couler. Mais rien de tout ça n'est nouveau pour lui. Se battre est devenu une habitude. Quelque chose qu'il affectionne presque.

Il se passe de l'eau sur le visage dans l'espoir de se clarifier les idées, mais cela ne fait que rendre sa vision plus floue. Il ferme les yeux un instant, essayant de contrôler sa respiration bien trop agitée. Son souffle est saccadé et sa blessure à la tête est soudainement plus douloureuse. La pièce devient très vite une spirale ne cessant jamais de tourner. Il laisse glisser son corps lentement vers le sol, jusqu'à ce qu'il soit assis contre le mur. Il se concentre sur les pulsations de son cœur et sombre lentement dans le sommeil.

— Charlie !

Une voix résonne, mais elle semble lointaine.

— Charlie !

La voix parle de nouveau, cette fois-ci plus près.

— Charlie, fiston, réveille-toi.

Il croit reconnaître cette voix, elle semble si familière. Cela fait si longtemps qu'il ne l'a pas entendue. Charlie ouvre doucement les yeux dans l'espoir que tout cela ne soit pas un rêve et que son père soit bien auprès de lui. Seulement, lorsque sa vision s'éclaircit, ce n'est pas son père mais Joey, qui arbore une expression soucieuse. Penché au-dessus de lui, il fronce les sourcils. Charlie tourne légèrement la tête afin d'observer les alentours, ce qui lui cause un violent bourdonnement dans les oreilles. Il n'est plus dans la boutique, mais chez Joey, allongé sur un canapé. Il ne sait pas vraiment combien de temps il est resté ici. La maison lui est bien familière.

Charlie se redresse en position assise, grimaçant à cause de la douleur et du bourdonnement constant dans sa tête.

— Oh, doucement.

Joey se précipite aux côtés de Charlie et lui soutient le bras.

— Ça va, je vais bien, dit-il en grimaçant.

Joey s'assit sur l'accoudoir du canapé, soulagé que Charlie soit de nouveau conscient. Il lui tend un bloc de glace pour sa tête et l'observe.

— Tu dois arrêter de te battre avec les Darwell, Charlie.

Charlie prend le bloc de glace dans la main de Joey et le pose sur sa blessure. Le froid prend soudain d'assaut le bleu certainement déjà formé sur son cuir chevelu, le faisant grimacer.

— Ne me dis pas ce que j'ai à faire Joey. Ce sont mes affaires, marmonne-t-il sans même regarder le vieil homme.

Son visage est fermé et, encore une fois, n'incite pas à la conversation. Cependant, Joey connaît bien le jeune homme et n'est pas du genre à reculer lorsque Charlie le lui demande.

— Je veille juste sur toi, explique ce dernier.

— J'ai pas besoin que tu veilles sur moi, dit-il, avant de faire une courte pause. Tu n'es pas mon père, finit-il.

À la mention du père de Charlie, Joey se tend et baisse légèrement la tête. Il sait très bien que les mots du jeune homme sont vrais et que lorsque Charlie mentionne son père, il est souvent difficile de trouver une réponse.

— Je sais bien, Charlie. Mais j'ai dit à ton père que je veillerais sur toi.

Après ces mots, un lourd silence s'installe entre les deux hommes.

Après ce qui semble être une éternité, Charlie se lève en poussant le plaid de ses genoux et balance le bloc de glace sur le canapé. Il se dirige vers la sortie et s'apprête à partir quand Joey ouvre la bouche.

— Tu cours à ta perte Charlie !

Le jeune homme s'arrête près de la porte sans se retourner.

— Si tu continues comme ça, tu vas mal finir, sache-le, déclare Joey d'une voix solennelle.

Charlie ne dit rien, cependant, tout son corps se tend. Après ces dernières paroles, il quitte la maison de pêcheur en prenant soin de claquer la porte.

Il ne sait même pas quelle heure il est, mais à en juger par le soleil bien bas dans le ciel, il déduit qu'il doit être environ dix-sept heures. Sa blessure à la tête l'a gardé cloué au lit pratiquement toute la journée. Le fait d'avoir passé autant de temps endormi sous la responsabilité de Joey l'ennuie. Il n'aime pas l'idée que quelqu'un s'implique dans ses affaires.

Charlie marche lentement le long du port, un endroit qu'il affectionne particulièrement. Sa tête est encore un peu douloureuse, mais rien de comparable avec celle de ce matin. Le soleil couchant se reflète dans la mer d'huile, tandis qu'un bateau à voiles entre dans le port. Il s'arrête un moment pour observer la scène. Cela lui rappelle lorsque son ami Milo et lui prenaient le bateau de son père après l'école. La plupart du temps, le père de Milo n'était pas au courant, ce qui rendait la tâche plus périlleuse et excitante.

Il n'a pas de destination particulière. Il est hors de question de rentrer chez lui et d'affronter Victor, du moins pas tout de suite. Alors il déambule dans la petite ville sous les yeux scrutateurs des passants. Certains arborent des expressions outrées par sa tenue tachée de sang, mais Charlie n'en a rien à faire. Il est habitué désormais.

Après ce qu'est devenue sa famille, le monde a commencé à se fermer autour de lui. Plus personne ne prête attention à Charlie Wolf, sauf quand celui-ci fait des siennes. Tout le monde le connaît comme le petit voyou qui passe ses journées à se battre. Comme ce jeune homme de dix-neuf ans prédestiné à rester coincé à Edgartown pour le restant de ses jours. C'est comme cela que la plupart des gens le voient. C'est comme cela qu'il se voit. Comme une âme abandonnée tentant de se faire entendre du monde malgré la barrière des univers les séparant.

* * *

Les trois jours suivants ne sont pas ennuyeux, puisque les journées de Marguerite et Ellie consistent à cuisiner ensemble et jouer aux cartes. C'est un moyen de rattraper le temps perdu.

— Je devrais me trouver un petit boulot, déclare Ellie en plaçant une assiette sur la table.

Ce soir, Marguerite et Ellie reçoivent Mona et Thomas, les voisins d'en face, pour dîner.

— Je ne veux pas dépendre de toi. Si je reste ici avec toi, alors je veux participer financièrement, explique Ellie en alignant les couverts sur les côtés des assiettes, prenant bien soin de poser une serviette à côté.

Pour l'occasion, une grande table en bois est installée dans le salon. Une belle nappe blanche la tapisse, ainsi qu'un bouquet de fleurs fraîchement cueillies. Plusieurs bougies sont posées un peu partout dans le salon, plongeant la pièce dans une atmosphère chaleureuse.

— C'est très gentil Ellie, j'apprécie beaucoup.

— C'est normal, Nonna.

Après avoir soigneusement dressé la table du dîner, Ellie monte dans sa chambre se préparer en passant silencieusement dans la cuisine. Une bonne odeur taquine encore une fois ses narines.

Dans sa chambre, elle ouvre son armoire et soupire un instant, n'ayant aucune idée de comment s'habiller. Elle se décide pour une robe bleu navy chinée accompagnée de fins collants noirs.

Après s'être changée, elle applique un coup de mascara sur ses cils, ainsi qu'un léger rouge à lèvres qui apporte un peu de couleur à sa tenue. Elle pulvérise trois coups de parfum sur sa nuque et sur ses épaules avant de descendre rejoindre Marguerite.

— Je peux t'aider avec quelque chose ?

Marguerite lève la tête vers Ellie et remarque sa nouvelle tenue.

— Oh, très jolie !

Ellie tourne sur elle-même, faisant valser sa robe.

— Merci Nonna, sourit-elle en baissant les yeux sur sa robe avant de les relever vers sa grand-mère. Tu as besoin de moi ?

— Oh non, ne t'en fais pas, j'ai fini ! s'exclame Marguerite.

Au même moment, la sonnette retentit dans la maison, annonçant l'arrivée des invités.

— On dirait que notre dîner vient de commencer, commente Marguerite avant d'aller ouvrir la porte.

Ellie est excitée à l'idée de recevoir des invités. C'est une chose qu'elle n'a jamais vraiment eu l'occasion de faire à Boston. Son appartement d'étudiante était si petit et son emploi du temps si chargé qu'ils ne lui permettaient pas de recevoir du monde. De plus, elle n'avait personne à inviter. Les seuls qu'elle ait reçus étaient les collaborateurs de ses parents lorsqu'elle était encore petite. Elle se souvient de ces longs dîners ennuyeux où elle ne comprenait pas les conversations des adultes.

Ellie accompagne Marguerite jusqu'à la porte et se promet que ce repas est le premier pas vers sa nouvelle vie, loin des démons du passé, loin de *lui*.

Chapitre 4
Cauchemar

— Marguerite, tu nous as caché que ta petite-fille était aussi belle !

Mona et Thomas sont assis à la grande table avec Ellie tandis que Marguerite a encore disparu dans la cuisine. Ellie sourit poliment, quelque peu gênée.

— Merci.

Mona semble légèrement plus jeune que Marguerite. Elle a les cheveux courts, de couleur châtain avec des mèches blanches. Des rides au coin de ses yeux et de son nez trahissent le passage des années sur sa peau.

— Je confirme, renchérit Thomas, un verre de vin rouge à la main.

Les joues d'Ellie prennent une teinte vermillon avec tous ces compliments venant de parfaits étrangers. Elle les remercie et fait en sorte d'éviter leurs regards curieux. Ils ont beau être très gentils, elle ne sait pas comment enclencher une conversation.

Heureusement pour elle, Marguerite débarque de la cuisine avec un immense plat dans les mains. Thomas se lève rapidement de sa chaise et aide Marguerite à poser le plat, certainement brûlant, au centre de la table. Thomas est un homme avec une barbe blanche et des cheveux mi-longs. Son visage est tout aussi marqué par l'âge que celui de sa femme.

— Voici donc un poulet rôti citronné aux deux céleris, explique Marguerite en montrant fièrement du doigt son plat.

— Ça a l'air délicieux, assure Mona.

— Oh, ma chère Mona, goûte avant de me faire des compliments.

Les premières minutes du dîner sont inconfortables pour Ellie, puisqu'un silence roi règne en roi à la table. Prenant son courage à deux mains, elle décide de faire la conversation.

— C'est délicieux, grand-mère. Je comprends mieux pourquoi tu as passé tant de temps en cuisine, dit-elle en accompagnant son compliment d'un sourire.

— Mona, tu devrais récupérer la recette.

Marguerite hoche la tête.

— Je vous la donne après le dîner. Rappelez-le-moi.

Mona hoche la tête à son tour avant de porter son verre à ses lèvres.

— Ellie, Marguerite nous a beaucoup parlé de toi. Il paraît que tu fais des études de médecine à Boston ?

À cette phrase, le cœur d'Ellie s'emballe et sa poigne se resserre sur ses couverts. Elle se doutait que le sujet allait être abordé. Dans une petite ville comme Edgartown, tout se sait et les affaires personnelles deviennent très vite celles des autres.

Elle déglutit.

— C'est exact, parvient-elle à articuler avec difficulté.

Mona fronce les sourcils à la réponse de la jeune femme.

— Ne devrais-tu donc pas être à Boston ?

S'il y a bien une chose qu'elle appréciait à Boston, c'était l'anonymat dans lequel elle vivait. Personne ne pose ce genre de question dans les grandes villes.

— Je, hum… je suis là pour des vacances à durée indéterminée, finit-elle par dire, espérant que cela suffira pour conclure la conversation.

Mona prend une gorgée de son vin et Ellie soupire discrètement, soulagée d'en avoir terminé avec l'interrogatoire.

— Je pensais que les étudiants en médecine avaient peu, voire pas du tout de vacances. Comment as-tu réussi à être autorisée à partir pour une durée indéterminée ? demande-t-elle.

Mona tient son verre dans une main tandis que l'autre est posée sur sa poitrine. Elle fronce les sourcils, attendant une réponse d'Ellie. C'en est trop pour elle. Le culot dont fait preuve Mona l'agace. De quel droit se permet-elle de demander tant d'informations sur quelqu'un qu'elle ne connaît pas ?

Ellie s'apprête à répondre, mais Marguerite la devance afin de lui épargner la peine de poursuivre.

— Ellie travaille très dur toute l'année, je pense qu'il n'est pas utile de parler de ses études lors de ses vacances. Il serait plus judicieux de changer de sujet, remarque-t-elle avec un sourire poli.

Thomas esquisse un sourire à côté de Mona.

— Bien sûr. Désolée Ellie si mes questions étaient trop intrusives, j'essayais juste de faire la conversation, répond Mona, le même sourire poli accroché aux lèvres.

— Ce n'est rien, répond Ellie avant de prendre une gorgée de son vin.

Le repas continue dans le silence, avec comme seule distraction le bruit des couverts contre les assiettes. Ellie se perd dans ses pensées. Elle ne sait pas ce qu'elle aurait dit si Marguerite n'était pas intervenue. Elle a presque oublié ce que c'était de vivre dans une petite ville. Falmouth, la ville voisine légèrement plus grande dans laquelle elle a grandi, n'était pas si différente d'Edgartown. Tout le monde se connaissait et la vie de chacun n'était secrète pour personne.

Mona prend soudain la parole, interrompant les pensées de la jeune femme.

— Vous ne devinerez jamais ce que j'ai vu ce matin en me promenant.

— Dis-nous donc, répond Marguerite.

— Ce matin, comme tous les matins, je suis allée faire ma petite promenade de santé pendant que Thomas était en train de s'occuper dans son atelier au garage. Comme d'habitude, je me promenais tranquillement dans les rues lorsque, par inadvertance, je me suis retrouvée face aux frères Darwell, gisant au sol, blessés et couverts de sang ! Mais ce n'est pas le pire. Devinez qui était en train de frapper ces pauvres garçons ? Ce petit voyou de Charlie Wolf ! ajoute-t-elle avant que quiconque ait eu le temps de répondre.

Elle articule son prénom comme si cela lui brûlait la langue. Ellie relève la tête à la mention de Charlie, plus attentive qu'il y a quelques secondes.

— Je lui ai pourtant dit d'arrêter de se battre, marmonne Marguerite.

— Je ne sais pas pourquoi tu continues de parler à ce voyou, Marguerite, grogne Thomas en prenant une gorgée de vin.

— Je suis d'accord avec lui, ajoute Mona.

Marguerite soupire.

— Charlie est un garçon compliqué et troublé par ce qu'il lui est arrivé. Il faut bien que quelqu'un le remette sur le droit chemin de temps en temps.

— Comme s'il avait été un jour sur le droit chemin, souffle sèchement Mona. Charlie Wolf est une nuisance à cette ville, il est irrattrapable.

Les mots de Mona pèsent lourd et rendent l'atmosphère soudainement tendue.

— Ce n'est qu'un enfant, Mona. Il a vécu des choses terribles, tu ne peux pas le blâmer de ne pas être droit dans ses bottes, rétorque Marguerite, le ton bien plus sérieux qu'il y a un instant.

— Il a tout de même dix-neuf ans, intervient Thomas.

— Tout à fait, il devrait être en train d'étudier, au lieu de se battre dans la rue, ajoute Mona.

Ellie observe Marguerite se tendre à côté d'elle. Elle se tient droite sur sa chaise, le regard résolu posé sur le couple. La jeune femme est surprise par la détermination de Marguerite à défendre Charlie. De ce qu'elle a pu voir, il est exactement comme le décrivent Mona et Thomas. Cependant, elle se demande ce qu'il a pu vivre de si terrible pour que Marguerite passe outre ses infractions.

— Charlie ne frapperait personne sans raison. Les frères Darwell ont dû faire quelque chose pour l'énerver.

Mona lève les yeux au ciel et prend une gorgée de son vin avant de reprendre la parole.

— Je connais les parents Darwell, ce sont de très charmantes personnes. Ils n'auraient jamais éduqué leurs garçons de la sorte.

Les deux femmes se lancent dans un débat houleux, se renvoyant la balle à chaque prise de parole. Ellie les observe avec attention, se demandant pourquoi Charlie Wolf semble être sur toutes les lèvres.

— Je connaissais aussi les parents de Charlie, au cas où tu ne t'en souviendrais pas, Mona. Ils étaient de très charmantes personnes également, rétorque Marguerite.

Cette phrase attise la curiosité d'Ellie. Pourquoi employer le passé en parlant des parents de Charlie ?

Elle craint de connaître la réponse et se promet d'interroger Marguerite plus tard à ce sujet.

— Mesdames, je pense qu'il est plus judicieux de ne plus parler de Charlie Wolf. Il n'a pas sa place autour de cette table, intervient Thomas, sentant la tension palpable entre les deux amies.

Les deux femmes se détendent, abandonnant la conversation. Cependant, beaucoup de non-dits et d'interrogations flottent dans l'atmosphère.

Ellie, qui pensait avoir cerné le genre de personne qu'est Charlie, déborde désormais de questions à son sujet.

* * *

— Charlie, Charlie, Charliiiie ! crie une petite voix qui résonne derrière la porte de sa chambre.

Encore à moitié endormi, le jeune homme ne bouge pas d'un poil. Sa chambre est plongée dans la pénombre, ne laissant passer que quelques rayons du soleil couchant à travers ses volets.

— Charlie, Charlie !

Des petits coups font vibrer la porte. Il se retourne dans son lit, posant un oreiller sur sa tête dans l'espoir de faire disparaître la petite voix stridente. Mais de nouveaux coups se heurtent contre sa porte.

— Charlie ! Réveille-toi !

Il soupire et s'assoit sur le bord de son lit, les coudes posés sur ses genoux et la tête entre les mains. Il ferme les yeux un instant.

— Charlie !

Il ouvre enfin les yeux, faisant une croix sur ses heures de sommeil de plus en plus rares. Dormir est devenu une tâche difficile depuis la tragédie. Ses nuits sont presque toujours hantées par des images dont il souhaiterait ne jamais se rappeler.

— Charlie, Charlie, Charlie, Charlie !

Il se lève, passe une main sur son visage afin de se sortir du sommeil et se dirige finalement vers la porte. Sans surprise, une petite fille toute menue se trouve sur le palier.

— Qu'est-ce que tu veux, Annie ?

La petite fille lève les yeux vers Charlie, un grand sourire sur les lèvres. Son visage est tout ce que celui de Charlie n'est pas : fragile, pur, innocent. Il lui arrive de *les* voir à travers elle. À la façon dont ses yeux se plissent lorsqu'elle rigole, jusqu'à la forme de son nez et les taches de rousseur qui le parsèment.

Annie sort ses mains de derrière son dos et révèle une paire de patins à glace.

— Est-ce qu'on peut aller patiner ? S'il te plaît.

Charlie soupire à la question qu'il ne cesse d'entendre depuis plusieurs jours.

— Tu as vu l'heure, Annie ? Il va bientôt faire nuit, ce n'est pas le moment d'aller patiner.

Connaissant bien son frère, Annie prend son expression la plus mignonne.

— S'il te plaîîît Harlie, supplie-t-elle.

— Est-ce que Victor est à la maison ?

Il n'aime pas prononcer son prénom. Il n'aime pas avoir à poser ce genre de question.

Annie secoue la tête.

— Non, il n'est pas encore rentré. Alors, on peut y aller ? Elle réitère la question, ses grands yeux bleus dirigés vers Charlie.

Ce dernier observe le visage plein d'espoir de la petite fille avant de finalement hocher la tête.

— Va mettre ton manteau.

Annie lâche ses patins et s'engouffre dans les jambes de Charlie, le serrant fort contre elle.

— Merci Harlie !

— Je t'ai déjà dit de ne pas m'appeler Harlie.

Annie se décolle de ses jambes et lui tire la langue.

— T'es moche, dit-elle avant de prendre ses patins et de courir au rez-de-chaussée sous le regard amusé de Charlie.

— Rappelle-toi que c'est moi qui t'emmène à la patinoire, l'elfe de maison ! s'exclame Charlie depuis sa chambre.

Il ramasse son sweat à capuche et est sur le point de l'enfiler lorsqu'il remarque les taches de sang. Il soupire, balance son vêtement dans le sac à linge sale près de sa commode et en enfile un autre.

Lorsqu'il descend, Annie est assise sur le canapé, tentant tant bien que mal de faire ses lacets. La petite fille grogne de frustration lorsque le nœud qu'elle vient de faire se dénoue une nouvelle fois.

— Je t'ai déjà appris comment faire il me semble, déclare Charlie en s'agenouillant devant Annie et en positionnant son pied sur ses genoux. Tu fais deux oreilles de lapin, puis le tour de l'arbre.

Il entoure les deux boucles.

— Puis tu rentres dans le terrier.

Il noue les boucles ensemble.

Annie hoche la tête, quelque peu déçue de ne pas avoir réussi à faire ses lacets toute seule.

— C'est nul. J'y arrive jamais, dit-elle d'une petite voix.

Charlie se relève et enfile son long manteau noir.

— Tu y arriveras, ne t'inquiète pas.

Le duo se met en route vers la patinoire qui n'est qu'à quelques pâtés de maisons. Avoir fait partie de l'équipe de hockey d'Edgatown a ses privilèges, puisque Charlie bénéficie d'un accès permanent à la patinoire dans laquelle il s'entraînait autrefois.

Il laisse Annie entrer en premier et allume toutes les lumières tandis que la petite fille enfile ses patins. Comme il s'en doutait, la patinoire n'est rien que pour eux.

Il aide Annie à attacher ses patins et l'observe aller sur la glace en se tenant au rebord. Il prend le temps d'admirer la surface un instant. Cet endroit qui renferme tant de souvenirs avec toutes les personnes qui ont un jour compté dans sa vie. Il repense à tous les matchs de hockey qu'il a joués sur cette glace avec Milo et Nate, aux longues heures d'entraînement avec son père, à ce casque trop grand qui sentait la transpiration et à toute la frustration de ne pas y arriver au début. Il revoit leurs visages dans les gradins, chantant son prénom à chaque match. La ferveur de la foule qui portait chacune de ses victoires et chacune de ses défaites. Il repense à ce temps où sa vie n'était pas une spirale perpétuelle.

— Charlie, tu viens ?

Annie se tient près de la rampe, une main tendue vers le jeune homme. Il sort de sa rêverie et enfile ses patins rapidement avant de rejoindre la petite fille. Il met un pied sur la glace et retrouve vite la sensation à laquelle il est habitué. Il prend la main d'Annie, celle qui ne tient pas la rampe, et la guide sur la glace. Patiner est presque devenu une seconde nature pour lui. Ce qui, autrefois, était un sport pour se défouler, est devenu une manière de s'aérer l'esprit. Lorsqu'il n'arrive pas à dormir et que les nuits sont trop longues, il lui arrive souvent de venir ici.

— Charlie, je peux essayer toute seule ?

Annie lève la tête vers le jeune homme, ses grands yeux pleins d'espoir. Il hoche la tête et se détache de la petite fille tout en gardant une certaine proximité au cas où. Annie fait glisser son pied droit et manque de tomber, mais Charlie la rattrape de justesse, un sourire amusé au bout des lèvres.

— À peine je te lâche que tu te précipites sur la glace.

Annie lui tire simplement la langue et se détache de son emprise.

— Va-t'en, je veux essayer toute seule, ordonne-t-elle au jeune homme qui se plie à ses ordres.

Il patine avec aise devant elle, affichant un sourire moqueur tandis qu'il la regarde essayer tant bien que mal de le rattraper.

Il décide de lui laisser son espace et fait plusieurs tours de patinoire, les mains confortablement installées dans les poches de son long manteau noir. La fraîcheur du lieu l'enveloppe et raidit ses membres et son visage, mais c'est une sensation qu'il affectionne. Comme figées par la glace, ses sombres pensées semblent se taire lorsqu'il patine.

— Argh ! s'exclame Annie.

Charlie s'arrête brusquement et se tourne vers la petite fille, seulement pour la trouver les fesses sur la glace. Il souffle un rire et patine jusqu'à elle.

— On dirait que la patineuse artistique n'est pas vraiment au sommet de sa carrière, la taquine-t-il en lui tendant sa main. Le rêve d'Annie a toujours été de devenir patineuse artistique, une passion qu'elle a découverte très jeune.

Annie fronce les sourcils, vexée, mais accepte la main de Charlie qui la relève en deux temps trois mouvements.

— Je ne suis pas aussi forte que toi Harlie, soupire-t-elle en s'appuyant sur la rampe.

Elle fronce les sourcils, visiblement déçue d'elle-même. Charlie laisse échapper un léger rire. Il se revoit à son âge, lorsque l'échec était son plus grand ennemi. Il se rappelle avoir voulu abandonner le hockey avant même d'avoir mis son premier point.

Il patine jusqu'à Annie et s'appuie à son tour sur la rambarde.

— Peut-être que la patineuse artistique en toi est partie en vacances, essaie-t-il de blaguer afin de redonner le sourire à la petite fille, mais celle-ci abaisse le regard sur ses patins.

Charlie soupire et laisse son regard se balader un instant sur la glace sur laquelle il a tant appris. C'est ici qu'il a été le plus vulnérable, mais c'est aussi à cet endroit qu'il a été la meilleure version de lui-même.

— Annie, tu es très jeune et tu as déjà un rêve, ce n'est pas donné à tout le monde, commence-t-il en fronçant les sourcils, toute trace d'amusement effacée de son visage. Ne fais pas la bêtise de l'abandonner aussi tôt. Aucun rêve n'est facile à atteindre. Tu rencontreras beaucoup de difficultés et d'obstacles avant d'y arriver et ce sont toutes ces difficultés qui sont la preuve que ton rêve est réalisable. Je sais qu'il…

Il hésite sur ses mots.

— Je sais que ces derniers mois ont été durs, mais ne laisse pas tout ça te prendre ton rêve, finit-il avec difficulté.

Annie relève la tête vers son frère.

— Est-ce que tu as compris ? demande-t-il.

Elle hoche la tête.

Soulagé, Charlie soupire. Il jette un coup d'œil à l'heure derrière lui et ses yeux s'écarquillent. Il attrape la petite main d'Annie et l'emmène vers la sortie.

— Il faut y aller, commence-t-il en défaisant les lacets de la petite fille. Victor va bientôt rentrer, murmure-t-il, le regard agité.

Il n'a pas besoin d'en dire plus pour qu'Annie se dépêche d'enlever ses patins. La nuit tombe sur la petite ville et le vent glacial est aussi au rendez-vous. Ils passent sur la marina, puis devant le vieux phare illuminé d'Edgartown avant d'arriver chez eux.

Une fois devant la porte, Charlie retient son souffle, espérant que Victor ne soit pas déjà rentré. À l'intérieur, il ordonne à Annie d'aller dans sa chambre. La petite fille balance ses patins dans l'entrée et monte précipitamment les escaliers. Charlie l'observe gravir la dernière marche tandis que la silhouette de Victor apparaît au bout du couloir.

Sa mâchoire se serre tandis que l'homme devant lui prend une gorgée de sa bouteille de vodka. Le souffle de Charlie devient vite irrégulier et sa poigne sur ses clés enfouies dans sa main est si forte qu'elle laisse des marques. Le silence est poignant, presque suffocant.

— Charlie, Charlie, Charlie…

La voix démoniaque de Victor résonne dans la pièce.

Charlie soupire. Un pur cauchemar.

Chapitre 5
Willy & Co

Le monde appartient à ceux qui se lèvent tôt. L'oiseau qui se lève tôt est le premier à attraper le ver.

On a tous déjà entendu ces proverbes, entendu les philosophes, nos grands-parents, nous avertir à propos du temps perdu. On a tous entendu les poètes farfelus nous inciter à profiter du moment présent. Mais parfois, il faut le voir par nous-même. Il faut commettre nos propres erreurs et apprendre nos propres leçons.

— J'y vais, Nonna ! s'exclame Ellie en enfilant son long manteau et son bonnet près de la porte.

Elle prend ses clés et ouvre la porte.

— Ne m'attends pas pour manger, je ne sais pas à quelle heure ça va se terminer ! ajoute-t-elle assez fort pour que Marguerite puisse l'entendre depuis le salon.

— D'accord, bonne chance ! s'exclame la vieille dame.

Ellie claque la porte après la réponse de sa grand-mère. La brise du matin caresse son visage tandis qu'elle se met en route vers le restaurant.

Après avoir passé quelques coups de téléphone, Ellie a enfin décroché un job au restaurant renommé de la ville : Willy & Co. Il s'agit d'un petit restaurant sur le port, connu de tous à Edgartown.

Après quelques minutes de marche, Ellie se retrouve devant la façade défraîchie sur laquelle sont accrochées de grandes lettres indiquant le nom du restaurant.

Elle souffle un bon coup, défroisse son manteau d'un coup de main, et ouvre la porte. Elle est immédiatement enveloppée par la douce odeur du café moulu et des gaufres chaudes en train d'être préparées. Elle est agréablement surprise par la convivialité du lieu. De grandes baies vitrées allant jusqu'au plafond donnent sur l'océan et le port, de vieux fauteuils clubs sont à disposition dans un coin de la pièce, de grands tapis persans viennent habiller le parquet qui semble avoir un tas d'histoires à raconter si on en croit les vieilles rayures.

De l'autre côté, un volumineux bar en chêne s'impose dans la pièce. Au-dessus, de vieilles bouteilles d'alcool sont mises en valeur. Dans un coin plus espacé du restaurant se trouve un piano noir, trônant de toute sa splendeur, ne demandant qu'à être chatouillé.

— Bonjour !

Une voix se fait entendre.

Ellie se retourne et aperçoit une dame d'environ la soixantaine devant elle. Elle est de petite taille et porte un tablier autour de la taille. Ses cheveux bruns sont quelque peu grisonnants et son visage marqué par les années.

— Bonjour.

Ellie sourit légèrement.

— Je m'appelle Lucy, je suis la manager de ce restaurant, commence-t-elle. Tu dois être Ellie Rose ?

— Oui, c'est bien moi. Enchantée de vous rencontrer.

Elle tend sa main à Lucy, qui la lui serre.

— De même. Très bien, j'ai plein de choses à te montrer. Allons-y.

Lucy soulève la planche permettant de passer derrière le comptoire et ordonne à Ellie de la suivre.

— Willy & Co est une chaîne de restaurants dans la région. Je suis donc la gérante de celui-ci. Lorsque la nuit tombe, le restaurant se transforme en bar, dit-elle en ouvrant une porte derrière le bar.

— Tu as ici la salle des employés.

Lorsqu'elle ouvre la porte, quatre paires d'yeux se posent sur elle. Assis autour d'une table ronde, trois hommes sont en train de jouer à ce qui lui évoque le poker. L'un d'entre eux a l'air d'avoir la cinquantaine, tandis que les deux autres ne sont pas plus âgés qu'Ellie. Assise sur une chaise près des garçons, une jeune femme à la longue chevelure rousse est concentrée sur son téléphone.

— Je te présente Alaric, notre barman, commence Lucy.

L'homme tend une main vers Ellie.

— Tu peux m'appeler Ric, dit-il avec un sourire bienveillant.

Ellie lui rend son sourire et lui serre la main.

— Ici, nous avons Simon Beckett et Raven Osborn. Deux inséparables chenapans qui n'en font qu'à leur tête ! dit-elle, un sourire amusé sur les lèvres.

Simon est un jeune homme fin, brun avec de très légères taches de rousseur sur les pommettes. Raven, quant à elle, est une fille aux longs cheveux roux. Ses yeux verts contrastent parfaitement avec sa chevelure de feu.

— Je ne nous aurais pas décrits comme ça mais… bienvenue Ellie, répond Simon.

— Bienvenue Ellie, j'espère que tu trouveras ta place ici, ajoute Raven.

Ellie sourit poliment.

— Et pour finir, voici Nate Darwell, lui non plus ne m'écoute jamais… soupire Lucy.

Ellie pose son regard sur Nate. Ce dernier a les pieds posés sur la table devant lui, un sourire amusé sur les lèvres.

— Tu sais que c'est faux, Lucy, je suis à ton service, dit-il en passant une main dans ses cheveux blonds.

Lucy lève les yeux au ciel et ignore sa réponse.

— Ces trois-là sont les serveurs, ce sont donc tes collègues. Je leur ai demandé d'arriver une heure plus tôt pour t'accueillir, vous avez donc environ une demi-heure devant vous pour faire connaissance, explique Lucy.

— Merci beaucoup, répond Ellie.

— J'espère que tu te plairas parmi nous, répond-elle en esquissant un sourire poli.

— Ne t'en fais pas, Lucy, on va prendre bien soin d'elle, intervient Nate.

— Surtout, s'il t'embête, n'hésite pas à venir me voir et je lui remonte les bretelles, déclare Lucy avant de disparaître.

Nate fronce les sourcils.

— Quel genre de réputation tu me donnes en disant ça ! s'exclame-t-il tandis qu'Ellie tente de réfréner un rire.

— Tu es nouvelle dans cette ville, pas vrai ? demande Raven.

— Oui, disons que ça fait un moment que je ne suis pas revenue… ça se voit tant que ça ? demande Ellie, un léger sourire sur les lèvres.

— Pas tant que ça, c'est juste que la ville est si petite qu'on t'aurait déjà vue au moins une fois, explique la rousse.

— Tu es d'ici ? demande à son tour Simon.

Ellie secoue légèrement la tête.

— Je suis de Falmouth, la ville d'à côté, mais j'ai passé plusieurs étés ici avec ma grand-mère.

— J'ai failli me noyer à Falmouth, intervient Nate.

Ellie se tourne vers lui, amusée par son intervention. Nate a désormais une sucette dans la bouche et les pieds sur la table où le jeu de poker a été abandonné.

Raven soupire et lève les yeux au ciel.

— Merci pour ton intervention inutile, dit-elle.

Ce dernier fronce les sourcils et fait mine de réfléchir.

— Quand j'y repense, je crois que c'est toi qui as failli me noyer en t'accrochant à mon cou parce qu'une algue avait touché ta jambe, dit-il en pointant Raven avec sa sucette.

— J'avais douze ans ! s'exclame-t-elle, indignée.

Ellie et Simon ricanent à leurs chamailleries lorsque Lucy refait irruption dans la salle.

— Bon, des clients sont déjà devant. Au boulot les enfants, dit-elle en tapant dans ses mains. Et toi, enlève-moi ces pieds de la table !

— À vos ordres ma chère.

Lucy soupire, exaspérée par Nate et se tourne vers Ellie.

— Ellie, étant donné que c'est ton premier jour, tu peux assister Raven et Simon. Ils t'apprendront les bases du métier.

Ellie hoche la tête.

— Pourquoi tu ne lui demandes pas de m'assister, moi aussi ? s'exclame Nate les sourcils froncés.

— Parce que je te connais, tu vas faire ton numéro de charmeur toute la journée et tu ne vas rien lui apprendre.

— C'est pas du tout mon genre de faire ça, tu as tout faux, dit-il avant de remettre sa sucette dans sa bouche.

Lucy ignore le jeune homme et se tourne vers Raven et Simon.

— Ouverture dans cinq minutes.

Raven et Simon acquiescent d'un geste de la tête. Lorsque Lucy quitte de nouveau la pièce, Nate se met à marmonner sous le regard amusé d'Ellie.

— Tu vas t'en remettre, lance Raven en posant une main sur l'épaule de son ami. Maintenant va dresser la table 3, elle n'est pas prête.

Nate lâche un rire.

— Je me rappelle pas avoir voté pour que tu sois chef de rang.

— C'est parce qu'il n'y a pas eu de vote, c'est Lucy qui a décidé, mon petit Natty, intervient Simon.

Nate fronce les sourcils.

— Ça explique le fait que je ne m'en souvienne pas… marmonne le garçon avant de poser son attention sur Simon. Tu sais que je déteste quand tu m'appelles comme ça !

Simon esquisse un sourire avant de s'en aller dans la salle du restaurant.

Raven soupire et se tourne vers Ellie.

— Il est irrattrapable. Ne fais pas attention à lui.

Les deux jeunes femmes se dirigent vers la salle du restaurant où Simon est déjà en train de dresser les tables.

— La première chose à faire en arrivant le matin, c'est de dresser les tables du premier service. Ça va généralement assez vite, explique Raven en montrant l'exemple à Ellie.

Les deux jeunes femmes passent le reste de la matinée ensemble. Raven montre tout ce qu'il y a à savoir à Ellie et, lorsque la salle commence à se remplir, cette dernière prend quelques initiatives en les guidant vers leur table. Le stress qu'elle ressentait en arrivant se dissipe peu à peu.

— Nate !

La voix de Lucy résonne tout à coup à travers le restaurant. Sa voix est si tranchante que quelques clients se retournent.

Ellie laisse échapper un rire amusé en remarquant Nate accoudé au bar, son téléphone dans les mains.

— Est-ce que tu veux que je te vire encore une fois ? gronde Lucy en essayant de contrôler le ton de sa voix afin de ne pas déranger les clients.

Nate esquisse un sourire et lève les mains en guise de capitulation.

— Je sais qu'on pourrait croire que je ne travaille pas, mais c'est pourtant le cas, ma chère Lucy. Où est-ce que les gens dépensent le plus d'argent ? Au bar. Mais qui a envie de boire seul ? Personne. Alors que si un bel homme comme moi s'y trouve, on a tout de suite envie d'aller s'asseoir à côté de lui et de se payer un verre, dit-il, un air satisfait sur le visage tandis que Lucy fronce les sourcils, bouche bée par son audace.

— Je vais faire comme si je n'avais rien entendu pour ton bien, dit-elle en soupirant. Puisque tu n'as pas l'air très occupé, explique à Ellie ce que sont les soirées musicales.

Sur ces mots, Lucy s'échappe vers la cuisine en marmonnant quelque chose d'inaudible.

— Les soirées musicales ? intervient Ellie.

— Elle est folle de moi.

Ellie laisse échapper un rire incrédule.

— Revenons à nos moutons, dit-il en se tournant vers Ellie. Les soirées musicales sont des soirées animées, parfois à thème, que l'on organise de temps en temps. Parfois, un groupe régional vient jouer, parfois ce sont les clients qui taquinent les touches du piano. Ce sont des soirées dansantes avant tout, donc cette partie-là est souvent réaménagée afin d'en faire une piste de danse.

Ellie observe les alentours et essaie d'imaginer à quoi pourrait ressembler le restaurant rempli de personnes en train de danser. Edgartown semble si vide que c'en est difficile.

— Durant ces soirées dansantes, notre rôle est de faire le service pour le restaurant ou pour le bar, cela dépend du nombre de personnes présentes.

Ellie hoche la tête en guise d'approbation. Il y a beaucoup de choses dont il faut qu'elle se souvienne, mais elle est excitée à l'idée de commencer ce nouveau job. Elle n'a jamais eu de travail auparavant, ses études ont pris toute la place dans sa vie et il faut dire aussi que, malgré leur froideur, l'argent que ses parents lui ont envoyé a été d'une grande aide.

— Il y a d'ailleurs une soirée organisée ce soir, mais ne t'inquiète pas, je suis le maître incontesté des soirées dansantes. Les mamies raffolent de mon déhanché, dit-il avec un clin d'œil.

— Tu ne t'arrêtes jamais, remarque-t-elle, un sourire amusé sur les lèvres.

— Je ne fais que dire la vérité ma chère Ellie. Tu pourras le constater par toi-même.

— Est-ce que je peux te poser une question ?

— Tu viens de le faire.

Ellie ignore sa remarque et hésite à poser sa question.

— Est-ce qu'on s'est déjà vus quelque part ? J'ai l'étrange sensation d'avoir déjà vu ton visage, dit-elle.

Nate s'arrête brusquement d'essuyer la table et, bien qu'elle ne puisse pas voir son visage, Ellie remarque le soudain inconfort dans sa posture.

— C'est souvent l'effet que je fais mais crois-moi, tu t'en souviendrais si tu avais déjà croisé un visage comme le mien, dit-il.

Ellie souffle un rire. Elle n'espérait pas mieux comme réponse.

— Mets-toi au boulot avant que Lucy m'accuse de te distraire et me vire une cinquième fois.

Les yeux d'Ellie s'écarquillent.

— Tu as été viré quatre fois ?

— Et comme tu peux le voir, je suis toujours là. Lucy m'aime trop, et puis, personne ne postule, alors elle est obligée de me reprendre. Quand elle dit qu'elle va me virer, tout ce que je vois ce sont des congés sans solde.

Ellie rit légèrement et s'occupe de dresser la table d'à côté comme Raven lui a appris. Elle en dresse quelques-unes de plus avant d'être appelée par Raven qui est avec Simon, en train de plier des serviettes fraîchement lavées.

— Ellie, tu nous donnes un coup de main ?

— Bien sûr !

— Ça fait longtemps que tu es ici ? demande soudainement Simon.

— Seulement quelques jours.

— Tu dois avoir remarqué à quel point cette ville est morte, dans ce cas, remarque Raven.

— Je venais souvent passer quelques jours ici l'été, j'ai des souvenirs bien animés de cette ville. Je ne dirais pas qu'elle est morte.

— C'est étrange, on a grandi dans cette ville et pourtant j'ai pas le souvenir de t'avoir déjà croisée.

Ellie sourit légèrement, se remémorant les longues journées d'été passées à Edgartown auprès de Marguerite et Woody.

— Je restais souvent avec mes grands-parents, je m'aventurais rarement ailleurs que dans leur quartier.

— Qui sont tes grands-parents ? demande Raven en s'appuyant contre une table.

— Marguerite et Woody Rose.

Le visage de Simon et Raven s'illuminent. Ils se lancent un regard complice avant de se tourner vers Ellie.

— Mme Rose est ta grand-mère ?

Ellie acquiesce et continue de plier les serviettes machinalement.

— Si ce n'est pas indiscret, pourquoi es-tu ici ? demande Raven, soudain curieuse. Elle s'assoit à une table, la tête dans la paume de sa main.

Ellie déglutit, ne sachant pas vraiment quoi répondre à cette question. Elle n'a pas envie de mentir, mais elle n'a pas envie de rentrer dans les détails non plus.

— Je fais une pause dans mes études, c'est une longue histoire…

— Ça tombe bien, la soirée dansante ne commence pas avant dix-neuf heures et, puisqu'il n'y a jamais personne la journée, ça nous donne approximativement six heures, dit-il en observant sa montre, pour que tu nous racontes qui tu es, Ellie Rose.

Elle observe Raven et Simon, ce duo qu'elle vient de rencontrer et avec qui elle se sent étrangement à l'aise. Elle ne s'attendait pas à devoir parler de Boston de sitôt, mais peut-être que le moment est venu. Peut-être que c'est de cette façon qu'elle pourra se reconstruire et avancer.

Ellie déglutit.

— Très bien je vais vous raconter.

Elle prend place à la table où Raven et Simon sont assis.

— Lucy ne va rien nous dire ?

Simon balaie le sujet d'un geste de la main.

— Elle est partie faire les livraisons.

Ellie acquiesce d'un geste de la tête et commence son récit.

— Vous connaissiez peut-être mon grand-père Woody.

Les deux amis hochent la tête.

— Il était médecin dans l'armée et c'est lui qui m'a donné envie de faire médecine. Alors je me suis lancée dans cette voie dans l'espoir de finir un jour chirurgienne cardiovasculaire. C'est très vite devenu ma raison de vivre, mon rêve le plus fou. J'ai été prise dans une université de médecine réputée à Boston et c'était le début d'un long chemin semé d'embûches. Très vite, les études m'ont consumée et j'ai fait une sorte de dépression. C'est suite à ça que j'ai décidé de prendre une année sabbatique ici auprès de ma grand-mère, explique-t-elle en prenant soin de ne pas mentionner sa relation avec ses parents et le tragique incident qu'elle a vécu. Elle ne se sent finalement pas d'en parler de vive voix.

Raven et Simon ne posent pas davantage de questions, pour le plus grand bonheur de la jeune femme. Le trio finit par changer de sujet en parlant de choses plus légères.

Ellie sourit légèrement, cela faisait si longtemps qu'elle n'avait pas fait connaissance avec de nouvelles personnes. Après ce qui est arrivé à Boston, elle s'est renfermée sur elle-même sans même s'en rendre compte.

« Parfois la plus belle aventure
est une simple conversation. »
Amadeus Wolfe

Chapitre 6
Le loup

Il existe un mot en japonais qui capture à la fois la nostalgie et l'agréable sensation de se replonger dans les souvenirs du passé. *Natsukashii*. Littéralement, il signifie « cœur qui revient ».

— Il est important que vous soyez au service du client ce soir, commence Lucy.

Tous les employés sont en cercle autour de la gérante, écoutant attentivement ses directives. La soirée est sur le point de commencer et quelques clients sont déjà sur place.

— À peu près soixante personnes seront à la soirée dansante, annonce-t-elle.

Nate ricane.

— C'est-à-dire toute la ville en fait !

— La population est de 1 500 habitants.

Raven fronce les sourcils, agacée par les imbécillités du garçon.

— Merci Einstein.

Il grimace à sa collègue, frustré que la jeune femme ait cassé sa tentative d'humour.

Lucy pose une main sur l'épaule de Nate afin de stopper le débat.

— Nate, tu te charges d'Ellie ce soir. Vous servirez les boissons.

Le jeune homme hoche la tête.

— Simon et Raven, vous vous occuperez des commandes.

Le duo se tape dans la main et hoche la tête, un brillant sourire aux lèvres.

— À vos postes !

Lucy claque des mains, faisant se disperser les jeunes employés.

Raven et Simon, plus complices que jamais, partent en direction des tables déjà occupées, tandis qu'Ellie et Nate se dirigent vers le bar, là où les boissons sont en train d'être préparées.

Nate s'appuie contre le bar en silence. Il croise les bras et observe les nouveaux clients prendre place à une table. Ellie fait de même et s'appuie contre le comptoir.

— Lucy va nous tuer si elle nous voit comme ça, remarque Ellie.

— Relax, on est juste en train d'attendre les commandes, on ne fait rien de mal. Et puis, lorsqu'il y a une soirée dansante, elle est tellement occupée qu'elle ne fait attention à personne. Je suis son préféré, crois-moi.

Ellie laisse s'échapper un rire.

— La modestie, tu ne connais pas.

— La modestie, c'est pour les hypocrites.

Ellie esquisse un sourire et secoue légèrement la tête. Elle n'a jamais rencontré quelqu'un comme Nate. Du peu qu'elle en a vu, il a une forte personnalité qu'il est dur d'ignorer.

Sans crier gare, les premières notes de la chanson très connue des Beach Boys, *Surfin' USA*, retentissent dans le restaurant. La mélodie transporte la salle dans les années soixante-dix et des couples de danse se forment très rapidement sur le parquet.

Ellie observe, stupéfaite.

Les couples sont majoritairement composés de personnes âgées, pourtant ils bougent comme si leurs vingt ans leur appartenaient encore. Les couples se font de plus en plus nombreux sur la piste.

— Regarde et apprends, déclare Nate avant de s'échapper vers la piste de danse.

Il se faufile entre les couples et tend la main à une femme qui doit bien avoir le triple de son âge. Elle lui sourit avant de le suivre au centre de la piste de danse. Ils commencent à danser sous les yeux ébahis d'Ellie. Nate guide sa partenaire comme s'il avait fait ça toute sa vie. Tous les regards se posent sur lui, et Ellie ne manque pas de remarquer les yeux doux que la gent féminine lui accorde.

Edgartown est exactement comme elle s'en souvient, si ce n'est qu'il est encore plus surprenant. Voir tous ces couples danser sur cette musique lui donne le sentiment d'être enfin chez elle. Désormais, Boston semble très loin et, pour la première fois, elle ne pense à rien d'autre qu'au moment présent.

— Nate Darwell, combien de fois vais-je devoir te virer ! s'exclame Lucy en se frayant un chemin à travers la foule. Elle l'attrape par les cheveux et l'écarte de sa partenaire qui semble surprise.

Nate grimace, tandis que Lucy l'emmène de l'autre côté du restaurant. Une fois hors de portée des clients, elle relâche sa poigne sur lui et croise les bras.

— Je t'ai déjà dit d'arrêter de t'amuser sur tes heures de travail.

Nate se frotte la tête à l'endroit où Lucy lui a tiré les cheveux.

— Je t'ai déjà dit, je suis en train de travailler là, c'est…

— N'essaie même pas de justifier ça en disant que ton charme ramène des clients, prévient-elle.

— Donc tu avoues que j'ai du charme ? demande-t-il en haussant un sourcil.

Lucy lui donne une légère tape derrière la tête et soupire.

— Tu vas finir par me tuer, Nate Darwell… dit-elle avant de tourner les talons et de retourner travailler.

Nate Darwell. Ellie a déjà entendu ce nom quelque part.

— Nate Darwell.

Elle murmure son nom se remémorant enfin les circonstances dans lesquelles elle l'a déjà entendu.

— Tu es un des garçons que Charlie Wolf était en train de tabasser la dernière fois ! Je vous ai sauvés, toi et tes frères !

Ellie se souvient de la discussion que Mona et Marguerite ont eue à propos de Charlie et des frères

Darwell. Elle se rappelle l'anecdote de Mona qui disait avoir vu les garçons se battre.

Nate soupire et prend une expression plus sérieuse.

— Je dirais pas que tu nous as sauvés.

Ellie fronce les sourcils.

— Pourtant vous sembliez avoir besoin d'aide, tous les trois, ensanglantés, au sol…

Nate ne dit rien de plus, toute trace d'amusement effacée de son visage, contrastant avec la personnalité légère qu'elle a appris à connaître aujourd'hui.

— Pourquoi Charlie voulait votre peau ce jour-là ? demande-t-elle.

— Il y a des choses qu'il ne vaut mieux pas savoir.

* * *

Charlie observe son reflet dans le miroir de la salle de bains. Ses traits sont fins, ses joues creusées et ses yeux comme éteints. Les blessures sur son corps ont commencé à cicatriser, mais elles laissent encore de sales traces sur son visage pâle. Il ne se reconnaît plus.

— Charlie ?

Annie pousse légèrement la porte de la salle de bains, révélant le jeune homme. Elle pousse un cri et pose sa main sur sa bouche lorsqu'elle se rend compte de son état. Il soupire et s'assoit avec difficulté sur le rebord de la baignoire.

— Harlie… Annie observe son frère avec précaution, les larmes aux yeux.

Charlie baisse la tête un instant et ferme les yeux. Il aurait préféré éviter ce genre de situation. Il reprend ses esprits et se redresse, masquant toute once de fatigue et de faiblesse.

— Annie, tu devrais déjà être au lit. Qu'est-ce que tu fais debout ? demande-t-il en passant une main agitée sur son visage.

— Je n'arrive pas à dormir.

Charlie se relève et prend appui sur le mur, redressant son corps avec difficulté. La petite fille enroule aussitôt un bras autour de son bassin afin de l'aider à se stabiliser. Il attrape sa main et se dirige vers sa chambre. Le parquet grince sous leurs pieds, et la lumière de la lune trace un chemin jusqu'à sa chambre.

— Tu peux dormir avec moi ce soir, exceptionnellement. Il grimace en s'asseyant sur le lit.

Annie prend place sur le lit double et observe son frère poser sa tête sur l'oreiller, soucieuse. Ils restent ainsi un long moment, bercés par le son régulier de la pluie s'abattant sur le vélux.

— Harlie ?

— Hum ? murmure le jeune homme à moitié endormi.

— Est-ce qu'ils te manquent ?

À cette question, Charlie ouvre les yeux. Il prend un instant avant de répondre, laissant des milliers de souvenirs le submerger.

— Jour et nuit, murmure-t-il dans l'obscurité.

Annie ne dit rien de plus et finit par s'endormir, laissant Charlie incapable de trouver le sommeil. La nuit est souvent synonyme de terreur pour lui. Son esprit est plus vulnérable lorsque la nuit tombe et que la maison est plongée dans un silence de mort. C'est à ce moment-là que ses souvenirs décident de le hanter.

Un en particulier refait surface. Charlie et son père étaient en mer, en train de pêcher. La mer était quelque peu agitée, mais rien de suffisant pour effrayer les deux hommes. Le soleil était sur le point de disparaître à l'horizon, ses derniers rayons illuminaient le visage du jeune homme.

[IL Y A TROIS ANS]

— D'où te vient ce bleu sur le front ? demande Arthur, les yeux posés sur Charlie un court instant.

Charlie pose instinctivement une main sur son front.

— Rien de grave. Les frères Darwell ont encore trop ouvert leur bouche lors d'un match de hockey.

Arthur soupire, bien trop habitué à entendre ce genre de discours. Un silence s'ensuit, avec comme seul bruit de fond le clapotis des vagues contre la coque du vieux bateau.

— Tu sais à quoi tu me fais penser ? demande soudain Arthur, un sourire dansant sur son visage tandis que ses mains dénouent les centaines de nœuds.

Charlie reste silencieux.

— À un loup solitaire !

Charlie laisse échapper un rire, amusé par cette drôle de comparaison.

— En attendant, j'ai pris un sacré coup…

— Charlie.

La voix d'Arthur, désormais plus solennelle, incite le jeune homme à relever la tête vers lui. Le bruit des vagues semble plus bruyant, ou peut-être est-ce le silence.

— Tu sais, les tigres et les lions ont beau être forts, le loup, lui, au moins, ne fait pas partie du cirque, dit-il en ne lâchant pas du regard son fils.

Charlie prend en compte les mots de son père et tout prend très vite sens. Arthur a toujours eu les mots qu'il fallait pour le rassurer.

La conversation reprend son cours normal après cela, mais comme une brume de mer, les paroles d'Arthur semblent flotter dans l'air.

L'esprit du jeune garçon s'apaise enfin et il sombre dans les bras de Morphée sans même s'en rendre compte.

Chapitre 7
Croissants chauds

Ellie ouvre les yeux, laisse les rayons du soleil matinal chauffer son visage. Elle étire son corps de tout son long pour chasser le sommeil. Aujourd'hui est une belle journée. Les oiseaux chantent déjà malgré le froid et une douce odeur de crêpes taquine ses narines.

Elle repense à sa journée d'hier et aux rencontres qu'elle a faites. Elle a hâte de tout raconter à Marguerite, de lui parler de l'incroyable duo que forment Raven et Simon et de l'excentrique Nate. D'un geste précipité, elle pousse la couverture et se dirige avec impatience vers la cuisine, manquant de tomber dans les escaliers. Un sourire plaqué au lèvres et se sentant de bonne humeur, Ellie se met à chantonner en arrivant dans la cuisine.

Son entrain retombe immédiatement lorsqu'elle entre dans la pièce. Marguerite est aux fourneaux en train de faire cuire des crêpes, tandis que Charlie et Annie sont assis à table. Tous les regards se posent sur elle et elle se rend compte de son accoutrement. Vêtue d'un short de pyjama noir et d'un t-shirt des Jonas Brothers, elle se sent soudain mal à l'aise. Elle passe une main dans ses cheveux dans l'espoir de coiffer un minimum sa longue tignasse brune.

— Joli pyjama, commente Charlie avec un sourire amusé.

Ellie fronce les sourcils.

— Oh, bonjour Ellie, viens t'asseoir, j'ai fait des crêpes, lance Marguerite, tout sourire, en tapotant la chaise à côté d'Annie.

D'un pas récalcitrant, la jeune femme s'assoit à table et pose son regard sur Charlie qui est bien trop occupé par ses crêpes. Ses blessures sont moins vilaines à regarder.

Le regard insistant de la petite fille à côté d'elle attire son attention. Ses grands yeux bleus sont fixés sur elle.

— Tu te souviens de Charlie ? demande Marguerite.

Ellie manque de rire à cette question, mais elle se retient, se souvenant que Marguerite n'est pas au courant qu'elle a aidé Charlie après qu'il s'est battu.

— Voici sa petite sœur Annie.

Marguerite sourit chaleureusement à la petite fille qui engloutit un morceau de crêpe, du chocolat partout autour de la bouche.

— Je suis Annie, déclare la fillette en tendant sa main pleine de chocolat vers la jeune femme.

Avec un sourire crispé, Ellie saisit sa main.

— Ravie de te rencontrer.

Annie répond avec un sourire et continue à déguster sa crêpe.

— Charlie a quelque chose à faire aujourd'hui, c'est pour ça que je vais garder la petite Annie, explique Marguerite.

Surprise, Ellie lève les yeux vers Charlie qui semble être perdu dans ses pensées. Elle remarque son regard éteint et la façon dont il joue abstraitement avec sa fourchette. Elle se demande ce qui le tracasse.

— Est-ce qu'on va regarder des dessins animés ? demande Annie.

— Bien sûr, répond Marguerite en souriant avant de se tourner vers Charlie. Est-ce que je peux te parler en privé Charlie s'il te plaît ?

Le jeune homme acquiesce et suit Marguerite vers le salon.

— Puis-je savoir pourquoi tu me confies une fois de plus Annie ? Cela ne me dérange pas, mais j'aimerais savoir pourquoi tu disparais, demande-t-elle d'un ton solennel, les mains sur les hanches.

Charlie soupire.

— J'ai mes raisons, Rita.

— Je ne voulais pas en arriver là, Charlie, mais je refuse de garder Annie si tu ne me dis pas où tu vas, dit-elle les bras croisés sur sa poitrine.

Agacé, Charlie serre la mâchoire et laisse son regard se perdre sur la fenêtre derrière Marguerite.

— Je t'en prie, Rita, arrête de poser des questions, plaide-t-il.

— Dis-moi où tu vas, Charlie, s'il te plaît.

Il finit par reposer son regard sur la vieille dame.

— Je vais à l'hôpital.

Les yeux de Marguerite s'écarquillent un instant.

— Ce n'est rien de grave, ne t'inquiète pas. J'ai récemment reçu un coup à la tête et depuis j'ai des migraines.

— Comment peux-tu me demander de ne pas m'inquiéter lorsque tu me dis ça ! Tu aurais dû m'en parler le jour où ça t'est arrivé.

— Je ne voulais pas te déranger. Tu t'es déjà assez occupée de moi.

— Charlie, je me soucierai toujours de toi et je veux être là pour toi, alors arrête de penser que tu es un fardeau pour moi.

Charlie hoche légèrement la tête, refusant de rencontrer son regard maternel.

— Je vais garder Annie, mais je veux que tu me tiennes au courant, d'accord ?

— Merci Rita, dit-il simplement.

— Promets-moi que tu me diras tout dorénavant, demande-t-elle.

Charlie baisse la tête un instant.

— Je dois y aller, je vais être en retard à mon rendez-vous, déclare-t-il avant de s'échapper vers la cuisine.

— Charlie ! l'interpelle Marguerite, mais il l'ignore.

L'attention d'Ellie se pose sur le jeune homme lorsque celui-ci se précipite auprès de sa petite sœur, l'embrasse sur la joue et lui promet de revenir rapidement avant de quitter la maison d'un pas précipité.

— Est-ce que tout va bien ? demande Ellie en voyant la mine inquiète de Marguerite.

La vieille dame soupire, les mains dans les poches de son tablier.

— Tout va bien, ne t'en fais pas, dit-elle, mais le soupir dans sa voix la trahit.

Ellie s'apprête à continuer, mais Marguerite prend de nouveau la parole.

— Tu n'es pas en retard ?

Les yeux d'Ellie s'écarquillent lorsqu'elle remarque l'heure sur l'horloge de la cuisine. Elle se lève précipitamment, faisant tomber le reste de sa crêpe au chocolat sur son t-shirt.

— Il manquait plus que ça ! dit-elle en grimaçant.

Annie se met à ricaner à côté d'elle.

— En plein sur la tête de Joe ! dit-elle en pointant le t-shirt désormais taché.

Ellie hausse un sourcil.

— Tu connais les Jonas Brothers, toi ?

— Le meilleur, c'est Nick !

Ellie laisse échapper un rire, surprise qu'Annie connaisse le groupe qui a bercé son adolescence.

— Ellie, au travail ! s'exclame Marguerite tandis qu'elle commence à débarrasser la table.

Elle se précipite dans sa chambre, enfile la première tenue qu'elle trouve et descend une nouvelle fois les escaliers à toute allure, trébuchant cette fois-ci sur la dernière marche et se cognant la tête contre le mur.

Elle grimace de douleur tandis qu'Annie se met à rire aux éclats.

— Est-ce que ça va ?

Ellie hoche la tête et embrasse rapidement sa grand-mère sur la joue. Elle ébouriffe les cheveux de la fillette au passage.

— Ça te fait rire petit monstre !

Annie hoche frénétiquement la tête. Un sourire se dessine sur le visage d'Ellie tandis qu'elle salue une dernière fois le duo avant de s'en aller.

— Une panne de réveil j'imagine, remarque Nate dès que la jeune femme passe le pas de la porte.

Ellie regarde sa montre.

— J'ai que deux minutes de retard, je me suis dépêchée exprès.

— Non je parlais de tes cheveux, dit-il en grimaçant légèrement.

— Qu'est-ce qu'ils ont, mes cheveux ? demande-t-elle en passant une main dans sa chevelure.

— Disons que c'est… buissonneux, répond-il, un sourire narquois sur le bout des lèvres.

— Laisse-la tranquille, t'as vu ta tête au réveil ? s'exclame Raven qui débarque en donnant une légère tape derrière la tête de Nate.

— Figure-toi que de nombreuses filles m'ont dit que j'avais l'air d'un ange au réveil.

Raven pouffe et Ellie esquisse un sourire amusé.

— Elles étaient sans doute encore saoules de la veille, intervient Simon en arrivant dans la salle des employés.

— L'alcool, c'est comme les enfants, ça dit toujours la vérité, dit-il avant de disparaître vers la salle du restaurant, faisant rire le trio.

Raven lève les yeux au ciel.

— Irrattrapable, dit-elle en prenant le petit cahier posé sur la table.

— Je ne sais pas si Lucy t'en a déjà parlé, mais en tant qu'employés, nous faisons aussi les livraisons à domicile de temps en temps.

— Je ne savais pas.

— Suis-moi, je vais te montrer.

Les deux jeunes femmes saluent Hari, le cuisinier qui est déjà aux fourneaux et continuent leur chemin vers le fond de l'immense cuisine où se trouvent quelques paniers en osier.

— Beaucoup de personnes âgées vivent dans cette ville et ne peuvent pas se déplacer. Certains ne veulent juste pas sortir de chez eux. C'est pour ça que Lucy a eu cette idée. Tous les jeudis soir, on prépare les paniers pour qu'ils soient prêts pour la livraison le vendredi matin.

— Est-ce qu'ils contiennent tous la même chose ?

— Non, ce sont que des commandes différentes. On fait ça environ toutes les deux semaines. À chaque fois, deux employés vont en ville et livrent les paniers. La plupart du temps, c'est Simon et moi, car Nate n'a pas vraiment le côté commercial.

Ellie hausse les sourcils.

— Nate n'a pas le côté commercial ? Avec sa grande bouche, j'aurais pensé le contraire, plaisante-t-elle.

— Prends ça et suis-moi, demande Raven en prenant un panier dans chaque bras tandis qu'Ellie fait de même. C'est justement sa grande bouche qui lui porte préjudice. Un jour, il m'a accompagnée parce que Simon était malade et ça ne s'est pas vraiment bien passé, explique-t-elle en se remémorant la scène comique.

Les deux jeunes femmes se mettent en route et Raven continue son histoire.

— On est allés chez madame Pierce, une vieille dame qui vit sur les hauteurs de la ville. Elle est connue pour être très aigrie. Ce jour-là, on devait lui livrer trente mini-muffins aux myrtilles et aux fraises. Il était censé y avoir quinze muffins de chaque saveur, or il manquait un muffin à la fraise. Madame Pierce a commencé à faire un scandale, à dire que c'était inacceptable et qu'elle ne paierait pas avant d'avoir eu son trentième muffin. Tu peux imaginer à quel point ça a irrité Nate.

Ellie esquisse un sourire, imaginant bien la scène.

— Je lui ai dit que je lui apporterais plus tard dans la journée, mais elle ne voulait rien savoir. Nate a donc commencé à s'énerver et à traiter madame Pierce de vieille peau qui allait bientôt mourir.

— Il n'a pas osé dire ça ! s'exclame Ellie, incrédule face à cette anecdote.

— J'ai essayé de garder mon sérieux, mais j'ai éclaté de rire devant elle. Inutile de préciser qu'elle l'a très mal pris. Depuis, elle ne nous a pas repassé de commande.

— Pas étonnant.

— Tu comprends pourquoi on ne laisse plus Nate faire les livraisons, rétorque Raven.

Le duo continue son chemin, commençant par les maisons les plus éloignées avant de terminer par les deux dernières sur le port. Raven continue de raconter quelques anecdotes qu'Ellie écoute attentivement, ricanant de temps en temps.

La brise hivernale forcit un peu et le ciel commence à se couvrir tandis qu'elle termine la troisième et avant-dernière livraison.

— On devrait se dépêcher, le ciel est plutôt chargé, remarque Raven.

Les deux jeunes femmes passent devant chez Joey's et longent le bord de mer bien agité. Les vagues font tanguer les bateaux amarrés et virevolter les voiles des voiliers. Raven pousse le portillon d'une maison et monte les quelques marches qui mènent à la porte. Elle frappe deux coups à la porte et se retourne vers Ellie.

— Je n'aime pas vraiment venir ici, grimace-t-elle.

Ellie est sur le point de lui demander pourquoi lorsque la porte s'ouvre sur un homme. Il a une barbe de trois jours grisâtre, de gros cernes très foncés sous les yeux et le visage ridé. Il est imposant et porte des vêtements en piteux état.

— Qu'est-ce qu'il y a ? demande-t-il de sa voix rauque.

— Voici votre commande monsieur. Trois bouteilles de vin rouge et des viennoiseries.

Raven tend le panier au vieil homme qui l'attrape d'un coup sec. Il balance un billet et claque la porte au nez des deux jeunes femmes.

— Oh, très charmant ! ironise Ellie. Raven soupire et reprend son chemin.

— Quel genre de personne commande du rouge et des croissants ?

— Victor Wolf est ce genre de personne. C'est quelqu'un qu'il vaut mieux éviter.

— *Wolf* ? Est-ce que c'est le père de Charlie ?

Raven secoue légèrement la tête et lance un regard curieux à Ellie.

— C'est son oncle. Après l'incendie, il a eu la garde d'Annie.

— L'incendie ? Ellie demande.

Raven se racle la gorge et lève la tête vers le ciel.

— La tempête arrive, on devrait vraiment rentrer, dit-elle en accélérant le pas.

Ellie reste confuse, il semblerait que Raven ne veuille pas lui en dire plus. Elle a remarqué que le sujet Charlie Wolf était sur toutes les lèvres mais que personne n'osait vraiment en parler en public. Elle se pose des tas de questions à ce sujet, mais elle a le sentiment qu'elle n'est pas près d'avoir des réponses.

La pluie se met à tomber dès que les deux jeunes femmes passent le pas de la porte du Willy & Co. Le restaurant est plongé dans l'obscurité et vide de tout client. Nate et Simon sont assis au bar en train de discuter avec Alaric tandis que Lucy tente d'éponger l'eau qui coule depuis le toit.

— Oh, vous voilà ! J'avais peur que vous soyez prises dans la tempête ! La chaîne météo a lancé une alerte, il vaut mieux fermer et aller se mettre à l'abri, s'exclame Lucy lorsqu'elle remarque les deux jeunes femmes.

— Je vais vous ramener chez vous, les jeunes, tous en voiture ! déclare Alaric.

Chapitre 8
À l'ombre d'une flamme

Lacuna.

L'histoire du mot remonte à la Rome antique. À cette époque, les textes importants étaient souvent écrits sur des parchemins ou des tablettes de cire, précieusement conservés dans des bibliothèques et des archives. Au fil du temps, en raison de l'usure naturelle, des accidents ou des erreurs de copie, des parties de ces textes anciens pouvaient être effacées, endommagées ou perdues. Ces espaces vides dans le texte étaient appelés *lacunae* en latin, qui signifie « creux ».

— Merci Alaric.

Ellie salue de la main et court jusqu'à la porte. Une douce odeur de gâteau chatouille ses narines lorsqu'elle rentre dans la maison. Elle enlève ses chaussures trempées, pose son manteau à l'entrée et se dirige vers la cuisine.

— Ça sent drôlement bon ici.

Marguerite est au téléphone tandis qu'Annie est assise sur une chaise en train de dévorer des cookies encore chauds. La petite fille se lève et se précipite dans les jambes d'Ellie, heureuse d'avoir retrouvé sa nouvelle amie.

— Enfin, tu es là !

Ellie sourit tendrement et prend la petite fille dans ses bras.

— Je vois que vous avez bien travaillé ce matin.

— Rita a dit que je pouvais en rapporter à la maison !

— Hum, je ne crois pas, je vais tout garder ! rétorque Ellie, un sourire amusé sur les lèvres.

— Je peux t'en donner quelques-uns, mais pas tous, répond la petite fille.

Ellie esquisse un sourire et repose Annie au sol lorsque Marguerite raccroche.

— Ellie, tu es déjà là ?

— Lucy a fermé le restaurant et a décidé de nous renvoyer chez nous. Ils annoncent une forte tempête.

Marguerite hoche la tête et enfile son manteau près de la porte.

— Tu tombes à pic. J'ai une amie qui est enfermée dans son garage, ne me demande pas comment elle a fait. Il lui arrive toujours des péripéties... dit-elle en soupirant. Il faut que j'aille chercher Joey afin qu'il la sorte de là, elle n'arrive pas à le joindre avec la tempête. Reste avec Annie jusqu'à ce que Charlie revienne, veux-tu ?

Elle attrape ses clés et un parapluie.

— Oh, et si Charlie revient avant moi, dis-lui d'attendre mon retour, je veux lui parler.

Ellie n'a pas le temps de répondre ou de faire part de son inquiétude à Marguerite que celle-ci est déjà partie.

Ellie soupire et baisse son regard sur Annie.

— Est-ce que tu veux regarder un Disney ?

Annie esquisse un sourire et hoche frénétiquement la tête avant de courir vers le salon. Ellie regarde à travers la fenêtre la pluie s'abattre de plus en plus fort, écoute le vent souffler contre les toitures et le tonnerre qui se met à gronder. Elle s'inquiète pour Marguerite. La tempête ne fait que commencer, elle craint que ça ne fasse qu'empirer dans les prochaines heures.

— Ellie ! la voix d'Annie la sort de ses pensées et elle la rejoint dans le salon.

Ellie met en route le dessin animé *Raiponce* et s'assoit sur le canapé à côté de la petite fille. Très vite, les rires d'Annie résonnent lorsque Maximus et Flynn Ryder se disputent la botte de ce dernier. La jeune femme tente de s'intéresser au dessin animé, mais son esprit est ailleurs. Son regard se perd sur le feu de cheminée qui éclaire la pièce sombre. Elle se demande si Marguerite a trouvé Joey, s'ils ont réussi à sortir son amie de son garage.

Elle sursaute légèrement lorsque le tonnerre gronde. Annie, quant à elle, est bien trop impliquée dans le dessin animé pour se soucier du temps qu'il fait dehors. En revanche, le cœur d'Ellie se serre en voyant les arbres se balancer dans tous les sens, la pluie s'abattre violemment et le ciel presque noir à travers la fenêtre.

Les minutes passent, et la voilà désormais très inquiète. Elle attrape son téléphone et appelle sa grand-mère, mais tombe sur un message indiquant que la ligne est hors service. Son esprit divague vers tous les scénarios possibles en passant par les plus catastrophiques. Elle sent les larmes lui monter aux yeux, mais un violent coup contre la porte d'entrée la sort de sa paranoïa.

Cette fois-ci, Annie se tourne vers la jeune femme, le regard inquiet.

— Reste là, je reviens, dit-elle en se levant.

Elle se précipite vers la porte d'entrée, espérant y trouver sa grand-mère, mais elle y trouve quelqu'un d'autre. Charlie se tient devant elle, trempé de la tête aux pieds. Elle avait presque oublié qu'il devait passer chercher Annie.

Elle s'écarte et le laisse entrer. Elle jette un coup d'œil dehors avant de refermer la porte. Charlie se tient devant elle, les bras enveloppés autour de son corps et frissonnant de partout. Quelques mèches brunes sont collées contre son front et ses habits sont complètement trempés. Il a sans doute marché jusqu'ici, pense Ellie.

— Annie est dans le salon.

Charlie se précipite vers Annie qui ne remarque pas la présence de son frère avant que celui-ci prenne la parole.

— Annie, on y va, déclare-t-il d'une voix saccadée par des frissons.

— Harlie ! Annie s'exclame vers Charlie.

— Attrape ton manteau, ordonne-t-il.

La petite fille hoche la tête et court chercher son manteau dans l'entrée.

— Charlie, vous devriez peut-être rester un peu. Tu es frigorifié et la tempête est encore violente.

— On doit rentrer, dit-il d'une voix impérieuse.

— Ce n'est pas prudent. Et Marguerite m'a dit qu'elle souhaitait te parler et que tu devais attendre son retour.

Comme s'il venait de se rendre compte de l'absence de la vieille dame, Charlie observe les alentours avant de reposer les yeux sur Ellie.

— Où est-ce qu'elle est ?

Ellie soupire et passe une main agitée dans ses cheveux.

— Elle est allée chercher Joey parce qu'une de ses amies est coincée dans son garage. Je n'ai pas de nouvelles depuis environ une heure, dit-elle en s'asseyant sur l'accoudoir du canapé, visiblement inquiète.

Charlie reste un instant silencieux. Il se demande ce qui a bien pu passer par la tête de Marguerite pour qu'elle s'aventure dehors toute seule avec un temps pareil. Cependant, cela ne l'étonne pas, elle a toujours été de nature altruiste, parfois même à l'excès.

— Je suis prête ! s'exclame Annie en apparaissant dans le salon.

Charlie soupire.

— On va finalement rester un petit peu, c'est trop dangereux dehors.

À cette déclaration, Ellie pose son attention sur le jeune homme qui a déjà les yeux posés sur elle. Son visage est fermé, son regard est étrangement calme, mais pour la première fois, elle décèle une once d'humanité dans ses yeux.

— Et Victor alors ? Il ne va pas aimer qu'on ne rentre pas à l'heure, dit Annie d'une petite voix.

— Ne t'en fais pas, je m'en occuperai, répond Charlie d'un ton solennel.

Ellie repense à sa rencontre avec Victor. Il n'avait pas l'air d'être l'homme le plus aimable. Elle se demande comment sont ses relations avec Annie et Charlie. Des tas de questions lui viennent en tête. Pourquoi Charlie et sa sœur vivent-ils avec leur oncle ? Qu'est-il arrivé à leurs parents ? Pourquoi y a-t-il tant de mystère autour des Wolf ?

— Yeah ! Je vais pouvoir regarder la fin du film, s'exclame la petite en se jetant sur le canapé.

Ellie esquisse un sourire affectueux avant de se tourner vers Charlie.

— Est-ce que tu veux un thé ?

Il hoche légèrement la tête et s'installe dans un fauteuil près de la cheminée. Ellie se dirige vers la cuisine et s'affaire à préparer deux tasses de thé. Le tonnerre gronde une nouvelle fois, lui rappelant la tempête qui s'abat sur la ville et le fait que Marguerite soit encore dehors. Son cœur se serre et ses mains deviennent moites en voyant l'horloge de la cuisine.

18 h 45.

Elle met l'eau à bouillir et attrape son téléphone. Elle soupire en voyant qu'elle n'a toujours pas de réseau. Elle déteste ce sentiment d'impuissance qu'elle connaît bien, cette impression d'être faible et vulnérable. Cela lui rappelle de sombres souvenirs qu'elle souhaiterait oublier pour toujours. Elle pourrait presque encore entendre sa propre voix appeler à l'aide, sentir son corps trembler et son cœur marteler contre sa poitrine.

Le sifflement de la bouilloire la sort de ses sombres pensées. Elle termine de préparer le thé et retourne dans le salon. Annie est désormais devant un autre dessin animé. La tête posée contre l'oreiller, son doudou contre elle, ses yeux se ferment tout doucement. Charlie, quant à lui, est encore près du feu, les mains tendues vers le foyer semblant perdu dans ses pensées.

— Je n'ai trouvé que du thé vert, dit-elle en lui tendant une tasse.

— Ça me va, répond-il simplement en prenant la tasse entre ses mains.

— Tiens, prends ça, déclare-t-elle en tendant un plaid au jeune homme.

— Ça va, merci.

Ellie soupire.

— Charlie, tu es trempé et tu frissonnes encore.

Le jeune homme finit par prendre le plaid et le pose sur ses épaules. Ellie s'installe sur le fauteuil d'en face et prend le temps de l'observer. Bercé par le son de la pluie, son regard se perd une nouvelle fois sur les flammes, leur reflet dansant sur sa peau hâlée. Il semble épuisé, comme s'il avait du mal à trouver le sommeil depuis un moment.

— Comment vont tes blessures ?

— Mieux, dit-il simplement avant de porter sa tasse à ses lèvres.

Il ferme les yeux et un agréable silence s'installe. Le crépitement des flammes de la cheminée se mêle à la douce musique du dessin animé qui joue en fond sonore. Ellie continue de l'observer, chaque geste et chaque expression du visage, se demandant ce qui peut bien se cacher derrière ses silences et ses hésitations.

— Charlie, elle commence d'une voix incertaine. Est-ce que je peux te poser une question ?

Le jeune homme soupire et ouvre enfin les yeux afin de rencontrer le regard curieux d'Ellie.

— Je m'excuse si ma question est intrusive, mais qu'est-il arrivé à tes parents ?

Charlie se raidit et fronce les sourcils, agacé par cette question. Il ne laisse rien paraître, mais il a l'impression que la jeune femme essaie de le percer à jour, et cela le dérange.

— Pourquoi poser la question, tu dois déjà savoir ce qui se raconte, dit-il d'une voix mordante.

— Ce qu'il se dit ? Je n'ai rien entendu.

— Dans ce cas-là comment sais-tu qu'il est arrivé quelque chose à mes parents ?

— J'ai rencontré ton oncle ce matin lors de ma livraison pour Willy & Co.

Charlie hausse un sourcil.

— Tu travailles là-bas ? demande-t-il dans l'espoir de changer de sujet.

Ellie acquiesce d'un geste de la tête.

— Raven m'a expliqué qu'il avait la garde d'Annie, mais elle n'a rien dit de plus.

Charlie laisse échapper un rire et détourne son attention sur les flammes à côté de lui.

— Donc tu viens me demander directement.

Ellie soupire.

— Oublie ce que je viens de te demander. Je n'aurais pas dû, dit-elle.

— Tu n'aurais pas dû, mais tu l'as quand même fait, ta curiosité a pris le dessus, remarque-t-il, un léger sourire fatigué dansant sur ses lèvres.

Ellie hoche la tête, un peu mal à l'aise, et détourne le regard, sentant que Charlie ne veut pas poursuivre cette conversation. Il reste silencieux un instant, replongeant dans ses pensées, toujours aussi mystérieux et difficile à cerner.

— Beaucoup de rumeurs circulent dans cette ville, si tu veux vraiment savoir ce qu'il se dit sur moi alors tu le sauras bien assez tôt, explique-t-il d'une voix morne.

— Ce que disent les gens ne m'intéresse pas, j'aimerais entendre ton histoire.

Surpris par l'intérêt d'Ellie, Charlie ne dit rien et l'observe. Pendant quelques instants, leurs regards se soutiennent. Charlie est tenté de parler de son passé, c'est la première fois que quelqu'un demande à entendre l'histoire de sa bouche. Mais il hésite, car il ne veut pas remuer des souvenirs douloureux.

— Ellie, il faut vraiment que tu apprennes à te mêler de tes affaires, répond-il d'une voix monotone et dépourvue d'émotions.

Mal à l'aise, Ellie se raidit sur son fauteuil et évite le regard de Charlie. Un nouveau silence s'installe entre eux, le tonnerre et le crépitement du feu bercent leurs pensées. Charlie, les yeux fixés sur les flammes, se laisse transporter par leurs mouvements. Comme une porte sur son passé, elles font remonter des souvenirs à la surface.

— Je te parie que je peux faire dix ricochets avec ce caillou, s'exclame Charlie du haut de ses quinze ans.

Il jette son caillou sur la surface lisse du lac, faisant trois ricochets avant de couler. Samuel laisse échapper un rire face à la déception de son petit frère.

— À mon tour.

Il fait un pas en avant et, d'un coup de poignet, envoie valser sa pierre sur la surface. Le caillou fait sept ricochets avant de couler.

— Pourquoi je n'arrive jamais à faire plus de trois, râle Charlie en grimaçant.

La journée est lumineuse, sans nuages dans le ciel, et le soleil est généreux, répandant sa chaleur sur toute la région. Un doux vent souffle, apportant une brise fraîche sur les rives du lac, faisant onduler doucement les feuilles des arbres qui l'entourent. Charlie peut entendre les rires d'Annie près du chalet, elle est sans doute en train de jouer avec Bowie, le chien de la famille. Il peut entendre ses parents rire près du ponton, assis sur des chaises. Une douce sensation de sérénité règne. Charlie aurait aimé que cela reste ainsi, mais il sait que Samuel a autre chose en tête.

Sa bonne humeur est plombée instantanément. Il balance violemment un caillou dans l'eau, éclaboussant son frère.

— Wow, qu'est-ce qu'il y a Charlie ? demande Samuel amusé par la soudaine violence du jeune garçon.

— Rien, dit-il d'un ton sec.

Charlie balance une fois de plus un caillou dans l'eau avec autant de violence. Cette fois-ci, Samuel fait un pas vers lui, une expression plus sérieuse sur le visage.

— Charlie, qu'est-ce qu'il y a ? demande-t-il d'une voix impérieuse.

Ce dernier se tourne vers son grand frère, le regard dur, perçant, comme si le feu de sa colère brûlait derrière ses yeux.

— Il y a que tu nous abandonnes ! s'exclame-t-il. Tu me laisses seul à Edgartown pour partir à New York.

Les traits crispés de Samuel se détendent, les muscles de sa mâchoire se relâchent et ses yeux s'adoucissent lorsqu'il prend enfin conscience de la situation.

— Charlie, je pars pour mes études, on se reverra. Je ne vous abandonnerai jamais.

— Tu m'abandonnes, répète le jeune garçon tandis que ses yeux s'humidifient. Tu m'as promis que tu serais toujours là pour moi ! s'exclame-t-il en balançant violemment une pierre dans l'eau.

Samuel se rapproche rapidement de Charlie et le prend dans ses bras, le forçant à rester ainsi. Charlie essaie de se débattre un instant mais abandonne vite, se laissant aller dans les bras de Samuel. Il peut sentir les muscles de son petit frère se relâcher peu à peu, et il resserre son étreinte pour le rassurer.

— Charlie je viendrai vous rendre visite. Il ne faut pas prendre ça comme un abandon.

Il relâche doucement le jeune garçon, le regardant dans les yeux avec une expression douce et aimante. Charlie lui rend son regard, les yeux encore un peu rouges de colère, mais maintenant plus calme.

— *Tu vas t'en sortir sans moi Charlie, j'en suis sûr.*

Le tonnerre gronde soudain, sortant Charlie de ses pensées. Instinctivement, il jette un coup d'œil vers le canapé où Annie est encore endormie. Il soupire et passe une main sur son visage fatigué. Son regard se pose sur Ellie qui est désormais recroquevillée en boule sur le fauteuil, les mains dans les manches de son pull et le regard perdu sur son téléphone vérouillé.

Sans vraiment réfléchir, Charlie enlève le plaid de ses épaules et le pose sur les jambes d'Ellie avant de reprendre sa place sur le fauteuil.

— Merci, dit-elle d'une petite voix.

Charlie ne manque pas de remarquer l'inquiétude dans son regard. Il lève les yeux vers l'horloge du salon et soupire en voyant l'heure. Cela fait désormais deux heures que Marguerite est partie et la tempête ne semble pas vouloir se calmer. Il attrape son téléphone et tente d'appeler Marguerite sous le regard curieux d'Ellie, mais le réseau ne fonctionne toujours pas.

— Ne t'inquiète pas, je suis certain qu'elle va bien. Elle doit sans doute être en train d'attendre chez son amie que la tempête se calme, dit Charlie en essayant de la rassurer.

Elle hoche simplement la tête, voulant croire en son scénario.

— Si elle n'est pas de retour d'ici une demi-heure, j'irai la chercher, déclare-t-il.

Le visage d'Ellie s'étire en un sourire reconnaissant. Pour sa plus grande surprise, Charlie lui rend un sourire chaleureux. Ellie est comme captivée par cette vision enchanteresse qui semble si rare à voir sur son visage.

— Comment Marguerite et toi vous êtes-vous rencontrés ? demande-t-elle, souhaitant s'occuper l'esprit.

Charlie esquisse un léger sourire et s'enfonce dans son fauteuil.

— Rita était amie avec mes parents. Elle était souvent invitée chez nous pour dîner, commence-t-il sous le regard attentif d'Ellie. Quand ton grand-père Woody est décédé, ça n'a pas été facile pour Marguerite.

Ellie repense un instant à son grand-père. Elle aurait aimé passer plus de temps avec lui, tout comme elle aurait aimé être là pour Marguerite lorsque celle-ci a perdu son grand amour.

— Ma mère a donc commencé à inviter Marguerite plus souvent à la maison pour cuisiner. Elles faisaient des tas de plats ensemble. Je ne sais pas comment j'ai fait pour ne pas prendre des kilos à cette époque.

Charlie ricane en y repensant. C'est une image à laquelle Ellie n'est pas habituée.

— Au fil des jours, l'état de Rita s'améliorait. Elle aimait discuter avec Annie, Sam et moi. On s'asseyait sur notre porche et elle sur une chaise. Elle nous racontait ses aventures de jeunesse.

Un sourire se forme sur les lèvres du jeune homme sans même que celui-ci le remarque. Les flammes dansent sur son visage, illuminant ses traits d'une lueur rouge et or.

— Elle nous a raconté cette histoire où elle a joué un tour à ta mère lorsqu'elle était jeune. Elle nous a expliqué comment elle a réussi à faire en sorte que ton père et elle ne sortent pas ensemble.

Ellie souffle un rire à cette anecdote qu'elle connaît bien. Marguerite lui a répété cette histoire des centaines de fois. Quand Soren avait quinze ans, Marguerite a fait fuir Vera. Une belle nuit d'été, Soren avait fait entrer la jeune fille dans sa chambre, pensant que Marguerite dormait déjà. Cependant, l'amour passionné des deux adolescents n'était pas passé inaperçu. Connaissant leurs rendez-vous secrets depuis quelques nuits, Marguerite décida d'intervenir. C'est pourquoi juste avant que les deux amoureux ne se retrouvent, Marguerite s'arrangea pour tacher délibérément les draps blancs avec de la sauce tomate. Sans surprise, Vera fut choquée par cette découverte et évita Soren pendant plusieurs semaines.

— Elle nous a aussi parlé de toi, continue Charlie.

Ellie relève brusquement la tête, surprise.

— Elle nous a parlé de la première fois qu'elle t'a vue. Elle a dit qu'elle te trouvait bien en chair, déclare Charlie avec un sourire amusé.

Ellie se recroqueville encore plus dans le fauteuil, les yeux baissés et les joues rougies. Pourtant, malgré son embarras évident, ses lèvres forment un sourire timide et crispé.

— Je n'arrive pas à croire qu'elle t'ait dit ça.

— Elle nous a dit bien d'autres choses sur toi.

— Vraiment ? demande Ellie en se redressant dans son fauteuil.

Charlie secoue la tête, une expression sereine et amusée sur le visage.

— Je plaisante.

— Qui aurait cru que Charlie Wolf connaissait l'humour ! s'exclame-t-elle d'humeur taquine.

— J'ai eu un bon maître, Charlie répond d'une voix calme.

— Tu veux dire Sam, celui dont tu viens de parler ? Qui est-il pour toi ? Les mots sortent de sa bouche avant même qu'elle ne s'en rende compte.

Le prénom résonne dans les oreilles de Charlie comme un coup de tonnerre. Instantanément, son visage se contracte, ses yeux se remplissent de tristesse et sa mâchoire se crispe. Il semble avoir été frappé par une vague d'émotions. Son regard se voile et son corps s'immobilise sur le fauteuil.

Ellie regrette amèrement d'avoir posé cette question en observant la réaction de Charlie. Les traits de son visage semblent trahir une souffrance profonde, comme s'il venait de se rappeler une blessure émotionnelle jamais cicatrisée. Il détourne le regard une fois de plus sur les flammes à côté de lui et reste silencieux un instant, perdu dans un océan de pensées.

— Samuel… il soupire, est un fantôme de mon passé.

Un fantôme qui hante son cœur par son absence, créant ainsi un vide béant, la plus grande des lacunes dans sa vie.

Chapitre 9
Au son des vagues

Au fil des semaines, l'hiver s'installe lentement, apportant son lot de froid et de neige. Les rues se recouvrent d'une fine couche de glace, les trottoirs deviennent glissants tandis que les jours raccourcissent et les températures commencent à baisser progressivement. Cependant, les festivités de fin d'année qui approchent apportent un peu de chaleur à ce paysage froid. Les arbres sont décorés de guirlandes lumineuses multicolores, et les fenêtres des maisons sont ornées de couronnes et de décorations. Les rues sont bondées de gens qui font du shopping pour leurs cadeaux de Noël, ou qui se promènent simplement en profitant de l'ambiance festive.

— Harlie ! s'exclame Annie depuis la cuisine.

Charlie, assis sur son lit défait, regarde attentivement une photo. Les yeux fixés sur l'image, ses sourcils se froncent légèrement et ses lèvres se pincent en une expression de tristesse et de nostalgie. Son regard est perdu dans le passé, dans un temps où les choses étaient différentes, où les souvenirs étaient plus doux.

Un homme et une femme se tiennent par la taille au centre de la photo, les yeux brillants d'amour tandis qu'Annie, pas plus âgée que deux ans, est assise par terre en train de jouer avec le chien. Deux petits garçons approximativement du même âge se tiennent aussi par les épaules, arborant de grands sourires à la caméra.

— Charlie ! s'exclame Annie une nouvelle fois.

Il ferme un instant les yeux et serre la photo dans sa main, comme s'il voulait s'accrocher à cette époque lointaine, à ces souvenirs précieux. Il finit par rouvrir les yeux, et repose la photo sur sa table de chevet pour retrouver Annie dans la cuisine d'un pas déterminé. Sachant que Victor n'est pas à la maison, Charlie déambule sereinement dans la maison. La première chose qu'il remarque en entrant dans la cuisine est Annie debout sur un tabouret essayant d'atteindre un placard.

— Qu'est-ce qu'il y a ? demande-t-il d'une voix fatiguée.

Il n'a pas dormi depuis plusieurs jours, hanté par les fantômes de son passé. La discussion d'il y a quelques jours avec Ellie a fait remonter de nombreux souvenirs qui lui rappellent ce qu'il a perdu. Ce soir-là, lorsque Marguerite a finalement décidé de revenir après la tempête, elle a fait promettre au jeune homme de toujours venir lui demander son aide si sa santé est en danger. N'étant pas d'humeur à s'opposer à Marguerite, il lui a promis, bien qu'il sache qu'il ne tiendrait pas cette promesse.

— Il n'y a plus rien à manger ! s'exclame Annie en ouvrant en grand le placard vide.

— Le frigo aussi est presque vide. Il reste juste des bières et une cuisse de poulet entamée, ajoute Annie.

Il n'est pas surpris, ce n'est pas la première fois. Victor est bien trop occupé à passer ses journées au bar du coin pour se soucier du frigo vide.

Les yeux de Charlie deviennent durs et sa mâchoire se serre, témoignant de la rage qui bouillonne en lui.

— Harlie… dit Annie d'une petite voix en descendant du tabouret.

— Ne t'inquiète pas, je vais arranger ça.

* * *

Ellie pousse la porte du Willy & Co, comme elle le fait chaque matin depuis trois semaines désormais.

La chaleur du restaurant l'enveloppe tout de suite, réchauffant son visage crispé par le froid. Elle inspire profondément et sent l'air chaud réconfortant remplir ses poumons. Une dizaine de clients sont installés à table, bravant le froid en sirotant un thé ou un café. Alaric est derrière son comptoir, fidèle à son poste, en train de passer un coup de chiffon sur le bar. Lucy discute avec une cliente installée près du piano, tandis que Simon et Nate sont tranquillement assis au fond du restaurant.

Ellie se débarrasse rapidement de son manteau, révélant sa tenue de travail, et rejoint les garçons.

— Tiens qui voilà, miss Rose ! s'exclame Nate

— Tu n'as qu'à crier dans le restaurant comme s'il était vide, intervient Simon.

Nate hausse les sourcils.

— Je ne sais pas si t'as remarqué, mais la moyenne d'âge ne descend pas en dessous de quatre-vingts ans ce matin, ils n'entendent rien.

Ellie souffle un rire, désormais habituée aux chamailleries du duo. Au fil des semaines, ses nouveaux amis se sont montrés accueillants et chaleureux, ce qui l'a encouragée à se détendre et à être plus elle-même en leur compagnie.

— Où est Raven ? demande Ellie, constatant l'absence de la jeune femme.

— Elle est malade, la pauvre petite chose a vomi toute la nuit, l'informe Simon qui grimace à cette pensée.

— J'espère qu'elle ira vite mieux, dit Ellie.

Simon hausse un sourcil.

— C'est plutôt moi que tu devrais plaindre. Elle m'a appelé en pleine nuit et m'a obligé à venir chez elle pour lui tenir les cheveux pendant qu'elle vomissait…

— Dégueu… commente Nate, ce qui lui vaut un regard de travers de la part de son ami.

— Ce n'est pas le pire… Pendant qu'elle était en train de manger sa soupe, je lui ai mis une serviette humide sur le front et là, la pire des choses est arrivée… Elle a éternué sur moi ! Il s'exclame en mettant une main devant sa bouche.

— Vraiment dégueu, commente Nate une nouvelle fois, ne détachant pas ses yeux de son téléphone.

— J'ai crié si fort qu'elle a sursauté, ajoute Simon.

— Ses parents ne t'ont pas entendu ? demande Ellie, un sourire amusé sur le visage.

Simon secoue la tête.

— Ils sont habitués à me voir chez eux, tout comme cet idiot, il montre Nate, toujours sur son téléphone. Ils savent que je ne suis pas une menace pour leur fille si tu vois ce que je veux dire, donc je peux débarquer chez eux à n'importe quel moment.

À cette information, Nate détache ses yeux de son écran.

— De un, j'ai entendu ce que t'as dit et de deux, tout le monde est au courant que tu es gay Simon. T'as pas besoin d'en faire toute ta personnalité.

Simon reste bouche bée face au culot de son ami.

— Et ton arrière-grand-mère, elle sait que je suis gay ?

— Mon arrière-grand-mère est décédée.

Simon pointe son ami du doigt.

— Exactement. Donc elle ne le sait pas.

Ellie couvre sa bouche pour cacher son sourire, ne voulant pas rire d'une telle situation. Cependant, plus elle essaie de se retenir, plus elle a envie de rire.

Déterminé à avoir le dernier mot, Nate se tourne vers Simon laissant complètement de côté son portable.

— Qu'est-ce qui te dit que je ne suis pas allé lui dire sur sa tombe ?

C'est au tour de Simon de froncer les sourcils, confus.

— Tu m'as pas dit qu'elle était enterrée au Mexique ? Je m'en rappelle, tu m'avais certifié qu'on parlait mexicain au Mexique, clame Simon en haussant un sourcil.

C'en est assez pour Ellie qui ne peut plus se retenir. Elle éclate d'un rire si tonitruant que Nate lui lance un regard menaçant.

— Quoi ? Ça me paraissait logique à l'époque !

Simon éclate de rire à son tour, entraîné par la joie communicative d'Ellie et les absurdités de son ami.

La bouche de Nate s'ouvre en un « O » indigné, et il pointe du doigt Simon.

— Tu sais quoi, va te faire voir ! dit-il avant de s'en aller de façon théâtrale, exagérant ses gestes et expressions, rendant la scène encore plus comique.

— Tu crois qu'on l'a vexé ? demande Ellie, le fantôme d'un sourire sur le visage.

Simon croise les bras et observe de loin Nate qui est en train de prendre la commande d'un client.

— Non, je dirais juste une égratignure sur son ego surdimensionné.

Ellie souffle un rire, observant Nate griffonner furieusement la commande sur son calepin.

— Ellie, Simon !

La voix de Lucy interpelle le duo.

— Occupez-vous de ces clients voulez-vous ? Lucy mentionne une famille près de l'entrée et un homme assis tout seul à une table près d'une fenêtre.

Simon se dirige vers la famille qui l'accueille avec des sourires polis pendant qu'Ellie s'occupe de l'homme près de la fenêtre. Le regard perdu sur l'océan, il semble si absorbé par ses pensées qu'il n'entend pas la jeune femme approcher.

— Bonjour, est-ce que je peux vous servir quelque chose ? demande-t-elle, un sourire poli sur le visage.

L'homme se tourne vers Ellie. Ce n'est pas un visage familier qu'elle a eu l'occasion de voir durant ses dernières semaines à Edgartown. Ses cheveux sont grisâtres et désordonnés, et sa barbe, bien que courte, est bien fournie. Il porte une vieille veste marron en cuir qui semble avoir bien vécu et un vieux pantalon gris. Elle ne manque pas de remarquer le carnet qui est ouvert devant lui et l'ancre sur le bout de ses doigts.

— Un whisky fera l'affaire, dit-il d'une voix rocailleuse, comme abîmée par un passé de fumeur.

Surprise par ce choix, Ellie lève inconsciemment les yeux sur l'horloge au-dessus de la porte qui indique onze heures.

L'homme laisse échapper un rire.

— Vous devez vous dire qu'il est bien tôt pour commander un whisky, n'est-ce pas ? Ellie s'apprête à répondre, mais il continue.

— « Trop de n'importe quoi est mauvais, mais trop d'un bon whisky est à peine suffisant », Mark Twain, dit-il, un sourire amusé sur les lèvres. Il a écrit *Les Aventures de Tom Sawyer* et *Les Aventures de Huckleberry Finn*. Le pouvoir du whisky n'est-il pas fascinant pour nous, auteurs ? dit-il, les yeux brillant d'une lueur créative.

Elle esquisse un sourire, plongeant ses mains dans les poches de son tablier.

— Le whisky est donc l'arme secrète des auteurs ? Ça explique les nombreux livres qui n'ont aucun sens.

L'homme sourit à son tour, agréablement surpris par la répartie d'Ellie.

— Les plus grands écrits sont nés de la rencontre d'une plume et d'un whisky de qualité, ma chère.

— Je vais tâcher de vous apporter le meilleur whisky que nous ayons, dans ce cas, dit-elle en baissant les yeux sur le carnet encore vierge de l'auteur. Peut-être que l'inspiration vous viendra.

L'auteur esquisse un sourire tandis qu'Ellie tourne les talons en direction du bar. Elle se demande quel genre d'histoire il essaie d'écrire.

Ellie donne la commande à Alaric qui répond d'un simple geste de la tête. Elle reste un moment près du bar, attendant la commande, lorsque la clochette qui annonce la venue de nouveaux clients s'agite au-dessus de la porte. Elle tourne la tête et est surprise par ce qu'elle voit.

Vêtu d'un sweat à capuche gris et d'un simple jean noir, Charlie se tient droit dans l'entrée du petit restaurant. Cela fait trois semaines qu'elle ne l'a pas revu. Après avoir échangé quelques mots près du feu avec lui, elle a passé de longues nuits à se demander ce qu'il avait pu lui arriver. Très vite, elle a réalisé qu'elle tenait à percer ce mystère. Cependant, certaines personnes sont semblables à des énigmes destinées à rester insolubles. Ainsi, Ellie a laissé son esprit s'égarer vers d'autres préoccupations au cours de ces derniers jours, notamment en passant du temps avec Marguerite.

Le regard de Charlie croise celui d'Ellie, et elle ressent aussitôt une certaine nervosité et une légère gêne. Elle repense à leur conversation près du feu et à cette question qu'elle regrette d'avoir posée. Charlie est le premier à détourner le regard, balayant du regard la pièce avant de trouver Lucy. Ellie ne manque pas de remarquer tous les regards qui se tournent vers lui et les murmures lorsqu'il s'avance vers la gérante. Cependant, il ne semble pas affecté.

— Qu'est-ce qu'il fait là ? demande Nate en se postant près d'Ellie.

Les mains sur les hanches, il observe Charlie engager la conversation avec Lucy.

— J'en ai aucune idée…

— Qu'est-ce qu'il se passe ? intervient Simon en posant son plateau vide sur le bar.

— Il semblerait que Wolf ait fait son apparition, informe Alaric en posant le verre de whisky sur le bar.

Le trio observe de loin la conversation de Charlie et Lucy.

— Charlie Wolf, qu'est-ce que tu fais ici ? demande Lucy, visiblement surprise.

— J'ai besoin que vous me preniez comme serveur, annonce-t-il.

Lucy ne peut s'empêcher de pouffer.

— Comme serveur ? Je suis désolée, mais je n'embauche plus. Ellie a déjà été embauchée il y a trois semaines afin d'aider le reste du personnel.

Lucy croise les bras sur sa poitrine tandis que Charlie pose un instant son regard sur Ellie. Elle fronce les sourcils, n'arrivant pas à déchiffrer son expression.

— J'ai vraiment besoin d'argent, Lucy.

— Charlie, je suis désolée, mais il y a plein d'autres endroits où tu pourrais postuler. Je ne suis pas sûre que ce soit une bonne idée, dit-elle en croisant le regard des quelques clients qui les observent avec insistance.

Charlie suit le regard de Lucy et soupire, agacé par l'attention qu'il reçoit dès qu'il se montre en public depuis ce fameux soir.

— Lucy, je vous en prie…

La gérante soupire.

— Tu travailles déjà chez Joey's, n'est-ce pas ?

Il acquiesce d'un geste de la tête.

— De temps en temps, lorsque Joey a besoin d'aide. Ce n'est pas suffisant.

Lucy reste silencieuse, évitant le regard de Charlie tandis qu'elle hésite.

— Vous pensez que je serais venu ici si je n'étais pas allé voir ailleurs ? souffle-t-il dans un rire absurde. Vous pensez que je veux vraiment travailler aux côtés de ce petit con de Darwell ?

Il pointe Nate près du bar. Ce dernier se tend immédiatement, bien qu'il ne puisse pas entendre la conversation.

— J'ai déjà demandé partout et personne ne veut m'embaucher, ce qui n'est pas une surprise pour vous, j'imagine.

Lucy évite son regard une nouvelle fois, bien consciente de la situation de Charlie.

— Je ne serais certainement pas là si ce n'était pas urgent. J'ai besoin de ce job, s'il vous plaît, implore-t-il, le regard déterminé rivé sur Lucy.

Elle prend une grande inspiration et garde le silence pendant quelques instants, réfléchissant à toutes les conséquences possibles de sa réponse. Elle connaît les différends qu'il y a entre Charlie, Nate et Simon, tout comme les rumeurs qui courent à son sujet. Embaucher Charlie pourrait avoir de terribles conséquences sur son business. Après un moment d'hésitation, elle acquiesce d'un geste de la tête.

— D'accord.

Charlie esquisse un petit sourire satisfait.

— Mais à une condition. Tu penses pouvoir te tenir avec Nate et Simon ?

Charlie acquiesce d'un geste de la tête.

— Je ferai en sorte de rester loin d'eux. Je vous promets que rien n'arrivera, j'ai bien trop besoin de ce job.

— Tu me promets aucune bagarre ici ?

— C'est promis, répond-il instantanément.

— Tu es conscient que je mets la réputation de mon restaurant en danger en te prenant ?

— Je vous promets que mon comportement sera exemplaire, Lucy, répond Charlie d'une voix sincère.

Lucy soupire, exprimant ses réserves quant à cette décision.

— S'il arrive ne serait-ce qu'un incident, je te vire tout de suite. Est-ce compris ?

— C'est compris.

Lucy acquiesce d'un geste de la tête et se tourne vers Nate, Simon et Ellie près du bar. Lorsqu'ils remarquent la gérante et Charlie se diriger vers eux, ils se dépêchent de paraître occupés. Ellie attrape le verre de whisky, Nate se tourne vers Alaric faisant semblant de lui donner une commande tandis que Simon se met à essuyer le bar.

— Suis-moi, je vais te présenter à tes collègues qui semblent penser que je ne les remarque pas glander.

Le trio est sur le point de se disperser lorsque Lucy les interpelle.

— Venez ici, ordonne-t-elle au groupe. Vous connaissez déjà Charlie, votre nouveau collègue.

— Nouveau collègue ? s'exclame Nate, confus.

Lucy hoche la tête.

— Tu as bien entendu, Nate. Charlie fait désormais partie de l'équipe.

Incrédule, le trio écarquille les yeux, la bouche ouverte.

— C'est une blague, pas vrai ?

— Ai-je l'air de plaisanter, Simon ?

Nate grimace et répond à la place de son ami.

— Pas vraiment.

Lucy ignore les remarques des garçons et prend de nouveau la parole.

— Étant donné les différends qu'a Charlie avec vous deux, Ellie sera chargée de son intégration et de sa formation.

Ellie écarquille les yeux et Charlie soupire, visiblement mécontent par cette nouvelle.

— Elle t'expliquera tout ce que tu as besoin de savoir. Vous ferez également les livraisons de cette semaine, puisque Raven est malade. Quant à vous deux, je veux que vous vous mettiez au travail au lieu de rêvasser au fond du restaurant. Les assiettes ne vont pas se servir toutes seules. Je veux aussi que vous sachiez que Charlie a promis de se tenir à carreau en votre compagnie, j'attends de vous la même chose, dit-elle en se tournant vers les deux jeunes hommes.

Simon laisse échapper un rire tandis que Nate et Charlie échangent un regard hostile.

— Pas de problème, annonce Nate.

— Très bien, tu peux commencer dès maintenant si tu le souhaites. Tu devrais trouver un tablier de travail dans l'arrière-salle, Ellie te montrera, explique Lucy en pointant du doigt la petite salle derrière le bar.

— Merci.

Une tension évidente s'installe dans l'air lorsque Lucy tourne les talons, laissant le petit groupe seul. Ellie ne sait pas où se mettre tandis que les garçons échangent des regards froids et hostiles.

Finalement, Simon se racle la gorge, brisant le silence perturbant.

— Je dirais bien « au plaisir de te revoir, Charlie »… dit-il en se rapprochant du grand brun, son regard froid plongé dans celui de Charlie, comme pour le défier. Mais ce serait mentir, termine-t-il en accompagnant sa remarque d'un sourire mesquin.

Charlie esquisse à son tour un sourire mesquin.

— Je pourrais dire la même chose à ton sujet, Simon.

Ellie observe la scène, se demandant pourquoi il semble y avoir tant de rancœur entre eux. Durant leurs heures de services, Raven lui a raconté de nombreuses histoires sur leur enfance. Ils étaient autrefois tous amis, elle se demande ce qui a pu les séparer de cette façon.

— Pourquoi es-tu là, Wolf ? Tu sais très bien qu'on travaille tous ici, demande Simon sur un ton plein de haine.

Charlie, quant à lui, est étrangement calme.

— Ça ne te concerne pas.

Simon fait un pas en avant, réduisant la distance entre eux, comme pour imposer son autorité. Cependant, Charlie le surplombe de quelques centimètres, ne détournant pas les yeux de son adversaire.

Ellie est étonnée de voir Simon si sérieux. Elle a été habituée à le voir enjoué et souriant, loin de la personne intimidante qui se trouve devant elle.

— Pourquoi es-tu ici ? insiste Simon cette fois-ci en haussant le ton, faisant se retourner quelques clients.

Charlie reste silencieux. La sérénité dont il semblait faire preuve il a quelques secondes paraît faillir et son regard devient plus noir.

— Simon ! intervient Nate en attrapant le bras de son ami dans l'espoir de l'éloigner.

Cependant il retire brusquement son bras de l'emprise du blond et reprend sa place devant Charlie.

Nate, anxieux de savoir où cette conversation va mener, observe Charlie. Il remarque son changement d'attitude et à quel point celui-ci semble retenir ses pulsions agressives. Décidé à ne pas faire un esclandre, il agrippe fermement le bras de Simon et le fait reculer de plusieurs pas d'un coup sec.

— Assez, Simon !

Le ton autoritaire de Nate surprend Simon et il tourne son attention sur lui.

Ellie, sentant la tension très palpable, décide d'intervenir à son tour. Avec une poussée de courage, elle attrape avec délicatesse le poignet de Charlie et l'emmène loin de Simon. Le jeune homme donne un bref regard de travers à Nate.

Une fois à bonne distance, Ellie lâche le poignet de Charlie en prenant soin de ne pas croiser son regard.

L'atmosphère est lourde et elle a l'impression de ne pas être à sa place.

— Par ici, dit-elle en ouvrant la porte de l'arrière-salle. Charlie la suit de près, muet comme une tombe. Je pense que ce t-shirt et ce tablier devraient être à ta taille.

Ce dernier prend les habits sans dire un mot. Son silence la perturbe et son expression reste indéchiffrable.

Elle s'apprête à prendre de nouveau la parole lorsque Charlie enlève son t-shirt. Ellie ne peut s'empêcher de rougir et de se sentir mal à l'aise devant cette vue impromptue. Son attention ne se porte pas sur son corps svelte et musclé, mais sur la cicatrice qui descend du bas de son dos jusqu'à sa hanche. Elle se demande comment il s'est fait ça, mais Charlie la cache aussitôt en enfilant le t-shirt du restaurant. Lorsque Ellie relève les yeux, elle croise son regard intimidant.

Elle se racle la gorge.

— Je te propose de me suivre et, lorsque tu te sentiras assez à l'aise, tu pourras prendre une table.

Charlie la suit, observant les alentours sans dire un mot. Nate et Simon sont chacun de leur côté avec des clients tandis que Lucy est en pleine discussion avec Alaric au bar. Ellie récupère le verre de whisky encore posé sur le bar et l'apporte à l'écrivain, Charlie sur ses talons.

— J'imagine que vous êtes allée le distiller vous-même si ça vous a pris tant de temps pour me l'apporter, dit l'écrivain, une cigarette à la main.

Ellie pose son regard sur le carnet.

— Juste assez de temps pour que vous écriviez la moitié d'une phrase, rétorque-t-elle en mentionnant le travail entamé.

Ce dernier esquisse un sourire amusé et tire sur sa cigarette.

— Oh, et vous n'avez pas le droit de fumer à l'intérieur, informe la jeune femme d'une voix polie.

L'écrivain fronce les sourcils, la cigarette toujours coincée entre ses lèvres.

— C'est écrit nulle part. À mon époque, on pouvait fumer partout.

Ellie s'apprête à répondre, mais Charlie est plus rapide. Il s'avance et retire précipitamment la cigarette d'entre les lèvres de l'écrivain avant de l'écraser au sol. Ellie écarquille les yeux tandis que l'écrivain se contente de froncer les sourcils. Étrangement, ce dernier reste calme et regarde Charlie avec une profonde curiosité.

— Le monde a changé, votre époque est révolue, répond Charlie.

À cette phrase, l'écrivain se met à rire de plus belle. Confuse, Ellie fronce les sourcils tandis que Charlie reste impassible à côté d'elle. Au bout de quelques instants, les rires du vieil homme finissent par se calmer. Il boit une gorgée de son whisky, prend le temps de le tourner un instant dans sa main avant de reposer son regard malicieux sur Charlie.

— Qu'est-ce que le monde a pu devenir pour qu'un homme de ton âge soit déjà si abattu par la vie ? dit-il d'une voix pénétrante, ne détournant pas le regard de Charlie.

Le silence est tranchant, la tension est palpable. Ellie peut sentir Charlie perdre son calme pour la deuxième fois aujourd'hui.

— Bonne dégustation, salue la jeune femme avant d'attraper une nouvelle fois le bras de Charlie afin de l'amener à l'écart.

Une fois à bonne distance de la table de l'écrivain, elle lâche son bras et pose les mains sur ses hanches.

— Tu viens de commencer, essaie de ne pas te faire virer tout de suite.

Il soupire. Cette journée ne va pas en s'arrangeant, il a hâte qu'elle se termine.

— J'imagine que tu as une bonne raison d'avoir postulé ici et que ce job est important pour toi.

— Tu l'as entendu ? C'est un vieux con qui prend tout le monde de haut ! Je déteste les écrivains… déclare-t-il.

Ellie soupire à son tour.

— Des clients comme lui, tu en auras beaucoup. Il faut passer outre, sinon tu vas passer ta vie à rentrer en conflit avec eux.

Charlie étouffe un rire incrédule mais ne répond rien en retour. Son regard se perd à travers les vitres du restaurant où il peut apercevoir l'océan. Il repense au sourire provocateur de Simon et aux rires déplacés de l'écrivain. Il pourrait presque sentir son sang bouillir dans ses veines.

— Prends sur toi Charlie, la colère n'apporte jamais rien de bon, répond Ellie avant de tourner les talons.

Charlie soupire, conscient qu'Ellie dit vrai.

« La colère est une courte folie. »
Horace

Chapitre 10
C'était un beau jour d'été

« Les blessures qui ne se voient pas sont les plus profondes. »
William Shakespeare

Toutes les blessures ne sont pas superficielles. Certaines sont plus profondes que l'on peut imaginer. Il est impossible de les voir à l'œil nu. Et puis, il y a les blessures qui nous prennent par surprise, celles que nous n'aurions jamais devinées. Le secret est de creuser assez profond afin de trouver la vraie source de la douleur et, une fois qu'on la trouve, il est dans notre devoir de la guérir.

— Nonna ? appelle Ellie en prenant place sur une chaise dans la cuisine.

Marguerite, qui est en train de ranger sa précieuse vaisselle de porcelaine dans les placards, relève la tête afin de regarder sa petite-fille.

— Qu'y a-t-il ?

Ellie hésite un instant à poser sa question, elle ne veut pas paraître intrusive.

— Tu pourrais m'en dire plus sur les Wolf ? Qu'est-il arrivé à la famille de Charlie ?

Surprise par cette demande, Marguerite pose délicatement sa vaisselle sur le comptoir et se tourne vers Ellie.

— Pourquoi cette soudaine question ?

— Charlie a été embauché au Willy & Co, j'ai cru comprendre qu'il avait une histoire un peu particulière, mais personne ne semble vraiment vouloir en parler.

Marguerite soupire et s'installe à la table en face d'Ellie, où une bougie est en train de brûler. Son visage est sérieux.

— C'est une histoire bien triste, commence Marguerite d'une voix calme et mesurée. Il y a de ça six mois, quelque chose de grave est arrivé à cette famille. C'était un beau jour d'été, le soleil tapait fort, le ciel était si bleu qu'il se confondait avec l'océan. C'était un jour spécial, c'était le centenaire de la ville et tout le monde était dehors à profiter du beau temps.

Ellie écoute attentivement, les flammes de la bougie dansant sur son visage.

— Le port était devenu le coin des jeunes qui se rafraîchissaient en sautant du haut des pontons. Je me rappelle y être passée et avoir vu Charlie et ses amis. Ils s'amusaient avec les petits, les balançant dans l'eau.

Un sourire se dessine sur son visage en racontant ce souvenir.

— Il souriait ce jour-là, il était entouré des personnes avec qui il a grandi. Tu aurais dû le voir, c'était une autre personne.

Ellie imagine le jeune homme s'amuser au bord de l'eau avec ses amis. C'est une image assez étrange qui contraste avec le Charlie qu'elle a rencontré.

— C'était une belle journée, mais malheureusement, cela n'a pas duré.

Marguerite s'arrête un instant dans son récit, liant ses mains sur la table. Son regard est intense et profond.

— Autour de vingt-deux heures, la maison des Wolf a brûlé, annonce-t-elle d'une voix pénétrante.

Ellie écarquille les yeux mais ne dit rien, laissant la vieille dame finir son explication.

— C'est Thomas, le mari de Mona, qui est arrivé le premier sur les lieux et…

Marguerite hésite à continuer, sentant l'émotion l'envahir.

— Et quoi, grand-mère ? demande Ellie, impatiente de connaître la suite.

— Charlie se trouvait déjà sur les lieux.

Ellie a désormais les yeux grands ouverts, clairement surprise et fascinée par ce qu'elle vient d'entendre.

— Thomas m'a appelée tout de suite et je me suis donc rendue sur place. Lorsque je suis arrivée, beaucoup de personnes étaient déjà là. Tu aurais dû les voir, il se tenaient là, à rien faire. Mais ce n'est pas ce qui m'a le plus marquée. La vieille dame soupire une fois de plus, se remémorant parfaitement la scène. Charlie se tenait devant sa maison, le dos droit et le visage fermé. Il semblait si calme. Ses yeux étaient fixés sur les immenses flammes qui étaient en train de ravager sa maison. Il était si immobile que l'on aurait dit que le temps s'était arrêté. Son visage était couvert de cendre, comme un homme revenant de la mine, relate Marguerite.

Ellie écoute attentivement. Elle s'imagine la scène à la lueur de la bougie qui ne cesse de danser, comme hypnotisée.

— Peu de temps après, les camions de pompiers sont arrivés en trombe sur les lieux, les sirènes hurlantes. Je me rappelle les gyrophares éclatants dans la nuit. Les pompiers ont écarté la foule qui s'était amassée, laissant Charlie seul devant les flammes. C'est à ce moment-là qu'il est sorti de son état de choc et s'est mis à courir vers la maison, mais heureusement, les pompiers l'ont arrêté à temps.

Ellie n'arrive pas à croire ce qu'elle entend.

— Il s'est débattu de toutes ses forces, les larmes coulaient sur son visage et ses cris étaient insoutenables à entendre. Il a vu ses parents et son frère brûler dans sa maison d'enfance, tu te rends compte… dit-elle d'une voix triste, les larmes aux yeux.

Ellie pose une main rassurante sur celle de sa grand-mère. Elle n'arrive pas à imaginer la peine et le chagrin qu'il a dû ressentir ce jour-là.

— Depuis ce jour, Charlie n'est plus le même, il a perdu cette lueur, cette flamme qui l'habitait.

— Comment se fait-il que Charlie et Annie en aient réchappé ? demande la jeune femme, désormais désireuse de connaître les détails de cette histoire.

— Annie dormait chez une amie ce soir-là et Charlie était encore dehors avec ses amis.

— Pourquoi tant de personnes semblent ne pas l'apprécier ?

Marguerite soupire.

— Charlie était le premier sur les lieux. Il est arrivé avant les pompiers et la police. Il était si calme lorsque Thomas l'a trouvé que celui-ci et tout ceux présents sur place l'ont soupçonné d'avoir mis le feu à sa propre maison.

— Ça n'a aucun sens ! Pourquoi il aurait fait ça ? demande-t-elle, incrédule.

— Ça n'a jamais été prouvé et la police a relâché Charlie après sa garde à vue, mais la rumeur a commencé à se propager car Charlie a été vu en train de se disputer avec sa mère, Olivia, quelques heures plus tôt, explique Marguerite.

Ellie n'en croit pas ses oreilles, cette histoire lui semble absurde. Elle ne connaît pas encore très bien Charlie, mais elle a vu l'amour qu'il porte à sa petite sœur. Il lui est difficile d'imaginer Charlie vouloir assassiner sa famille.

— Est-ce que tu penses qu'il est coupable ?

La vieille dame soupire et se lève pour aller vers l'évier. Ellie la suit du regard, observant chacun de ses gestes.

— Je ne pense pas que Charlie soit capable d'un tel acte, commence-t-elle d'une voix sérieuse. Mais pratiquement toute la ville pense qu'il est un meurtrier.

— C'est absurde !

— C'est ainsi que vont les choses dans les villes comme Edgartown, Ellie.

La vieille dame défait le nœud de son tablier et le repose sur le crochet accroché au mur près du réfrigérateur.

— Je te conseille de ne pas en parler. Ce sujet est assez sensible dans cette ville.

— Mais grand-mère, ils ne peuvent pas accuser quelqu'un sans preuve ! Ellie se lève, offusquée par le comportement des gens de cette petite ville. Ils n'ont même pas essayé d'en savoir plus.

Marguerite pose une main sur son front, comme usée par cette conversation.

— Ellie, ne te mêle pas de cette affaire. Tu ne feras que t'attirer des ennuis, personne n'aime les fouineurs.

— Il est accusé d'avoir tué sa famille par les gens qui l'ont vu grandir, ce n'est pas juste !

Marguerite soupire.

— La vie est injuste, Ellie.

Chapitre 11
Après le rêve

C'est une journée d'hiver froide et venteuse. Le vent souffle fort, faisant claquer les portes et les volets. Les arbres se plient sous la force des rafales, leurs branches craquent et gémissent. Le ciel est gris foncé, presque menaçant, avec de lourds nuages qui semblent prêts à libérer leur charge à tout moment. Comme très souvent, Ellie est chargée des livraisons hebdomadaires du Willy & Co, accompagnée cette fois-ci de Charlie.

— On devrait se dépêcher, il faut qu'on soit de retour pour aider à l'organisation de la soirée, déclare Ellie en se tournant vers Charlie.

— Quelle soirée ? demande-t-il, un panier de livraison dans chaque main.

— Il y a une soirée dansante ce soir, beaucoup de monde est attendu.

Les soirées dansantes du Willy & Co sont devenues un événement où les familles se réunissent pour manger et danser. Ellie est étonnée que Charlie n'en connaisse pas l'existence en ayant grandi ici. Puis elle repense à sa discussion de la veille avec Marguerite, ce genre de soirée doit être le dernier de ses soucis.

Quelques minutes de marche plus tard, le duo arrive à la première adresse. La jeune femme prend les devants et sonne tandis que Charlie s'appuie contre la façade de la maison, les mains dans les poches et les yeux fermés. Elle l'observe un instant, remarquant pour la première fois ses longs cils, puis ses cheveux bruns contrastant avec sa peau claire et les deux grains de beauté dans le creux de son cou, presque cachés par la capuche de son gros sweat gris.

Elle se demande ce qu'il ressent, comment il va, plusieurs mois après ce drame. Il est difficile de le cerner, Charlie est quelqu'un de fermé qui ne parle pas beaucoup. Depuis qu'elle a appris son histoire, elle ressent une profonde empathie pour lui. Elle ne croit pas à la rumeur qui l'accuse, mais elle se demande comment autant de personnes l'ayant vu grandir se sont retournées contre lui. Charlie rouvre les yeux et croise le regard d'Ellie. Il la fixe intensément, comme s'il pouvait lire dans ses pensées. Ellie est momentanément paralysée, incapable de détourner son regard du sien.

La porte de la maison s'ouvre soudain et elle détourne finalement le regard, gênée.

— Qu'est-ce que vous voulez ? demande l'homme barbu qui se tient à la porte.

Ellie se force à sourire, prend deux croissants soigneusement emballés et les tend au vieil homme.

— Votre commande de chez Willy.

L'homme barbu fronce les sourcils, fait un pas en avant, et remarque Charlie appuyé contre sa façade.

— Qui t'a dit que tu pouvais mettre les pieds sur mon patio, toi ? s'exclame le vieux monsieur en pointant du doigt Charlie.

Ce dernier ne dit rien et se contente de fusiller l'homme du regard. Il se redresse et se positionne à côté d'Ellie.

— Il travaille avec moi, Monsieur, nous sommes juste là car vous avez fait une commande chez Willy, explique Ellie en tendant une nouvelle fois les croissants, mais le vieil homme continue de fusiller Charlie du regard.

— J'ai jamais commandé chez Willy, déclare-t-il sèchement.

Ellie fronce les sourcils et vérifie l'adresse sur le bon de commande.

— C'est pourtant la bonne adresse, vous êtes bien M. Golderg ?

L'homme grogne légèrement comme pour approuver et se tourne de nouveau vers Charlie.

— Je sais ce que tu as fait. Je ne me ferai pas avoir par ta gueule d'ange comme Lucy. Tu es un meurtrier ! s'exclame-t-il en dévisageant le jeune homme avec mépris.

Charlie sent la colère monter en lui, mais il se force à garder son calme. Il sait qu'une confrontation ne ferait qu'empirer les choses. Ellie reste silencieuse, elle peut sentir la tension entre les deux hommes.

— Tu ne dis rien car tu sais que j'ai raison, ajoute le vieil homme.

Charlie avance soudain, arrache la poche contenant les croissants des mains d'Ellie et la donne violemment au vieil homme. Surpris par ce geste subit, l'homme barbu recule, tenant fermement la poche désormais froissée.

— Vous ne méritez pas que je perde mon temps à me défendre, rétorque Charlie d'une voix qui fait froid dans le dos.

Sur ces dernières paroles, il tourne les talons et s'éloigne de la maison. Ellie salue rapidement le vieil homme et accourt pour le rattraper.

Ils continuent la tournée de livraison sans échanger un mot. Charlie semble énervé et Ellie aimerait dire qu'elle ne croit pas à ces rumeurs mais elle n'ose pas briser le silence. Après deux longues heures, ils finissent enfin les livraisons et marchent le long du vieux port. Charlie marche lentement à côté d'Ellie, laissant son regard se perdre sur l'océan. Le silence est désormais étrangement apaisant, tel le premier rayon de soleil après une tempête.

— J'adore ce phare, dit Ellie dans l'espoir d'engager la conversation.

Celui-ci est de taille moyenne, tout blanc avec le sommet noir. Il trône au milieu d'une avancée de terre, au bord de l'eau. Charlie ne dit rien, mais pose tout de même son regard sur le vieux phare qu'il connaît bien.

— Tu y es déjà allé ?

— J'avais l'habitude d'y aller avec mon frère, répond-il, l'esprit ailleurs.

Le cœur d'Ellie se serre en entendant cela. Elle repense à l'histoire que Marguerite lui a racontée.

— Samuel, n'est-ce pas ?

À ce nom, Charlie se tend immédiatement et pose son regard sur Ellie pour la deuxième fois aujourd'hui.

— Comment tu connais son prénom ?

— Marguerite m'en a parlé, répond-elle d'une voix hésitante.

— De quoi vous avez parlé exactement ? demande-t-il, les mains dans la poche de son sweat gris.

Ellie hésite à répondre. Elle se sent partagée entre sa volonté d'être honnête et sa peur d'aborder un sujet sensible.

— Elle m'a raconté ce qui est arrivé.

Charlie acquiesce légèrement de la tête, peu surpris par cette réponse. Il pose de nouveau son regard sur l'océan tandis qu'Ellie l'observe attentivement.

— Je venais souvent au phare avec Sam et Milo. On y allait la nuit, lorsque la lumière du phare se reflétait sur l'eau. On s'asseyait dans l'herbe avec des bières et on refaisait le monde. On avait ce jeu qui consistait à dire une chose que l'on souhaitait faire à chaque fois que la lumière du phare faisait un tour.

Quelque peu surprise que Charlie se mette à parler de son passé, Ellie écoute attentivement à côté de lui.

— Qui est Milo ?

— Tu es trop curieuse Ellie, dit-il d'une voix étrangement calme.

— Il paraît, dit-elle, en lui donnant un léger coup d'épaule amical.

À sa plus grande surprise, Charlie esquisse un sourire.

* * *

— Nate, pourquoi il n'y a pas de musique ? demande Lucy, les deux mains sur les hanches.

— Hum, j'ai oublié de la mettre, avoue-t-il.

Lucy soupire.

— Qu'est-ce qu'une soirée dansante sans musique, Nate ?

— Une soirée non dansante ?

Lucy fronce les sourcils, agacée par sa réponse.

— Qu'est-ce que je ferais sans toi ?

Il esquisse un sourire fier.

— Tu serais probablement chez toi à regarder des feuilletons à l'eau de rose, en te demandant pourquoi un homme comme moi ne t'a pas épousée.

Lucy soupire, peu surprise par sa réponse.

— Tu sais Nate, parfois je me demande pourquoi je ne t'ai viré que quatre fois, et pas plus, la gérante soupire. Va vite mettre la musique, les clients vont arriver, ordonne-t-elle.

Nate s'exécute, un sourire malicieux plaqué sur les lèvres.

— Tu ne peux pas te passer de moi Lucy, je suis ton meilleur employé, il s'exclame en posant une main sur l'épaule de Lucy avant de partir vers la sono.

La gérante lève les yeux au ciel et se tourne vers le reste de l'équipe.

— Charlie, Simon, vous allez vous charger du service ce soir, Ellie tu te chargeras des commandes avec Nate, dit-elle.

— Je suis pas d'accord, déclare Simon les bras croisés. Je ne veux pas faire équipe avec Charlie.

Lucy, surprise par la révolte de Simon, hausse les sourcils.

— Eh bien, je suis désolée Simon, mais tu vas devoir prendre sur toi et faire équipe avec Charlie ce soir, déclare la gérante avant de tourner les talons sans laisser une chance à Simon de répondre.

— Génial… soupire-t-il en s'en allant.

Mal à l'aise, Ellie profite de l'arrivée de nouveaux clients pour s'échapper. Au même moment, la musique commence à retentir, plongeant le restaurant dans une ambiance festive.

— Nous aimerions une table pour deux, demande un vieux monsieur, main dans la main avec sa femme.

— Bien sûr, veuillez me suivre, Ellie sourit poliment avant de les amener vers une table près du vieux piano noir.

— Mon Dieu ! s'exclame la vieille dame à voix basse derrière Ellie.

— Qu'y a-t-il Eva ?

— Ce satané de Charlie Wolf travaille ici, regarde, dit-elle en mentionnant le jeune homme d'un geste de la tête.

Le vieil homme suit le regard de sa femme.

— Cet endroit a vraiment changé, dit-il en s'installant à leur table.

Ellie fronce légèrement les sourcils. Elle ressent une certaine colère et une frustration grandissante en entendant cela. Elle trouve injuste que Charlie ait une telle réputation à cause d'une rumeur qui n'a jamais été prouvée. Elle est déchirée entre son désir de défendre Charlie et le fait que ces gens soient des clients.

— Voici la carte, elle pose les menus sur la table et s'en va.

Son regard se pose un instant sur Charlie qui est à l'autre bout du bar, concentré à mettre les boissons qu'Alaric a préparées sur un plateau. Elle porte un tout nouveau regard sur lui depuis qu'elle a entendu son histoire. Elle ressent de la compassion, sachant que Charlie a vécu des événements traumatisants.

— Ellie ! s'exclame Nate.

Ellie sort brusquement de ses pensées et pose son regard sur lui. Nate semble submergé, à en juger par la sueur qui coule le long de son front et son regard alarmé.

— Qu'est-ce que tu fais ? Il y a des tas de clients qui attendent ! dit-il en pointant du doigt l'entrée du restaurant où sont amassées une dizaine de personnes qui attendent une table.

— Désolée, j'arrive tout de suite !

Elle attrape rapidement son calepin et s'empresse d'aller accueillir les clients. Charlie, quant à lui, est de nouveau appuyé contre le bar tandis qu'il tape sur son téléphone.

— Traîne pas là, marmonne Simon en donnant un léger coup d'épaule à Charlie lorsqu'il se positionne à son tour devant le bar.

— Toujours aussi poli à ce que je vois, Simon, rétorque Charlie, une expression amusée sur le visage tandis qu'il lève les yeux sur son collègue.

— On ne change pas les bonnes habitudes, Charlie, répond Simon d'une voix cassante, mais apparemment toi si, dit-il avant de s'en aller avec son plateau rempli.

Cette dernière phrase laisse un goût amer à Charlie. Le petit sourire amusé disparaît vite de son visage. Il sait très bien ce que Simon a voulu insinuer et y repenser ne fait que l'enfoncer plus bas dans son puits de culpabilité.

* * *

La soirée dansante bat son plein, la musique résonne dans la salle et les lumières orangées suivent les couples sur la piste de danse bondée.

Quand le service se termine, Ellie en profite pour observer les gens danser. Sur la piste, des couples de tout âge, mais aussi des enfants. Elle ressent une certaine mélancolie en les regardant, sachant qu'elle-même est seule et n'a personne avec qui danser. Elle se sent un peu hors du temps, comme si elle était coincée dans une réalité différente de celle des autres. Cependant malgré sa solitude, elle est captivée par la scène devant elle, par l'expression sur les visages des couples lorsqu'ils se regardent, par leurs regards attendris. Elle imagine leur histoire, leur lien.

La musique s'arrête soudainement, laissant un silence assourdissant dans la pièce. Les danseurs, surpris par l'interruption, s'arrêtent brusquement et se regardent les uns les autres avec confusion.

— Nate, règle moi ça vite ! ordonne Lucy, une expression paniquée sur le visage.

Nate, qui était jusqu'à présent confortablement avachi sur une banquette, se lève précipitamment.

— Tout de suite, dit-il en accourant vers la sono.

La sono est complètement éteinte. Il tente de la débrancher et de la rebrancher, mais aucun résultat. Les murmures et les chuchotements commencent à remplir l'espace, et Nate ressent un frisson d'inquiétude parcourir son corps alors que l'incertitude règne dans la pièce.

— Alors, quel est le problème ? demande Lucy les mains sur les hanches.

— Je crois que la sono vient de lâcher.

Le visage de Lucy se tend et elle soupire bruyamment.

— Tu es sûr ?

— J'ai tout essayé, elle ne redémarre pas.

Lucy passe une main nerveuse sur son front.

— Comment je suis censée faire ? C'est la réputation du restaurant qui est en jeu…

Nate et Lucy observent les clients qui attendent impatiemment sur la piste de danse.

— Lucy ?

La voix de Charlie leur parvient. La gérante se tourne vers lui, une expression tendue et inquiète sur son visage.

— Est-ce que je peux utiliser le piano ? demande-t-il.

Lucy fronce les sourcils.

— Tu sais jouer du piano, toi ?

— Faites-moi confiance, dit-il avant de se diriger vers le piano.

Tous les regards sont rivés sur lui tandis qu'il s'installe devant l'instrument, ignorant les chuchotements et indignations qui montent à son sujet. Il prend le temps d'observer et d'effleurer les touches, comme pour apprivoiser l'instrument. La pièce se calme, le public est impatient et curieux.

Il inspire profondément, les yeux fixés sur les touches, cherchant à se concentrer. Il commence à jouer une mélodie douce et mélancolique, ses doigts glissant sur les touches avec une aisance étonnante. Il sent la tension initiale s'atténuer peu à peu, tandis que la musique le transporte vers un autre monde.

Ellie est subjuguée par ce qu'elle entend, comme frappée par la beauté de la musique et des notes qui se fondent parfaitement les unes dans les autres, créant une harmonie captivante. Elle sent son cœur s'emballer, une émotion inconnue l'envahit tandis qu'elle observe Charlie jouer.

Il est concentré sur le piano, pourtant, il semble jouer sans effort. Sa respiration est régulière et sa posture est droite et détendue. Il a l'air si calme, comme s'il était, à ce moment-là, totalement en paix avec lui-même et le monde qui l'entoure.

Les notes coulent comme de l'eau, créant une symphonie parfaite avec les gouttes de pluie qui tombent dehors, et plongeant le restaurant dans une ambiance intime et tranquille. Ellie peut sentir l'atmosphère de la pièce changer, la musique enveloppant le corps et l'esprit de chaque personne présente. C'est comme s'ils avaient oublié qu'il était assis au piano.

Au bout de quelques minutes, il arrête de jouer, les notes s'estompant lentement dans la pièce. Il reste assis là, immobile, comme s'il appréhendait la réaction de son public. Un lourd silence s'installe, empreint de l'harmonie qu'il vient de créer en jouant. Mais après quelques secondes, une claque timide brise le silence. Il relève le regard et est étonné de voir Nate applaudir. Des murmures s'élèvent et quelques applaudissements plus francs remplissent la salle.

Il remarque les chuchotements et les regards de travers, mais il préfère se concentrer sur les applaudissements qu'il reçoit. Il soupire de soulagement et frôle du bout des doigts les touches du piano, le regard perdu sur celles-ci. Il se souvient de l'époque où il avait fulminé, lorsque sa mère l'avait inscrit à des cours de piano sans même le consulter. Lui, qui ne rêvait que de glace et de hockey. Elle disait que le piano était un instrument noble qui avait le pouvoir de faire voyager et que si elle le pouvait, elle n'écouterait que ça à longueur de journée.

Son visage se plisse d'un sourire mélancolique, empreint de bonheur et de nostalgie, alors qu'il prend conscience d'avoir enfin offert une interprétation parfaite de cette mélodie qu'il n'avait jusqu'à présent jamais réussi à terminer. Cette même mélodie qui était la préférée de sa mère et qu'il n'a pas eu l'occasion de lui jouer en entier.

Après un rêve de Gabriel Fauré, cette chanson d'amour qui parle de la nostalgie d'un rêve qui s'est évanoui.

Il relève la tête et croise le regard intense d'Ellie en face de lui. Sur son visage se dessine une expression émerveillée et étonnée, et il ne peut pas détourner le regard, captivé par l'émotion qu'il lit dans ses yeux. Le temps semble se figer pour eux l'espace d'un instant, et leur regard en dit long : comme si Ellie avait percé le mystère de cette mélodie.

Comme si, elle aussi, s'était réveillée de ce rêve.

Chapitre 12
La plaie

La première règle en chirurgie est de limiter l'exposition aux bactéries. Garder les mains propres, les incisions petites et les blessures couvertes. La seconde règle en chirurgie s'applique lorsque la première règle ne marche pas. Il faut alors essayer autre chose, car parfois, on ne peut pas limiter l'exposition. La blessure est si profonde qu'il faut y mettre les mains et aller à la source du problème.

— Si tu savais comme j'étais malade ! grogne Raven.

Elle est confortablement allongée sur le lit d'Ellie tandis que cette dernière se tient devant son armoire, contemplant ses multiples tenues.

— J'ai vomi pendant trois jours, c'étaient les pires jours de ma vie !

Un sourire se dessine sur le visage d'Ellie tandis qu'elle se tourne vers Raven.

— Tu penses pas que tu exagères un peu ?

— Crois-moi, c'était comme si j'étais en train de me vider jusqu'à ce que je disparaisse de la surface de la Terre.

Ellie souffle un rire et reprend l'observation de son armoire.

— Est-ce que je peux savoir pourquoi tu soupires face à ton armoire comme si elle venait de te piquer ta glace ? demande Raven confuse.

— On a des invités ce soir et je ne sais pas quoi mettre.

Raven se lève précipitamment du lit et se positionne aux côtés d'Ellie.

— Il fallait le dire avant, je suis experte dans ce domaine. Dis-moi de quel genre de dîner il s'agit, demande-t-elle, enthousiaste.

— C'est un dîner de veille de Noël, explique-t-elle.

Raven ouvre en grand l'armoire et passe en revue plusieurs vêtements.

— Très bien, est-ce que les invités sont des gens huppés ? Est-ce qu'ils sont plutôt vieille école ou décontractés ?

— Ce sont les Wolf qui viennent manger.

À cette information, Raven s'arrête brutalement dans sa recherche puis se retourne, repoussant une de ses mèches rousses derrière son oreille.

— J'aurais dû m'en douter, déclare-t-elle.

Ellie hausse un sourcil.

— Chaque année, à la veille de Noël, la famille Wolf va dîner chez Marguerite. C'est devenu une tradition, seulement, j'aurais pensé qu'après… elle hésite sur ses mots.

— Après l'incendie ?

— Tu es au courant ? s'exclame Raven, les yeux écarquillés.

Ellie hoche la tête.

— Ma grand-mère m'a tout expliqué.

— Oh… donc j'imagine que tu as entendu les rumeurs sur Charlie ?

Ellie acquiesce à nouveau, et un bref silence s'installe alors que Raven l'observe avec nervosité.

— Mais je n'en crois rien. Je sais qu'il est innocent, dit Ellie.

Raven soupire de soulagement, rassurée d'apprendre qu'après avoir entendu toute l'histoire, Ellie est du côté de ceux qui croient en l'innocence de Charlie.

— Bon, ce n'est pas tout, mais on doit encore te trouver une tenue ! s'exclame Raven, apaisant immédiatement l'atmosphère.

Après de longues délibérations, Ellie choisit une longue robe en satin jaune soleil, avec un léger décolleté et des bretelles fines qui dévoilent ses épaules. Les deux jeunes femmes restent un moment dans la chambre d'Ellie à parler de tout et de rien.

— Je devrais y aller, Charlie et Annie ne vont pas tarder ! déclare Raven en se levant soudainement.

En descendant vers la cuisine, les deux jeunes femmes sont accueillies par l'odeur alléchante de rôti qui s'échappe de la pièce. Marguerite, affairée aux fourneaux, ne remarque pas tout de suite leur présence.

— Ouah, c'est que ça sent bon ici ! commente Raven.

Marguerite se retourne, un torchon humide à la main.

— Oh, Raven, tu t'en vas déjà ?

— J'aurais bien aimé rester, car ça sent très bon, mais j'ai malheureusement quelque chose de prévu avec mes parents, dit-elle les mains dans les poches arrière de son jean.

— Dans ce cas, tu n'oublieras pas de souhaiter un bon réveillon de Noël à tes parents, sourit la vieille dame avant de prendre Raven dans ses bras.

— Je n'y manquerai pas, dit-elle avant de s'en aller.

La porte d'entrée se referme peu de temps après, laissant Ellie et Marguerite seules dans la cuisine. Sans perdre de temps, la vieille dame reprend son travail aux fourneaux tandis qu'Ellie l'observe attentivement.

— Tu veux de l'aide ?

Marguerite lève les yeux un instant sur Ellie.

— Non merci ma chérie, tu es si jolie, je ne voudrais pas que tu salisses ta robe, répond Marguerite en sortant le plat du four.

Assise à la table de la cuisine, Ellie a la tête dans la paume de sa main alors qu'elle repense à sa conversation avec Raven. Elle se demande ce que son amie pense de l'affaire de Charlie : est-elle convaincue de son innocence ou bien fait-elle partie des personnes qui le croient coupable ? Ellie sait que Raven et Charlie étaient autrefois amis et que Raven est une amie fidèle, mais elle a du mal à déchiffrer sa position sur cette affaire. Chaque fois qu'elles abordent le sujet des Wolf, la jeune femme semble mal à l'aise.

— Grand-mère ? Ellie interpelle Marguerite d'une voix calme. Celle-ci ne fait que hocher la tête, bien trop occupée à préparer le dîner.

— Comment ça se fait que Charlie ne parle plus à ses amis ? Ils avaient tous l'air proches.

— Les gens ont tendance à s'isoler et à s'éloigner de ceux qu'ils aiment lorsqu'ils vivent un événement traumatisant. C'est ce qui est arrivé à Charlie. Il a repoussé ses amis au point de se retrouver tout seul.

Un pincement au cœur et un sentiment de compassion pour le jeune homme envahissent Ellie. Elle comprend très bien cette sensation d'oppression, lorsqu'on a l'impression que le monde est trop lourd à porter sur ses épaules et qu'il faut s'en délester à tout prix. Cette petite voix qui nous pousse à nous éloigner des seules choses qui nous rattachent à un semblant de vie normale après un événement traumatisant.

Ellie est forcée de sortir de ses pensées lorsque la sonnette retentit, annonçant l'arrivée des invités. Marguerite frotte ses mains sur son tablier et se dépêche d'aller ouvrir tandis qu'Ellie se lève, se tenant debout près de la table.

— Bienvenue, entrez, entrez ! s'exclame Marguerite en faisant signe à Charlie et à Annie d'entrer.

Lorsqu'il entre dans la pièce, l'attention d'Ellie est immédiatement attirée par lui. Elle retient son souffle lorsqu'il croise son regard, ne sachant pas quoi penser. Elle remarque immédiatement que quelque chose est différent chez lui ce soir. Il arbore son long manteau noir habituel, mais cette fois-ci, il a ajouté un simple t-shirt blanc et un pantalon de tailleur qui mettent en valeur sa silhouette élancée. Elle se demande si c'est juste une impression, ou si Charlie a vraiment mis plus de soin dans sa tenue ce soir.

Lorsque le jeune homme pose les yeux sur la silhouette d'Ellie, il la regarde intensément, ce qui la met mal à l'aise. Elle sent son regard parcourir son corps et s'attarder sur ses vêtements et sa coiffure. Cette attention la fait se sentir vulnérable. Son cœur bat plus vite, alors qu'elle essaie de cacher son malaise.

— Ellie ! Annie accourt vers la jeune femme, le visage rayonnant de joie en la voyant.

Elle ouvre les bras et enlace Annie avec affection, un léger sourire se dessine sur ses lèvres. La tension qu'elle ressentait en présence de Charlie s'estompe peu à peu, et elle se sent plus à l'aise maintenant qu'Annie est là.

Ellie lève timidement les yeux vers Charlie, sentant son cœur battre à tout rompre dans sa poitrine. Elle ne sait pas comment se comporter devant lui et tente de garder une attitude décontractée en tendant sa main vers lui pour le saluer. Après avoir brièvement analysé la main d'Ellie, Charlie finit par accepter son geste et envelopper sa paume dans la sienne. Elle sent un frisson parcourir son corps lorsqu'elle touche sa peau glacée.

— Allez vous mettre à table les jeunes. Mettez-vous où vous voulez, déclare Marguerite avant de repartir en cuisine.

La table est dressée avec un grand bouquet de roses rouges en son centre, tandis que des petites décorations de Noël sont parsemées ici et là, illuminées par la douce lueur des bougies qui vacillent sur la nappe.

Annie s'assoit sur une chaise et son frère la suit de près, prenant place juste à côté d'elle sans prononcer un mot. Une atmosphère tendue règne dans la pièce, sans raison apparente pour Ellie, qui se sent anxieuse et mal à l'aise. Ses mains deviennent moites et elle ne sait pas comment les occuper. Elle décide finalement de se rendre dans la cuisine pour offrir son aide à sa grand-mère, mais celle-ci apparaît tout à coup avec un plat entre les mains au même moment.

— À table tout le monde ! s'exclame Marguerite en posant le plat chaud sur la table, un énorme sourire sur ses lèvres.

La vieille dame défait son tablier et le pose sur le dos de sa chaise avant de prendre place en bout de table rapidement.

— Annie, as-tu faim ? demande-t-elle. La petite blonde hoche férocement la tête en faisant les gros yeux, un énorme sourire sur les lèvres.

Marguerite s'assure de servir tout le monde. Le silence qui suit est pesant, étirant chaque seconde plus qu'il ne faudrait.

Marguerite lève curieusement la tête.

— Assieds-toi Ellie, dit-elle.

Ellie sort de ses pensées et s'installe en face de Charlie.

— Alors comment se passe l'école Annie ? demande la vieille dame un sourire poli sur les lèvres.

La petite blonde balance ses jambes sur sa chaise en annonçant avec fierté :

— Madame Osborn a dit que j'arrive de mieux en mieux à écrire en attaché ! Elle m'a même donné une gommette, mais elle est dans mon cartable.

— C'est génial dis donc ! s'étonne Marguerite. J'aimerais beaucoup voir comment tu écris un jour !

Annie hoche la tête.

— Après manger, je peux t'écrire un message si tu veux, Rita, dit Annie, fière de sa petite réussite.

Ellie écoute attentivement la conversation, se demandant comment Annie peut être aussi facile et sociable tandis que son frère ne l'est pas du tout. Charlie est fermé et distant avec tout le monde, leur différence de caractère est frappante.

— Ellie, savais-tu que l'institutrice d'Annie est la maman de Raven ?

— Non, je ne savais pas.

— C'est une très bonne institutrice. Charlie et ses amis l'ont eue eux aussi, pas vrai Charlie ? s'exclame Marguerite en se tournant vers le jeune homme.

Charlie est assis contre le dossier de sa chaise, le visage fermé, pendant qu'il joue avec sa fourchette de manière distraite dans son assiette. Il lève finalement les yeux et hoche la tête légèrement afin d'acquiescer.

— Ellie, tu aurais dû connaître Charlie lorsqu'il était encore un petit garçon, il était un vrai chenapan ! Elle rit à l'évocation de ce souvenir. Je me rappelle une fois lorsque Woody était dans son atelier au garage. Vois-tu, ton grand-père était en train de réparer sa vieille moto et Charlie, Nate et Milo sont passés par là en courant et ont balancé des pétards dans son atelier. Ça a fait sursauter ton grand-père ! Il a essayé de les poursuivre, mais les petits voyous étaient bien plus rapides, sourit Marguerite.

Ellie est quelque peu surprise. Elle était au courant de l'ancienne amitié entre Nate et Charlie, mais elle ne s'attendait pas à ce que cela remonte aussi loin dans le temps. Elle se sent un peu isolée, réalisant qu'elle ne connaît pas grand-chose de l'histoire de Charlie et de son entourage.

En levant les yeux, Ellie croise le regard de Charlie qui la fixe déjà avec intensité. Il est évident qu'il sait que la jeune femme se pose des questions à son sujet.

— Oh, et il y a aussi eu la fois où Nate et Charlie ont volé le vélo du facteur et on fait payer toutes les personnes qui désiraient avoir leur courrier, continue Marguerite dans sa lancée, bien que Charlie et Ellie ne soient plus très attentifs.

Ellie ne cesse de fixer Charlie, absorbée par toutes les questions qui se bousculent dans sa tête. Il soutient son regard, la défiant de dire quelque chose. Même si elle peut parfois se sentir timide en sa présence, elle l'étudie attentivement. Elle se rend compte que chaque réponse à son sujet entraîne une nouvelle interrogation, rendant encore plus complexe le mystère qu'il représente.

Pendant le reste du dîner, Marguerite s'efforce de maintenir la conversation en vie en posant des questions et en partageant des anecdotes, mais elle se heurte souvent à des réponses brèves et peu loquaces de la part de Charlie.

— Annie, tu peux aller t'allonger dans le canapé si tu veux, déclare Marguerite en prenant les assiettes sales.

Pendant que la table est débarrassée par Ellie, Charlie et Marguerite, la fillette se dirige vers le canapé où la télévision est déjà allumée.

— Tu peux laisser ça ici, dit Marguerite en montrant le comptoir de la cuisine à Charlie.

Charlie dépose les assiettes sur le comptoir tandis qu'Ellie transporte discrètement les couverts sales à l'évier où Marguerite est en train de laver la vaisselle. Les seuls bruits qui résonnent dans la cuisine sont ceux des couverts qui s'entrechoquent dans l'évier et de l'eau qui coule. Ellie prend l'initiative de sécher les couverts pendant que Charlie retourne rapidement au salon pour récupérer les quatre verres sales. Cependant, lorsqu'il s'apprête à déposer les verres dans l'évier, Ellie se retourne brusquement et le percute. Les verres sales tombent alors de ses mains et se brisent en mille morceaux sur le parquet.

Ellie sursaute violemment au bruit des verres brisés et se fige un instant, le cœur battant à toute allure dans sa poitrine. Cependant, sa panique est rapidement remplacée par l'inquiétude.

— Tu saignes ! s'exclame Marguerite.

Ellie lève les yeux vers le jeune homme et aperçoit la coupure qui s'étend le long de sa paume ensanglantée. Le visage empli de regret, elle fait un pas en avant pour s'approcher de Charlie.

— Je suis vraiment désolée… je ne t'ai pas entendu arriver, excuse-moi, dit-elle.

Malgré la petite douleur, le visage de Charlie reste étonnamment calme. Sa main se teinte rapidement de rouge vif alors qu'il essaie de stopper l'écoulement du sang en appuyant dessus avec son autre main.

— Ellie, emmène Charlie à l'étage avant que sa sœur panique à la vue du sang et montre-lui la trousse de secours s'il te plaît, demande Marguerite.

Ellie hoche la tête avec empressement, prise de panique à l'idée d'avoir blessé Charlie. Elle grimpe les escaliers deux par deux, suivie de près par le jeune homme. Arrivée dans la salle de bains, elle ouvre rapidement le tiroir pour saisir la trousse de premiers secours, ses mains tremblantes témoignant de son état de stress. Malgré plusieurs essais infructueux, elle réussit finalement à ouvrir la trousse sous les yeux attentifs de Charlie.

Ce dernier se tient debout contre l'évier, le visage impassible. Son silence est pesant pour Ellie qui est de plus en plus inquiète. Depuis qu'il s'est coupé, il n'a pas prononcé un seul mot, ce qui ajoute à son angoisse.

Ellie prend un coton et y verse du désinfectant, tout en restant silencieuse. Pendant ce temps, Charlie la regarde attentivement, conscient qu'elle semble intimidée par sa présence. Il ne sait pas exactement pourquoi, mais il est habitué à susciter cette crainte chez les autres depuis l'incendie.

Ellie s'approche de Charlie avec une certaine maladresse, ne sachant pas trop comment agir en sa présence. Elle pointe timidement sa main blessée. Charlie la tend alors vers Ellie, toujours sans prononcer un mot, et la regarde fixement.

Ellie tamponne délicatement la coupure avec du coton, mais elle se sent mal à l'aise en sa présence, son regard pèse lourdement sur ses épaules et l'oppresse. Une fois la coupure désinfectée, Ellie saisit un bandage blanc et enroule soigneusement le tissu autour de la paume de Charlie.

— Pourquoi es-tu si nerveuse ? demande-t-il calmement. Sa voix est à peine audible, tellement basse qu'elle semble presque danser dans le silence.

Plutôt que de répondre à sa question, elle en profite pour poser celle qui la préoccupe depuis le début du dîner.

— Qu'est-il arrivé avec Nate ? demande-t-elle pour commencer. Charlie se crispe immédiatement, passant une main agitée sur son visage et ses yeux verts perdant leur sérénité. Sous le regard curieux d'Ellie, il soupire bruyamment.

— J'ai cru comprendre que vous étiez des amis d'enfance, ajoute Ellie

Charlie jette un bref coup d'œil à sa main blessée, l'esprit troublé, mais il reste apparemment calme.

— Qu'est-ce que tu penses des rumeurs qui tournent à mon sujet ? demande-t-il soudainement, prenant Ellie de court.

Elle relève lentement la tête pour rencontrer son regard qui semble neutre, mais elle remarque une certaine nervosité dans ses yeux.

— Je n'y crois pas, répond-elle d'une voix basse, créant une atmosphère intime dans la salle de bains.

Elle espère que ces quelques mots suffiront à calmer les inquiétudes de Charlie et qu'il se sentira mieux en sachant qu'au moins une personne ne croit pas les rumeurs qui circulent sur lui.

Charlie lève la tête et fixe Ellie intensément, ce qui change brusquement l'atmosphère. Elle se rend compte de leur proximité et sent son cœur battre fortement dans sa poitrine, mais elle ne détourne pas le regard. Elle est fascinée par ce qu'elle voit : Charlie a une expression sereine et ses yeux verts sont calmes comme l'océan un soir d'été. Il prend le temps de l'observer attentivement.

Il remarque les légères taches de rousseurs sur l'arête de son nez, la couleur bleu persan de ses yeux et son visage ovale, avec des pommettes hautes qui ajoutent une touche d'élégance à son apparence. Elle a un visage doux, il y a quelque chose de rassurant et de réconfortant dans ses traits.

— Pourquoi tu ne crois pas aux rumeurs comme tout le monde ? Après tout, tu ne me connais pas, dit-il d'une voix basse comme pour ne pas déranger cette sérénité qui s'est installée entre eux.

Ellie soupire et baisse la tête un instant, sentant le souffle chaud de Charlie sur sa nuque. Elle réfléchit à sa réponse un instant, se demandant pourquoi elle a été si vite convaincue de son innocence. Elle-même ne saurait pas vraiment l'expliquer, mais elle sait au fond d'elle que Charlie est une personne bienveillante. Elle le voit tous les jours lorsqu'il est avec sa petite sœur.

— Je n'y crois pas, c'est tout, dit-elle en évitant son regard.

— Pourtant, les gens qui m'ont vu grandir, qui me connaissent depuis tout petit, n'ont pas eu de mal à croire que j'étais à l'origine de l'incendie.

Ellie relève la tête, plongeant son regard dans le sien.

— À t'entendre, on dirait que tu aimerais que je croie les rumeurs.

— Tu ne crois pas que tu devrais les croire ? Après tout, tu es arrivée il y a peu de temps. Tu ne sais rien sur moi ou sur cette ville.

Ellie fronce les sourcils.

— Je sais ce que tu es en train de faire, Charlie. Tu penses qu'en me faisant croire que tu es coupable, tu arriveras à me faire peur et à m'éloigner, dit-elle d'une voix assurée. Mais ça ne marchera pas, je sais que tu es innocent et je vais le prouver.

Charlie reste silencieux, surpris par la force de caractère d'Ellie. Il ne l'a jamais vue comme ça, aussi déterminée et tenace. Il avait sous-estimé sa persévérance.

— Tu vas te brûler les ailes, Ellie.

La jeune femme sourit légèrement à cela.

— Peut-être que je me brûlerai les ailes, mais elles ne m'ont jamais vraiment été d'une grande utilité de toute façon.

Chapitre 13
Le temps de Noël

Peu de gens vivent dans le présent, certains se perdent dans le passé, d'autres s'inquiètent du futur. Le temps a le pouvoir de nous faire réaliser la valeur des moments passés. Ceux qui vivent dans le présent, sans regretter le passé ni s'inquiéter du futur, sont les plus heureux et savent apprécier les moments simples. Le temps est précieux et chaque moment compte.

Ne jamais surestimer le temps.

— Oh, grand-mère, tu n'aurais pas dû ! s'exclame Ellie en ouvrant le petit paquet rouge sous le sapin.

Ellie sourit en regardant une magnifique boule à neige. Elle secoue légèrement la boule, faisant danser les flocons autour de la ville miniature d'Edgartown.

— J'ai pensé que tu aimerais avoir un souvenir lorsque tu retourneras à Boston l'an prochain, sourit chaleureusement Marguerite.

Ellie baisse la tête et fronce les sourcils en pensant qu'elle devra retourner à Boston à un moment donné. Mais cette seule pensée lui donne des frissons dans le dos. Elle ne veut pas retourner dans cette ville qui lui a tant pris. Elle se sent bien ici et ne veut pas que cela s'arrête. Elle veut profiter de l'instant présent le plus longtemps possible.

— Merci.

Elle pose la boule à neige avec précaution sur le bord de la cheminée, se dirige vers le sapin et prend un paquet joliment emballé avec un nœud doré.

— À toi d'ouvrir ton cadeau grand-mère, dit Ellie en s'agenouillant sur le tapis en face de Marguerite.

Elle prend le paquet avec délicatesse et le pose sur ses genoux, un sourire sur son visage à la vue du cadeau.

— Je me demande ce que ça peut bien être.

— Ouvre-le, tu verras, dit-elle impatiente de voir la réaction de sa grand-mère.

La vieille dame défait doucement le ruban. Lorsque le paquet dévoile plusieurs livres de cuisine et un tablier flambant neuf, Marguerite s'exclame avec enthousiasme :

— Oh ma chérie, c'est génial, j'adore !

Les yeux de la vieille dame étincellent d'une lumière qu'Ellie n'a que rarement vue dans sa vie. Pour un moment, Marguerite semble être une petite fille. Ellie l'observe attentivement, ravie que son cadeau lui plaise. Marguerite arbore un sourire éclatant, si bien que même ses yeux sourient.

On dit que les yeux reflètent tout, qu'un sourire n'est pas sincère s'il ne monte pas jusqu'aux yeux.

* * *

— Vas-y ouvre, dit Charlie en mentionnant le petit paquet posé en face d'Annie.

La petite fille examine attentivement le paquet, imaginant ce qui pourrait se trouver à l'intérieur. Finalement, elle pose ses doigts sur la boîte et tire sur le ruban. Les yeux d'Annie brillent de joie lorsqu'elle découvre une paire de rollers.

— Merci Harlie ! s'écrie la fillette en sautant dans les bras de son frère, un immense sourire sur le visage.

Peu d'enfants de son âge sont au courant de la dure réalité sur le père Noël. Peu savent qu'il s'agit d'une pure invention. Annie l'a appris bien assez tôt, lorsque Samuel s'est un jour énervé contre elle, lui révélant la réalité sur tous les mythes d'enfance. Le garçon a bien évidemment regretté, mais le problème avec le temps, c'est qu'il est irrattrapable.

— Je me suis dit qu'avant d'apprendre à patiner, tu devrais peut-être apprendre à faire du roller.

— J'ai tellement hâte de les essayer ! s'exclame-t-elle en sautant à pieds joints en face de son frère, ce qui le fait sourire.

— Ça te plaît ?

— Ouiii ! Elle sourit, puis son visage s'illumine. On pourrait aller les tester maintenant ! suggère-t-elle.

Charlie secoue la tête.

— Je dois aller travailler Annie, soupire celui-ci sous les yeux tristes de la petite fille.

Les bras de la fillette retombent le long de son corps et son visage s'assombrit.

— Mais c'est le jour de Noël, tu ne peux pas travailler.

— Je sais, mais on a besoin d'argent. Joey est d'accord pour que je gère la boutique durant les vacances de Noël, dit-il.

Annie ne dit rien et baisse la tête, déçue. Les patins flambant neufs sont désormais abandonnés sur le sol. Il saisit la petite main d'Annie dans la sienne.

— Annie, je serai de retour ce soir. Je te promets qu'on ira faire un tour de rollers vers le port d'accord ?

Annie acquiesce silencieusement, sans prononcer un mot. Charlie se redresse, saisit son cardigan noir et ouvre la porte, mais il se retrouve nez à nez avec Victor.

Charlie se crispe aussitôt en apercevant son oncle. Il est évident que celui-ci a bu, sans même avoir besoin de le lui demander. Comme tous les matins, Victor a probablement passé la nuit dans le bar du coin, en compagnie de ses amis alcooliques. Ses cheveux bruns grisonnants sont gras, et son teint est terne.

— Où tu vas comme ça ? demande-t-il en manquant de perdre l'équilibre.

Dès que le vieil homme s'approche, une forte odeur de whisky envahit Charlie. Cela le répugne.

— Je vais travailler chez Joey's, marmonne-t-il sans croiser le regard de Victor.

Ce dernier se racle bruyamment la gorge et fait un pas vers Charlie.

— Tu ne vas nulle part, tu dois t'occuper de la petite, j'ai les gars qui viennent à la maison ce soir, l'informe-t-il.

— Il faut bien que quelqu'un ramène de l'argent dans cette maison, Victor, dit Charlie d'un ton sec.

Charlie toise son oncle, avec un air de défi et de menace dans les yeux. Sa mâchoire est crispée et il serre fermement ses clés dans ses mains.

Victor fronce les sourcils et avance d'un pas menaçant vers lui.

— Surveille comment tu me parles, gamin.

Charlie peut sentir la colère monter, cependant il réussit à garder son calme en voyant l'expression apeurée de sa petite sœur derrière l'ivrogne.

— Annie, viens, dit-il d'une voix impérieuse.

La fillette attrape sa paire de rollers et se précipite aux côtés de Charlie sous le regard haineux de Victor.

— Où est-ce que tu crois aller comme ça ? s'exclame-t-il d'une voix tonitruante.

— Il est hors de question que je laisse Annie seule avec toi et ta bande d'ivrognes. Je l'emmène. Estime-toi heureux, tu as la maison pour toi tout seul ce soir, déclare Charlie d'une voix mordante avant d'attraper la main d'Annie et de s'en aller.

Victor crie son prénom et lui ordonne de revenir, mais le grand brun reste muet et impassible à sa grosse voix. Charlie marche rapidement, ses pas résonnant sur le sol alors qu'il serre la main d'Annie. Son visage trahit sa frustration alors qu'il tente de garder le contrôle de ses émotions. Annie court pour le rattraper, ses petites jambes peinant à le suivre. Elle lève les yeux vers lui, inquiète de sa colère grandissante.

— Harlie ! crie-t-elle, s'arrêtant net. Surpris, Charlie fronce les sourcils. Tu vas trop vite ! dit-elle les larmes aux yeux.

— Je suis désolée.

Il dirige son regard vers l'océan à sa droite, pose les mains sur les hanches et cherche à apaiser sa colère. Ce n'est pas comme ça qu'il envisageait de passer Noël. Ce n'est pas ce qu'il voulait pour Annie.

Charlie soupire bruyamment et reporte son attention sur la fillette qui le regarde avec inquiétude, les larmes coulant le long de ses joues. Il décide alors de se reprendre et s'agenouille devant Annie, tentant d'essuyer ses larmes avec son pouce.

— Tu vas venir avec moi au travail aujourd'hui. Tu vas voir, on va s'amuser, on jouera à des jeux et je te laisserai même faire du roller pendant la pause du midi. Est-ce que tu es d'accord ?

La fillette hoche la tête et suit son frère jusqu'au magasin. Il dépose son cardigan noir sur le portemanteau près du comptoir et s'agenouille devant Annie.

— Je dois faire un peu de rangement, est-ce que tu veux regarder un dessin animé sur mon téléphone en attendant ?

Annie acquiesce une fois de plus tandis que Charlie lui tend son téléphone. Elle le saisit et se dirige vers un coin du comptoir où elle s'assoit par terre. Pendant ce temps, Charlie profite de cette accalmie dans le magasin pour entreprendre le rangement des vieilles étagères. Son altercation avec Victor le garde encore sur les nerfs. Sa seule présence suffit à faire basculer complètement son humeur. Il ne souhaite pas offrir à Annie un Noël de ce genre. Son souhait est de pouvoir lui offrir davantage de cadeaux, dans une maison chaleureuse où ils pourraient vivre en toute tranquillité, sans avoir à se soucier de Victor.

Le reste de la matinée est calme, pas un seul client ne se montre à l'horizon. Charlie est sur le point de prendre sa pause déjeuner lorsque la clochette de l'entrée, indiquant la présence de clients, se fait entendre.

Charlie, affalé sur le comptoir près d'Annie, redresse la tête pour voir qui vient perturber son moment de tranquillité.

Malheureusement pour Charlie, les trois frères Darwell se trouvent à l'entrée, ce qui ne présage rien de bon. Les jumeaux, Andrew et Zack, se disputent bruyamment à l'avant, tandis que Nate se tient en retrait, observant les environs. Charlie attire l'attention en se raclant la gorge, ce qui amène immédiatement les trois frères à se tourner vers lui. Andrew et Zack abandonnent leur esprit joueur et fixent intensément le grand brun. Une atmosphère glaçante envahit la petite boutique, figeant l'ambiance.

— Wolf, j'aurais dû me douter que tu serais là le jour de Noël, dit Zack en avançant d'un pas vers le comptoir où se trouve Charlie.

— En même temps, où est-ce que tu espérais qu'il serait ? Avec sa famille en train de fêter Noël ? ricane à son tour Andrew.

Une fois de plus, Charlie tente de garder son calme et dirige son regard vers Nate qui se tient en retrait derrière ses frères.

— Qu'est-ce que vous voulez ? demande Charlie d'une voix tendue.

Les jumeaux affichent un sourire malicieux tout en s'appuyant sur le comptoir devant eux. Pendant ce temps, Nate, qui était resté silencieux jusque-là, se rapproche un peu de Charlie.

— On est venus acheter deux, trois choses que notre mère nous a demandées pour le repas, explique-t-il en se dirigeant vers les étagères préalablement rangées par Charlie.

Sans perdre de temps, il revient rapidement avec les bras chargés de conserves de sauce tomate et de maïs. Sous le regard noir de Charlie, il dépose le tout sur le comptoir. Charlie ignore les regards malicieux des jumeaux et scanne attentivement chaque produit avant de les mettre un par un dans un sac.

Andrew adopte une voix faussement innocente et demande à Charlie :

— Dis-moi, Charlie, comment s'est passé ton premier Noël sans ta famille ?

Charlie reçoit cette question comme une claque, mais il reste calme et continue de scanner les articles.

— Remarque, l'avantage c'est que t'as moins de cadeaux à faire, rigole Andrew, suivi de son frère jumeau.

Nate décide d'intervenir en faisant un pas en avant et en poussant ses frères.

— Assez ! déclare-t-il calmement bien que l'attitude de ses frères lui monte à la tête.

Il sort son portefeuille et le fouille pour trouver de quoi payer. Pendant ce temps, Charlie reste calmement appuyé sur le comptoir, fixant avec détermination les deux frères se moquant de lui. Il sait pertinemment que réagir à leurs provocations ne serait pas la solution. Cela ne ferait qu'accentuer leur satisfaction.

— Si seulement tes parents pouvaient te voir. Si seulement ils pouvaient voir à quel point leur fils est un minable, déclare Zack, avec un sourire narquois.

Sa voix est calme, tel le silence qui précède une catastrophe froide et cruelle.

— Finalement, peut-être qu'ils sont mieux là où ils sont. Là-bas au moins ils ne peuvent pas voir le déshonneur que tu es devenu.

C'est la goutte d'eau qui fait déborder le vase. Charlie saute de l'autre côté du comptoir, prêt à attaquer, mais Nate l'arrête avant qu'il ne puisse faire quoi que ce soit. Charlie est pris d'une fureur dévastatrice. Toutes ses convictions semblent s'être volatilisées. Sa respiration est lourde et bruyante, tandis que son regard est rempli d'une profonde haine. L'armure d'indifférence qu'il portait semble s'être brisée.

Nate immobilise Charlie en plaçant un bras autour de lui et l'autre contre la poitrine de son frère pour le repousser fermement. Pendant ce temps, Andrew observe la scène avec un rire franc.

— Zack, ça suffit ! s'exclame Nate désormais furieux.

Charlie tente de l'éviter, mais celui-ci bloque de nouveau son chemin, de manière encore plus violente. Il plaque Charlie contre le comptoir et serre son bras autour de son cou pour le maintenir immobile.

— Calme-toi Charlie, pas devant ta petite sœur, dit Nate les dents serrées.

Charlie, toujours en proie à la colère, détourne son regard vers Annie, qui est totalement absorbée par son dessin animé, indifférente à ce qui se déroule autour d'elle. Il respire bruyamment tandis qu'il fixe Nate et saisit le bras autour de son cou, cherchant à s'en libérer.

— Lâche-moi, ordonne-t-il d'une voix pénétrante.

— Si je fais ça, est-ce que tu promets de ne rien faire ?

Le grand brun reste silencieux et continue de fixer Nate d'un regard froid, sans réagir.

Nate soupire et finit par lâcher Charlie.

— Attendez-moi dehors tous les deux, dit-il en se tournant vers ses frères.

Les jumeaux esquissent un sourire satisfait tandis qu'ils continuent de provoquer Charlie du regard. Tout de suite ! s'exclame Nate, et cette fois, les deux frères obéissent et sortent du magasin.

Une fois seuls, Nate recule d'un pas et soupire.

— Cette rivalité doit s'arrêter. Vous devez arrêter de vous battre, déclare-t-il.

Charlie fronce les sourcils et souffle un rire, ne croyant pas les paroles de Nate.

— Malgré tout ce qu'ils m'ont fait, ce qu'ils t'ont fait… tu continues de prendre leur défense.

Comprenant immédiatement l'allusion de Charlie, Nate détourne le regard un instant.

— Ce sont mes petits frères. Je me dois de les défendre, ajoute-t-il.

— Et dire que c'est toi qui m'as un jour dit que j'étais comme ton frère.

Nate cherche ses mots, mais Charlie clôt le sujet en tendant le sac de courses. Nate l'observe pendant un moment, cherchant quoi dire, mais en vain. Alors, il prend le sac et essaie une dernière fois de croiser le regard de Charlie. Ne sachant pas quoi dire de plus, il décide de ne pas insister et se retourne pour partir.

— Sache que ça n'a pas changé, Charlie, je te considère toujours comme un frère, déclare Nate avant de finalement s'en aller.

Se retrouvant seul dans la boutique, Charlie pousse un soupir bruyant et passe une main froide sur son cou. Les querelles avec les frères Darwell sont la dernière chose dont il a besoin, mais il ne peut s'empêcher d'être envahi par la colère dès qu'il les voit. Profitant de ce moment de calme, il se recentre et reprend ses esprits. La journée de Noël commence mal. Il pose ses deux mains sur le comptoir devant lui et expire profondément. Une mélodie familière parvient jusqu'à ses oreilles depuis l'extérieur. En relevant la tête, il observe la pluie qui tombe à travers la fenêtre. Les grosses gouttes se précipitent sur la vitre, évoquant les courses effrénées que Milo, Nate et lui faisaient dans les rues d'Edgartown, sous le regard étonné des passants.

[IL Y A CINQ ANS]

C'était une journée d'été. Les trois jeunes garçons venaient tout juste de finir leur dernière année de collège. Le soleil tapait fort dans le ciel et pas un seul nuage n'osait pointer son nez dans l'immensité bleue. L'atmosphère était légère en ce premier jour de vacances.

— Premier arrivé aux pontons ? défie Milo, un sourire confiant sur les lèvres.

Nate et Charlie se regardent un instant avant de tous les deux acquiescer d'un geste de la tête.

— Préparez-vous à perdre, sourit Charlie, sûr de lui.

Les trois jeunes garçons s'alignent côte à côte.

— N'en sois pas si sûr, Harlie, dit Nate en utilisant le surnom qu'utilise Annie.

Charlie fronce les sourcils mais garde son regard de guerrier, décidé à gagner.

— À vos marques, commence Milo, prêts, partez ! s'exclame-t-il avant de commencer à courir.

Les trois amis dévalent les rues ombragées par les grands arbres fleuris. Les quelques passants se retournent et sourient aux trois chenapans qu'ils connaissent bien.

Le vent trace son chemin dans les cheveux fins de Charlie tandis que celui-ci court le plus vite possible afin de gagner. Il regarde sur sa droite, vers Milo, puis vers la gauche, où se trouve Nate. Sans aucun doute, la course est ardue. Mais tandis que ses amis essaient tant bien que mal de finir premier, Charlie réalise à quel point cela importe peu. Il souhaite juste que ce moment ne s'arrête jamais. Ses amis sont tellement importants à ses yeux que gagner ne compte pas à cet instant, ce qui est inhabituel pour un compétiteur comme lui. Cependant, il continue sa course vers le vieux port où se trouvent les pontons.

Bien assez tôt, l'océan est visible. Nate accélère légèrement à la vue de l'eau, créant une distance entre lui et ses amis. Mais Milo n'est pas du genre à perdre, alors celui-ci accélère également sous les yeux amusés de Charlie. Ce dernier décide de tout faire pour rattraper la distance qui les sépare, alors il se met à courir plus vite afin de se retrouver au même niveau.

L'eau se rapproche de plus en plus et le ponton également. Les trois garçons se lancent des regards furtifs avant d'entreprendre une dernière accélération en même temps. Le ponton est étroit, forçant le trio à courir très serré.

L'objectif est désormais sous leurs yeux. Nate pousse un cri de guerre avant de sauter le premier dans l'eau. Milo et Charlie se disputent la deuxième place et se poussent avec des coups d'épaule. Les deux amis finissent par sauter en même temps en poussant des cris de guerre.

Lorsque Charlie émerge de la surface, ses deux amis sont déjà en train de rire à cette course folle qu'ils viennent de faire. Il les rejoint dans leur euphorie. Bien qu'il ne soit pas arrivé premier, il a l'impression d'avoir gagné.

Le soleil tapant sur ses épaules, Charlie se demande combien de temps cela durera.

Le reste de sa journée s'étire longuement et devient de plus en plus ennuyeux. Le ciel se couvre progressivement de gris à mesure que le temps passe. Les clients n'affluent pas, ce qui l'arrange, il préfère ne voir personne. Pendant ce temps, Annie se divertit avec les jouets du magasin, développant une autonomie qu'elle a apprise à ses dépens en restant seule à la maison.

Voyant le cadran de l'horloge indiquer 19 h 30, Charlie décide de prendre une pause à l'extérieur en espérant faire passer ces trente dernières minutes plus rapidement. Il attrape son manteau noir et se tourne vers Annie.

— Je vais sortir prendre une pause à l'arrière du magasin, est-ce que tu veux venir ? demande-t-il.

La fillette, immergée dans son monde imaginaire, secoue simplement la tête. Il enfile son manteau et sort par l'arrière-boutique. Un frisson parcourt sa colonne lorsque l'air glacial vient frapper son visage. Il plonge sa main dans la poche de son manteau et en sort un paquet de cigarettes. D'un geste bien rodé, il en pose une entre ses lèvres et l'allume à l'aide de son Zippo. Il tire une première fois dessus, ferme les yeux et laisse la fumée apaiser son esprit agité.

— Je n'aurais pas parié que tu sois un fumeur de cigarettes, t'as plus une tête à fumer des joints.

Charlie rouvre les yeux et fronce les sourcils en voyant qui vient troubler son moment de calme. Un léger soupir s'échappe de ses lèvres en réalisant que c'est l'écrivain de la dernière fois. Il est appuyé contre le mur d'en face, les mains dans les poches de son pantalon, tandis qu'il regarde Charlie d'un air amusé.

— Allez vous faire foutre, rétorque Charlie en détournant le regard, définitivement pas d'humeur à converser.

L'écrivain esquisse un sourire et sort à son tour une cigarette de sa poche. Il la place entre ses lèvres et fait un pas vers Charlie.

— Je peux t'emprunter ton briquet ? dit-il en tendant une main.

Charlie expire la fumée et fronce les sourcils en direction de l'écrivain.

— Vous avez une cigarette mais pas de briquet ?

— Il vaut mieux ça que l'inverse, non ?

— Quel est l'intérêt d'avoir une cigarette si vous ne pouvez pas l'allumer ? remarque Charlie en tendant son Zippo à l'homme devant lui.

— Les gens comme toi et moi, ceux qui ont besoin de sentir la fumée brûler leurs entrailles, on dépend de ce petit bout de tabac. Il y a quelque chose de rassurant à tenir une cigarette, même éteinte, entre ses mains, tu ne trouves pas ?

Charlie l'observe allumer sa cigarette, abritant le bout de celle-ci avec sa main afin que le vent ne l'éteigne pas. Ses cheveux sont grisonnants, sa peau abîmée par le soleil et ses habits sont tout froissés, comme s'il ne s'était pas changé depuis des jours. On pourrait croire que cet homme est un sans-abri. Cependant, la montre de luxe que remarque Charlie au poignet de l'écrivain lorsque celui-ci lui rend son briquet indique le contraire.

— D'où vous sortez ? Je ne vous ai jamais vu à Edgartown, interroge Charlie appuyé contre le mur de la petite boutique.

L'écrivain prend le temps de tirer sur sa cigarette avant de répondre. Il laisse son regard se balader sur leur droite où se trouve, au loin, la plage d'Edgartown. Le ciel au-dessus de l'océan est noir, la tempête arrive.

— C'est une ville charmante, loin de l'agitation des grandes villes. C'est un bon endroit pour un écrivain comme moi.

Charlie émet un rire étouffé, un sourire amusé aux lèvres, alors qu'il tire une nouvelle fois sur sa cigarette.

— Est-ce que j'ai dit quelque chose de drôle ? demande l'homme.

Charlie secoue légèrement la tête.

— C'est juste que c'est tellement cliché. Le pseudo-écrivain qui vient se perdre dans une petite ville pour trouver l'inspiration.

— Pseudo-écrivain ? répète l'homme en haussant un sourcil. Selon toi, qu'est-ce qui fait d'un écrivain un écrivain ?

Charlie hausse les épaules, peu intéressé par la réponse.

— Le succès, des livres édités, un nom, l'argent.

L'écrivain esquisse un sourire et tire à son tour sur sa cigarette.

— Si prévisible, marmonne-t-il.

— Un écrivain est-il vraiment un écrivain si personne ne lit ses écrits ? rétorque Charlie.

— Un homme est-il un homme si personne ne le traite comme tel ? répond l'écrivain.

Charlie fronce les sourcils face à cette question, la réponse est évidente. L'écrivain a une expression amusée sur le visage tandis que Charlie réalise où il veut en venir. Il regarde l'heure sur sa montre parfaitement polie et ne dit rien tandis qu'il continue à fumer sous le regard scrutateur du jeune homme.

— Qui êtes-vous ? demande Charlie, laissant sa curiosité prendre le dessus.

L'écrivain esquisse un sourire satisfait.

— J'ai cru que tu ne demanderais jamais, exulte-t-il en se redressant et en tendant la main vers Charlie. Je m'appelle Horatio Campbell.

Horatio Campbell. Auteur d'une dizaine de best-sellers et considéré comme l'un des plus prolifiques et rentables auteurs de sa génération. Charlie ne dit rien pendant un instant, sa cigarette continuant de brûler entre ses doigts. Il n'aurait jamais imaginé qu'Horatio Campbell aurait l'air d'un sans-abri dans la petite ville d'Edgartown. Le jeune homme finit par serrer la main d'Horatio.

— Tu dois être le fameux Charlie Wolf.

Confus, Charlie fronce les sourcils.

— Comment…

— J'ai passé beaucoup de temps dans les cafés du coin, on parle beaucoup de toi. J'en ai déduit que ça devait être toi lorsque je t'ai vu la dernière fois au Willy & Co avec cette charmante serveuse, dit-il en s'appuyant de nouveau contre le mur en face de Charlie.

— Dis-moi, Charlie, que penses-tu de mes livres ?

— J'en ai lu aucun.

Un silence s'ensuit. L'écrivain observe Charlie tandis que ce dernier laisse son regard se perdre vers l'océan à sa gauche.

— J'ai entendu parler des suspicions à ton sujet concernant un certain accident.

À cette remarque, Charlie pose son regard meurtrier sur l'écrivain.

— Ne me regarde pas comme ça, je suis un écrivain, je ne peux pas m'empêcher de m'intéresser aux histoires.

— Je vous conseille de ne pas aborder le sujet, prévient Charlie, en expirant la fumée de sa cigarette.

— Tu m'as l'air d'être un personnage très intéressant. Mais méfie-toi, l'histoire ne finit jamais bien pour les gens comme toi. Tu devrais apaiser ton esprit et ton cœur.

Le jeune homme laisse échapper un rire.

— J'ai le droit à l'analyse de l'auteur torturé maintenant ? dit-il sarcastiquement.

— Tu m'as l'air rempli de haine et d'amertume, je dis simplement que si tu continues à vivre comme ça, tu n'iras pas loin, gamin. Crois-moi, je parle par expérience.

Charlie esquisse un sourire crispé puis écrase sa cigarette au sol avant de lever les yeux sur Horatio.

— Vous donnez beaucoup de leçons pour quelqu'un qui écrit des livres sur le fait que l'homme est condamné à une fin douloureuse et irréversible.

C'est au tour d'Horatio d'esquisser un sourire amusé.

— Tu sembles en savoir beaucoup sur mes livres pour quelqu'un qui prétend ne les avoir jamais lus.

Agacé, Charlie ne dit rien et maintient le regard de l'écrivain. Il n'appréciait déjà pas le personnage sans le connaître, et c'est encore moins le cas, maintenant qu'il l'a rencontré. Il finit par tourner les talons et retourne dans la petite boutique.

— Annie, prends tes affaires, on rentre, ordonne-t-il.

Charlie prend soin de fermer le magasin, verrouillant soigneusement la porte derrière lui. Il se met ensuite en route vers sa maison, Annie dans les bras. La pluie qui tombait auparavant s'est presque arrêtée, laissant la ville plongée dans une atmosphère étrange et silencieuse. Les rues sont encore humides et les lumières des lampadaires et des guirlandes de Noël se reflètent doucement sur le sol.

La maison est dans l'obscurité totale lorsqu'ils y pénètrent. Charlie suppose que Victor est dehors, mais le son d'une bouteille se brisant sur le sol attire son attention.

— Monte dans ta chambre, ordonne-t-il en posant Annie au sol.

— Charlie…

— Je t'ai dit de monter, Annie, dit-il d'une voix autoritaire.

Bien qu'à contrecœur, la petite fille obéit et monte finalement dans sa chambre.

Au son persistant de verres qui se brisent dans la cuisine, Charlie avance avec précaution, ses pas résonnant doucement dans la maison. Soudain, Victor fait irruption dans le couloir, heurtant les étroits murs de la maison, tenant fermement une bouteille de vodka.

— Je t'avais dit de ne pas partir ! Pour qui tu te prends à me désobéir ! rugit Victor en s'approchant dangereusement de Charlie. Sa voix est puissante, elle fait trembler toute la maison.

— Tu crois que tu peux déambuler chez moi comme il te plaît ? Je vais te mettre à la porte un jour, sale p'tit con, lance Victor en manquant de perdre l'équilibre.

Charlie fait un pas en arrière, gardant son attention sur l'homme ivre devant lui.

— Si je n'avais pas le juge et ses sbires qui me surveillent, je me serais déjà débarrassé de toi, dit-il d'une voix avinée.

Charlie reste silencieux, gardant son calme. Il est conscient que la seule raison pour laquelle Victor ne le met pas à la porte est le risque de perdre la garde d'Annie, ainsi que la pension alimentaire qui l'accompagne.

Subitement, Victor éclate de rire, un rire glaçant qui agace Charlie au plus haut point.

— Tu n'as pas encore compris ? Personne ne veut de toi, ton existence pollue celle des autres. Mourir dans les flammes est sans doute la meilleure chose qui ait pu arriver à tes parents avec un fils comme toi.

À cet instant, Charlie est submergé par une vague d'impulsivité incontrôlable. Il se précipite sur Victor, le plaquant avec une violence inouïe contre le mur. Le vieil homme est d'abord pris au dépourvu, perdant l'équilibre tandis que Charlie le frappe de toute sa force. Cependant, l'ivrogne reprend rapidement ses esprits et repousse violemment Charlie, lui assénant un puissant coup de poing à la mâchoire. Il trébuche et s'effondre sur le sol. Profitant de cette opportunité, Victor essuie le sang qui coule sur son visage et se dresse avec arrogance au-dessus de Charlie, dominant la situation de sa stature imposante.

— Je vais te tuer, dit-il le regard rempli de haine avant d'assaillir Charlie de coups de pied.

Sans la moindre pitié, Victor continue de le frapper, chaque coup de pied plus violent que le précédent. Le jeune homme se recroqueville sur lui-même, encaisse les coups sans pouvoir se défendre. Après un instant, Victor s'arrête, manifestement déséquilibré par son état d'ivresse. Exténué, Charlie profite de cette accalmie pour se relever péniblement, rassemblant ses dernières forces. D'un geste désespéré, il assène un puissant coup de poing au visage de Victor, le laissant momentanément désorienté. Profitant de cette occasion, Charlie se dirige rapidement vers la porte d'entrée, sachant que chaque seconde compte pour échapper à cette situation.

Cependant, au moment où Charlie s'approche de la poignée de la porte, Victor se saisit brusquement de sa jambe, provoquant sa chute violente, et il heurte le sol tête la première. Une expression de douleur se dessine sur le visage de Charlie, qui se sent subitement étourdi par le choc. Victor part d'un rire glaçant, s'inclinant vers Charlie.

— Tu es bien silencieux maintenant, dit-il d'un ton sournois, un sourire mesquin étirant son visage.

La respiration de Charlie est haletante, sa tête tourne, et les paroles de Victor lui parviennent à peine.

— Il est grand temps que je te donne une bonne leçon, ajoute-t-il, vacillant légèrement et heurtant involontairement la bouteille de vodka vide qui repose au sol.

Charlie remarque la bouteille à proximité. Il prend une grande inspiration et, d'un geste rapide, il la fracasse sur la tête de Victor.

Ce dernier s'effondre immédiatement au sol, inconscient, au milieu des éclats de verre.

Soulagé, Charlie cherche un appui contre le mur derrière lui, s'efforçant de reprendre son souffle. Son état est critique. Son visage est couvert de sang, et une intense douleur émane de ses côtes, lui causant une souffrance insupportable.

D'un pas lent et difficile, il se rend en bas des escaliers et s'appuie sur la rambarde.

— Annie ! s'exclame-t-il, ce qui lui vaut une terrible douleur aux côtes.

Il grimace et pose une main sur son abdomen. Quelques instants plus tard, la petite silhouette d'Annie se profile en haut des escaliers. La fillette pousse un souffle de surprise en découvrant l'état de son frère, tandis que son visage se crispe en une expression inquiète.

— Harlie…

— Reste dans ta chambre, dit-il, essoufflé et affaibli. Il se soutient en s'appuyant sur la rambarde des escaliers, levant la tête vers le premier étage.

Le regard d'Annie dérive vers le corps inconscient de Victor qui gît dans l'entrée. Ses yeux s'écarquillent et elle éclate en sanglots en comprenant la gravité de la situation. Charlie soupire et ferme les yeux un instant, réalisant que c'est précisément ce qu'il voulait éviter. La petite fille dévale les escaliers en hâte, laissant son ours en peluche tomber sur les marches, et se précipite dans les bras de son frère. Charlie grimace une nouvelle fois à son contact et repousse légèrement Annie en attrapant sa main.

— Tu vas rester dans ta chambre et fermer la porte à clé d'accord ? Je n'en ai pas pour longtemps. Il ne te fera rien, ne t'inquiète pas.

Elle secoue frénétiquement la tête.

— Non je reste avec toi, Harlie.

Une intense douleur envahit sa tête et il ressent la chaleur du sang qui coule de ses tempes jusqu'à son cou. Il est conscient que prendre Annie avec lui risque de lui causer encore plus de problèmes lorsque Victor se réveillera. Cependant, l'idée de la laisser seule avec lui ne lui semble pas idéale. Dans un soupir, il saisit la main d'Annie et s'avance sous la pluie torrentielle. Chaque pas et chaque respiration lui infligent une douleur intense. La pluie imbibe ses cheveux, mêlant ses mèches trempées au sang sur sa peau hâlée. Son cœur bat si rapidement dans sa poitrine qu'il ne parvient pas à se concentrer sur les paroles d'Annie, entrecoupées de sanglots.

Après une marche pénible de dix minutes sous la pluie, Charlie et Annie atteignent enfin leur destination. Le jeune homme monte laborieusement les quelques marches qui mènent au vaste patio de Marguerite, puis frappe à la porte. Il s'appuie contre le mur coloré de la maison, posant une main tremblante sur ses côtes, tandis qu'Annie se tient devant lui en larmes. L'épuisement le submerge, à tel point qu'il n'entend plus que le son du déluge qui le berce dans un état semi-conscient.

Peu de temps après, une lueur apparaît à l'intérieur de la maison, et la porte d'entrée s'ouvre sur Ellie. Son regard se pose d'abord sur la petite Annie, complètement trempée et en pleurs devant elle. Ellie s'agenouille immédiatement devant elle, posant ses mains de chaque côté de son visage.

— Harlie, dit simplement Annie dans un sanglot en pointant le jeune homme appuyé contre la maison.

Les yeux d'Ellie s'écarquillent et elle porte instinctivement une main à sa bouche en apercevant Charlie, ensanglanté et à moitié conscient, sur son patio. Le choc est si intense qu'elle reste figée, hébétée, pendant un instant. Ce n'est qu'au grondement de l'orage qu'elle reprend ses esprits.

— Annie, va à l'intérieur, ordonne-t-elle.

La fillette se précipite à l'intérieur de la maison, tandis qu'Ellie, encore sous le choc, réfléchit à la façon dont elle doit procéder. Elle s'accroupit devant Charlie et avec précaution, elle repousse doucement les quelques mèches trempées qui dissimulent une partie de son visage.

— Charlie, est-ce que tu m'entends ?

Aucune réponse. Sa tête repose contre la maison, ses yeux sont clos. La pluie se fait de plus en plus forte, Ellie peut à peine s'entendre parler. Elle attrape le visage ensanglanté du jeune homme entre ses mains.

— Charlie, je vais t'amener à l'intérieur, mais je n'y arriverai pas seule. Tu dois m'aider, d'accord ?

Finalement, Charlie réagit. Il hoche légèrement la tête et entrouvre les yeux. Ellie se sent quelque peu rassurée de constater que Charlie est encore en vie. Elle se redresse sur ses deux jambes et saisit le jeune homme par la taille. Cependant, celui-ci pousse soudainement un cri de douleur et grimace.

— Désolée, je suis vraiment désolée, dit-elle en positionnant sa main plus haut. Elle parvient finalement à soulever Charlie complètement et le guide à l'intérieur de la maison.

Ne voulant pas réveiller Marguerite, elle l'amène à l'étage, suivis de près par Annie. Après ce qui semble être une éternité, elle l'aide à s'installer sur son lit tandis qu'Annie grimpe à côté de lui.

— Je reviens, d'accord ?

Annie hoche la tête, le regard triste. Ellie se précipite vers la salle de bains où se trouve son kit de premiers secours. Elle fait tous les placards, avant de finalement trouver la trousse. Elle attrape deux serviettes de bain et retourne dans sa chambre.

— Sèche-toi, tu vas attraper froid. Tu peux aller fouiller dans mon armoire, il doit y avoir d'anciens habits à moi que tu peux emprunter.

La fillette hoche la tête, attrape la serviette et se dirige vers l'armoire. Ellie soupire et pose son regard sur Charlie. Allongé sur son lit, il est à moitié conscient, grimaçant de temps en temps à cause de la douleur dans ses côtes. Ellie décide de commencer par s'occuper de sa blessure à la tête qui ne cesse de saigner.

La jeune femme commence par essuyer le sang sur le visage désormais pâle de Charlie. Son état l'inquiète. Il semble terriblement souffrir. D'un geste résolu, elle saisit son téléphone portable posé sur sa table de chevet. Elle le déverrouille, mais avant même d'avoir le temps de composer le numéro des urgences, la main de Charlie l'arrête dans son élan. Lorsqu'elle rencontre son regard, elle est surprise de constater qu'il est conscient. Il secoue la tête.

— Charlie, tu dois aller aux urgences.

Il passe une main tremblante sur son visage.

— Ne les appelle pas. N'appelle personne.

Ellie fronce les sourcils, décidée à composer le numéro. Cependant, Charlie lui arrache brusquement le téléphone des mains, un geste qui lui lacère les côtes. Il grimace et grogne de douleur.

— Ellie, fais ce que je te dis ! s'exclame-t-il.

— Harlie ! gémit Annie qui se précipite près de son frère lorsqu'elle entend sa voix.

Ellie reste silencieuse pendant un instant. Bien que sa conscience lui dicte d'appeler les secours, elle se doute qu'il doit y avoir une raison valable pour laquelle Charlie refuse. Ellie observe Annie déposer doucement sa tête sur le torse de Charlie, tandis que ce dernier pose une main affectueuse sur sa tête.

— Qu'est-ce qu'il s'est passé ? demande-t-elle, brisant le silence.

Charlie pose son regard sur la jeune femme et soupire. Il caresse les cheveux d'Annie un instant avant de prendre la parole.

— Annie, va prendre un bain. Ça te fera du bien.

La petite fille relève la tête.

— Je veux rester avec toi, dit-elle d'une petite voix.

— Ne t'en fais pas, je ne vais nulle part ce soir. Vas-y maintenant.

Annie hoche la tête et se précipite vers la salle de bains. Un silence tombe dans la chambre lorsqu'elle la quitte. Charlie se redresse contre la tête de lit et pose une main sur ses côtes. Ellie en profite pour prendre des compresses et du désinfectant. Elle enfile des gants en plastique et se met à soigner la blessure sur le crâne de Charlie. Ce dernier grimace légèrement lorsque Ellie applique la compresse d'alcool sur la plaie.

— Je suis désolée, dit-elle en jetant les compresses usagées.

Il soupire mais ne dit rien. Il se contente de fermer les yeux.

Avec précaution, Ellie se saisit d'un coton et dépose délicatement du désinfectant sur la tempe de Charlie, là où se trouve une petite entaille. Ses mains tremblent légèrement face au stress de la situation. Elle prend le temps d'observer attentivement son état. Il est clairement mal en point. Sa lèvre inférieure est de nouveau fendue, et de larges hématomes parsèment son visage. Ses cheveux noir corbeau sont mouillés par la pluie et retombent sur ses paupières. Sa peau bronzée est maintenant tachetée de sang à certains endroits, tout comme ses phalanges, où des hématomes commencent à se former.

— Charlie, dit-elle en l'observant tandis qu'il a encore les yeux fermés. Charlie, ne t'endors pas, tu pourrais avoir une hémorragie. Inquiète à l'idée qu'il s'endorme une nouvelle fois, elle pose une main sur son épaule et le secoue légèrement.

— Charlie.

Aucune réponse.

Ellie commence à paniquer et attrape soudainement son visage de ses deux mains.

— Charlie tu ne peux pas t'endormir. Reste éveillé encore un peu, le temps que je vérifie que tout va bien.

Finalement, il ouvre les yeux d'un air calme. Son regard se perd brièvement sur le visage soucieux d'Ellie. Il soupire et laisse sa tête retomber contre le mur derrière lui, une main toujours posée sur ses côtes. La douleur est intense, comme si chaque respiration était un coup de couteau planté dans son corps.

— Tu souffres beaucoup au niveau des côtes, n'est-ce pas ? remarque Ellie en fronçant les sourcils.

Charlie hoche légèrement la tête. Sans perdre de temps, elle saisit un analgésique et lui tend une bouteille. Celui-ci ne se fait pas prier et avale rapidement le comprimé d'un seul trait.

— Je peux voir ? demande-t-elle.

Elle est inquiète de ce qu'elle va trouver. Son état nécessite définitivement une intervention médicale.

Comment le convaincre d'aller aux urgences ? Avec une grimace de douleur, Charlie se redresse et retire son tee-shirt trempé, ce qui lui arrache un grognement. Il le jette négligemment sur le parquet avant de se rallonger sur le lit, les yeux fermés et la respiration saccadée. Ellie est stupéfaite en voyant l'étendue des blessures de Charlie. Son côté gauche est entièrement couvert d'un énorme hématome. Avec précaution, elle pose ses doigts fins sur le corps meurtri de Charlie. Celui-ci sursaute légèrement au contact des doigts froids d'Ellie.

— Qui t'a fait ça ? demande-t-elle d'une voix basse.

Charlie soupire, les yeux toujours fermés. Son silence est suffisamment explicite pour qu'Ellie comprenne qu'il ne souhaite pas aborder ce sujet ce soir. Elle chasse ses questions de son esprit et recentre son attention sur les hématomes de Charlie.

— Il faut t'amener à l'hôpital. Tu dois faire un scanner et une IRM, dit-elle en se levant précipitamment du lit.

Suite à cette déclaration, Charlie ouvre les yeux en grand et fixe Ellie d'un regard intense et déterminé.

— Non, je ne mettrai pas les pieds à l'hôpital.

— Charlie, ça ressemble fortement à des côtes cassées. Tu dois passer un scanner et avoir une vraie prise en charge médicale. Tu as peut-être une hémorragie ! s'exclame-t-elle, avant que Charlie ne la coupe en lui attrapant le poignet pour la faire asseoir près de lui.

— Je ne peux pas me permettre d'aller à l'hôpital pour de nombreuses raisons, commence-t-il d'une voix ferme. Tu fais des études pour être médecin, pas vrai ? demande-t-il d'un ton déterminé.

Ellie ressent son cœur battre rapidement dans sa poitrine face à cette situation. Que devrait-elle faire ? Elle ne peut pas simplement le laisser souffrir en sachant qu'il a besoin de soins supplémentaires, mais en même temps, elle ne veut pas lui causer davantage de problèmes.

— Tu sauras quoi faire, j'ai confiance en toi.

Ellie baisse les yeux vers son poignet qui est toujours fermement tenu par Charlie. Son instinct de future médecin lui dicte de l'emmener à l'hôpital, mais elle ne peut pas se résoudre à le faire en entendant les mots du jeune homme.

— D'accord, dit-elle en prenant une nouvelle compresse.

Charlie soupire de soulagement et relaxe sa posture contre la tête de lit. Ellie continue de désinfecter ses plaies. Elle ne peut s'empêcher de se demander si elle a fait le bon choix. Qu'adviendra-t-il si Charlie a une hémorragie et qu'elle n'est pas contenue à temps ? Cela serait sa faute, elle ne se le pardonnerait jamais.

— Il va falloir que tu te redresses, l'informe-t-elle.

Charlie ne proteste pas et prend appui sur le lit afin de soulever son corps couvert de blessures. Il grimace une nouvelle fois à cette douleur qu'il commence à supporter un peu plus. Il s'assoit sur le bord du lit, la tête baissée. Épuisé par cet effort, il laisse sa tête reposer contre Ellie qui se tient debout devant lui. Surprise par cette proximité soudaine, la jeune femme reste immobile. Elle peut sentir son souffle chaud contre son corps et la sensation d'humidité de ses cheveux trempés. Son dos nu est exposé devant elle, les hématomes couvrant une grande partie de sa peau.

Elle déglutit et revient à ses esprits.

— Je vais enrouler ce bandage autour de tes côtes, ça immobilisera un minimum ta cage thoracique.

Il hoche légèrement la tête et se redresse en s'appuyant contre la vieille commode derrière Ellie. Une étrange sensation la traverse en voyant le visage pâle de Charlie si proche du sien. Ses yeux sont entrouverts et sa respiration est saccadée.

D'un geste minutieux, elle enroule la bande blanche autour du corps de Charlie en prenant soin d'éviter d'appliquer trop de pression sur l'endroit où se trouvent les hématomes. Le pouls d'Ellie s'accélère lorsque Charlie saisit soudainement son poignet. Son corps se fige brièvement, mais elle reprend rapidement ses esprits en remarquant que Charlie a les yeux fermés. Une fois cette étape terminée, Ellie fait un pas sur le côté afin de créer une certaine distance entre eux.

— La seule solution pour des côtes cassées, c'est le repos. Tu peux dormir dans mon lit, je prendrai le canapé, dit-elle soudain timide en présence de Charlie torse nu.

Le grand brun acquiesce simplement et se rallonge.

— Merci, dit-il en posant les yeux sur Ellie.

Elle esquisse un sourire forcé. Bien qu'elle ait de nombreuses questions en tête, elle choisit de se retenir. Ce n'est pas le bon moment.

— Essaie de dormir. Je vais m'occuper d'Annie.

Charlie hoche la tête et pose un bras sur ses yeux.

D'un pas léger Ellie va éteindre la lumière. Elle pose son regard une dernière fois sur la silhouette déjà endormie de Charlie. Il semble si paisible maintenant, si différent de l'homme blessé qu'elle a trouvé sur le patio. Un tourbillon de questions envahit son esprit, accentuant son sentiment d'impuissance. Elle souhaite ardemment pouvoir l'aider, mais l'absence de réponses à ses interrogations la laisse dans une impasse.

Léon Tolstoï a un jour écrit que les plus puissants guerriers sont le temps et la patience.

Ellie n'a jamais vraiment été de ceux qui s'engagent sur les champs de bataille.

Chapitre 14
Château de cartes

« La vie est une illusion, un rêve éphémère,
un château de cartes qui se délite au moindre souffle. »
Tennessee Williams

Ellie se repose sur le canapé, ses yeux fixés sur le plafond, impuissante face à l'insomnie qui la tourmente. Les contours délicats de son visage sont baignés par la lueur de la lune, tandis qu'elle se laisse emporter par le flot de ses pensées. Quatre longues heures se sont écoulées depuis qu'elle s'est allongée dans le vain espoir de dormir, et l'horloge s'apprête à sonner trois heures du matin.

Elle laisse échapper un soupir en remarquant l'heure tardive et se redresse pour s'asseoir. Un frisson parcourt sa colonne vertébrale lorsque le froid hivernal pénètre sa peau, s'infiltrant dans la pièce. Le foyer de la cheminée, autrefois réconfortant, est maintenant éteint, laissant la pièce se refroidir considérablement.

Elle se lève, ses yeux à moitié ouverts, et se dirige vers les escaliers d'un pas lent et las, le vieux parquet émettant des grincements sous ses pieds. La maison est calme maintenant, le torrent qui s'abattait sur la ville auparavant s'est apaisé.

Elle se dirige sur la pointe des pieds vers la chambre et en pousse lentement la porte, veillant à ne pas faire de bruit. La pièce est plongée dans l'obscurité, elle ne distingue rien, mais elle peut ressentir la présence de Charlie. Elle perçoit sa respiration feutrée. Ellie se guide en tâtonnant le long des murs jusqu'à atteindre sa vieille armoire où elle sait que se trouve une couverture. Avec précaution, elle l'ouvre, et un léger grincement se fait entendre. Ellie se fige, craignant d'avoir réveillé Charlie. Mais la pièce reste paisiblement silencieuse, et elle soupire de soulagement. Elle saisit la couverture et se retourne sur la pointe des pieds.

Soudain, la voix rauque de Charlie brise le silence :

— Tu peux allumer si tu veux.

Une nouvelle fois figée, Ellie observe Charlie allumer la lampe de chevet. La lueur tamisée révèle davantage les marques violacées sur son visage. La jeune femme serre la couverture contre elle.

— Est-ce que ça va mieux ? demande-t-elle timidement.

Charlie hausse les épaules et soupire.

— Pas vraiment. Je n'arrive pas à dormir, avoue-t-il en posant une main sur ses côtes.

— Est-ce que tu veux de nouveau quelque chose contre la douleur ?

Charlie acquiesce d'un léger mouvement de tête. Ellie dépose la couverture sur le lit et se dirige vers la salle de bains. Elle ouvre doucement l'armoire sous l'évier et en extrait une boîte de médicaments.

— Tu peux en prendre jusqu'à quatre par jour dès que tu as mal. C'est assez fort, ça devrait calmer ta douleur.

— Merci, dit-il en prenant la boîte.

Ellie acquiesce silencieusement et observe attentivement Charlie prendre l'antidouleur. Malgré sa volonté de ne pas poser de questions, la curiosité la tenaille. Les nombreux hématomes sur son corps ne semblent pas être l'œuvre des jumeaux Darwell, comme elle l'avait d'abord pensé. Une intuition lui souffle que cette fois-ci, quelqu'un d'autre est responsable de ces blessures.

— Qu'est-ce qu'il y a ? demande Charlie en reposant la bouteille d'eau sur la table de chevet.

— Qui t'a fait ça ?

Charlie ne dit rien et plonge son regard dans celui d'Ellie. Après un instant, il souffle un rire, surprenant Ellie.

— Tu ne lâches jamais le morceau, dit-il un sourire amusé sur les lèvres.

Ellie ressent presque un soulagement en le voyant sourire.

— Quand je suis arrivée ici, je t'ai surpris en train de donner une raclée aux frères Darwell. Je sais que tu ne leur aurais jamais donné l'occasion de te blesser comme ça.

Le regard de Charlie se durcit face à ses paroles.

— Tu les as tous les trois mis à terre sans aucune difficulté à l'arrière de chez Joey's. La personne qui t'a fait ça n'est pas un Darwell, conclut-elle.

Puis, d'une voix impérieuse, elle demande :

— Dis-moi qui c'est, Charlie.

Le visage du jeune homme ne montre plus aucune trace d'amusement. Il est fermé, son regard froid fixé durement sur Ellie. Le silence est glacial, la tension est si palpable qu'elle pourrait être tranchée avec un couteau.

— Pourquoi tu veux savoir ? Ça ne te regarde pas.

Ellie soupire, agacée.

— Ça me concerne, Charlie ! Dès que tu franchis ma porte pour demander de l'aide, ça me concerne.

Charlie reste silencieux. Le silence amplifie l'agacement d'Ellie pendant qu'ils se fixent mutuellement. D'un geste nerveux, elle passe une main agitée dans ses cheveux puis s'assoit au bout du lit, sous le regard scrutateur de Charlie.

— Je sais que je n'ai pas à me mêler de tes affaires et qu'il y a certainement une raison pour laquelle tu ne veux rien me dire. Mais si tu viens chercher mon aide, n'attends pas de moi que je panse tes blessures sans demander d'explications, dit-elle d'une voix un peu plus calme qu'il y a un instant.

Une nouvelle fois, Charlie reste silencieux, son regard perdu sur le mur blanc en face de lui. Ellie remarque sans équivoque sa respiration saccadée et la légère crispation de son visage. Ne serait-ce qu'un instant, elle regrette d'avoir élevé la voix contre lui alors qu'il se trouve dans cet état.

— Peut-être que tu ne l'as pas remarqué, mais il y a des personnes qui tiennent à toi et à Annie dans cette ville. Moi y compris… dit-elle d'une voix timide.

Surpris par cette déclaration, il pose son attention sur la jeune femme.

— Pourquoi ?

— Pourquoi quoi ?

— Je suis accusé de meurtre par les habitants d'Edgartown, mes anciens amis m'évitent et je n'ai jamais été agréable avec toi. Pourquoi tu t'accroches ?

Ellie pousse un soupir et détourne brièvement les yeux pour fixer la lampe de chevet. La tension est palpable, le silence est lourd de non-dits.

— Tu devrais essayer de dormir, il est tard et tu as besoin de repos, dit-elle en se redressant.

Charlie saisit soudainement son poignet. Le cœur d'Ellie s'emballe à ce contact inattendu.

— Dis-moi, Ellie, murmure-t-il d'une voix basse.

Lorsqu'elle rencontre son regard, elle aperçoit la lueur de la lampe de chevet se refléter sur son visage. Ses yeux sont doux, implorants.

Un soupir s'échappe des lèvres de la jeune femme pendant que la main de Charlie quitte son poignet pour saisir doucement sa main à la place. Le souffle d'Ellie se coupe au contact de leurs mains, tandis qu'elle ressent son regard intense posé sur elle. Elle n'a jamais vu cette expression sur son visage auparavant. Ses yeux sont doux, ses sourcils légèrement froncés, comme s'il essayait de résoudre une énigme.

— Est-ce que j'ai vraiment besoin d'une raison pour tenir à toi ? dit-elle d'une voix fragile.

Ses paroles brisent le silence de la nuit froide, prenant Charlie au dépourvu.

Le cœur d'Ellie s'emballe, vibrant à tout rompre, pendant que Charlie la fixe intensément, sa main toujours fermement entrelacée à la sienne. Cette révélation inattendue le prend totalement par surprise. Mal à l'aise, la jeune femme retire sa main de celle de Charlie, reculant d'un pas pour instaurer une distance entre eux.

— Essaie de dormir un peu, les analgésiques ne feront pas effet éternellement.

Sur ces dernières paroles, elle saisit la couverture qu'elle était venue chercher et quitte la chambre, laissant Charlie complètement déconcerté.

Après s'être éloignée, elle soupire et laisse sa main glisser sur son front. Elle ressent des regrets d'avoir dévoilé autant de vulnérabilité devant lui. Son cœur palpitait intensément et elle est presque certaine qu'il l'a remarqué en tenant son poignet. Délaissant la couverture, elle se réinstalle sur le canapé. Un soupir d'exaspération s'échappe de ses lèvres, frustrée de ne pas obtenir de réponses à ses questions une fois de plus. Cela semble être une situation fréquente avec Charlie. Malgré tout, elle s'efforce de le comprendre, de construire son petit château de cartes dans l'espoir qu'il ne le fasse pas voler en éclats.

Mais ce soir, pour la première fois, il semble qu'elle lui ait coupé le souffle avant qu'il ne puisse le démolir.

Chapitre 15
Le fil rouge

L'amitié. Pourquoi l'amitié est-elle considérée comme plus précieuse que les relations amoureuses ? Parce qu'elle ne repose pas sur l'apparence d'une personne, mais sur son caractère et sa véritable nature. Elle se fonde sur l'essence même de l'individu.

Nous avons tous connu l'amitié à un moment de notre vie, même les plus solitaires d'entre nous. Quand on y réfléchit, c'est plutôt étrange. Apprécier quelqu'un pour sa manière d'être, partager nos secrets et nos histoires avec lui : c'est étrange.

La plupart du temps, l'amitié surgit de manière inattendue. Elle surgit de nulle part, que ce soit à l'école, dans un bar ou dans la rue. Elle est imprévisible. Parfois, elle commence par un simple sourire échangé dans les couloirs, de simples paroles ou un acte de gentillesse envers l'autre. Parfois, elle remonte à si loin qu'on ne sait pas réellement quand elle a commencé.

[DEUX ANS AUPARAVANT]

— T'as vu cette échappée que j'ai faite sur la glace ? J'ai esquivé les deux défenseurs et BAM ! s'exclame Milo, faisant se retourner quelques personnes dans les couloirs. J'ai marqué, ajoute-t-il, toujours emporté par l'euphorie du match de hockey qu'il vient de mener.

— Je dois avouer que pour une fois tu m'as fait de l'ombre, rigole Charlie en tenant nonchalamment son sac à dos sur une épaule.

Vêtus de la même veste bleu et blanc de l'équipe de hockey, ils portent fièrement l'initiale « E » en lettre majuscule sur le côté gauche. Ensemble, les deux amis sortent de la petite patinoire du lycée, un lieu réservé exclusivement à leur équipe.

— Pff, je t'ai effacé, oui ! ricane Milo euphorique, tandis que Charlie est plutôt épuisé de son match.

Les couloirs du lycée grouillent d'activité en cette journée ensoleillée. Les bavardages animés des élèves créent une atmosphère légère, tandis que les rayons du soleil dessinent leur chemin sur les murs et le sol. Une brise douce s'engouffre dans le couloir à chaque ouverture des deux grandes portes du lycée, annonçant l'approche imminente de l'été.

— J'ai quand même marqué les deux derniers points, rappelle Charlie. Tu ne m'as pas effacé tant que ça, remarque-t-il en faisant un clin d'œil à son ami.

Milo grimace à ce rappel.

— Touché, dit-il en posant une main sur son cœur.

Milo et Charlie n'ont jamais été de ces athlètes arrogants que l'on trouve souvent dans les écoles. Leur duo est apprécié de tous. Ils ne suscitent aucune terreur et, contrairement à certains, ils pratiquent le hockey par pure passion. Les habitants d'Edgartown ont vu ces garçons grandir et leur ont toujours porté beaucoup d'affection.

L'amusement des garçons se dissipe instantanément alors qu'ils tournent au coin du couloir. Devant leurs yeux se déroule une scène troublante : Simon est plaqué contre un casier, pris en étau entre deux autres joueurs de l'équipe et les jumeaux Darwell qui l'encerclent.

— Je t'ai vu me mater, petite tapette, commence un garçon en donnant des claques légères à Simon. Tu ne veux pas t'amuser un peu ? ricane-t-il, accompagné par les jumeaux.

Charlie et Milo se rapprochent à grands pas vers le groupe, une expression déterminée sur le visage.

— Eh ! Aiden, lâche-le ! s'écrie Charlie d'une voix forte qui résonne dans le couloir.

Sa mâchoire se contracte tandis que sa prise sur son sac se fait plus ferme et puissante.

Aiden, aux cheveux blonds et aux traits germaniques, se distingue de Charlie et Milo. Contrairement à ces derniers, il ne jouit pas de l'affection de tous. Son air trop sûr de lui et son mauvais caractère lui valent une mauvaise réputation auprès des habitants de la petite ville.

Le jeune homme se tourne vers le duo tout en gardant une bonne prise sur Simon.

— Dégage de là, Wolf, ordonne-t-il avec irritation dans sa voix.

Les jumeaux restent silencieux et observent la scène. Charlie ajuste nerveusement son sac sur son épaule. Il ne veut pas créer de problèmes à l'intérieur du lycée, mais cela devient de plus en plus difficile.

Il fait un pas menaçant vers Aiden, qui le toise de haut en bas.

— J'ai dit lâche-le.

Sa voix est maîtrisée et calme, en contraste avec celle d'Aiden. À côté d'Aiden, le deuxième garçon de l'équipe, Ross, se met à ricaner. Charlie lui lance un regard empli de colère.

— Quelque chose à dire, Martins ? demande Milo.

Ross efface son sourire et recule vers les jumeaux. Charlie se concentre désormais sur Aiden. Il aimerait vraiment lui donner un coup de poing, mais cela ne ferait que lui attirer des ennuis. De plus, ses parents l'ont mis en garde contre les altercations à l'école.

— Aiden, pour la dernière fois, lâche-le, intervient Milo en avançant d'un pas.

— Pourquoi est-ce que je ferais ça, Weaver ? commence-t-il d'un ton taquin. On s'amuse bien, Simon et moi, dit-il en se tournant vers le jeune homme en question.

Simon est maintenu contre le mur, le bras d'Aiden appuyé contre son cou.

— Pas vrai ?

— Si tu ne lâches pas Simon, je te ferai renvoyer de l'équipe, déclare Milo.

Ces paroles soudaines et menaçantes tombent sur Aiden comme une avalanche. Malgré cela, il ne lâche pas Simon.

— Tu penses que le simple fait que ton père soit l'entraîneur te donne le pouvoir de me faire expulser de l'équipe ?

— C'est plutôt évident, répond Milo calmement, confiant dans sa stratégie.

Sentant un malaise, Aiden desserre légèrement sa prise sur Simon, sans toutefois retirer son bras.

— Je suis le capitaine, tu ne peux rien faire, se défend-il.

— Ce n'est pas un problème. Charlie est bien meilleur que toi, il pourrait facilement te remplacer, déclare-t-il calmement.

Inquiet face à cette possibilité, Aiden relâche Simon. Il a toujours eu peur d'être remplacé par Charlie. Après tout, il est bien plus talentueux que lui au hockey, et le coach Weaver a toujours montré une préférence pour lui.

Simon se précipite vers ses amis en se frottant le cou là où Aiden avait exercé une pression.

— C'est ton jour de chance, Beckett, murmure Aiden avant de tourner le dos au trio en compagnie de son complice.

Les jumeaux restent immobiles pendant un instant, déçus par l'évolution de la situation.

— Vous devriez vraiment arrêter de traîner avec Aiden et choisir des gens de votre âge, déclare Charlie d'une voix autoritaire et dominante.

— Merci, Wolf, mais nous nous passerons de tes conseils, réplique Andrew avant de prendre son frère par le bras et de rejoindre Aiden.

Charlie observe le groupe de harceleurs s'éloigner, se demandant pourquoi les jumeaux sont si différents de leur frère Nate.

— Est-ce que ça va ? demande Milo.

— Ouais, ça va, les rassure Simon en passant une main sur son cou.

— Je ne peux pas te laisser deux secondes tout seul, hein ? plaisante Charlie en ébouriffant les cheveux de son ami.

Même s'il plaisante, Charlie est profondément agacé par les incessantes persécutions que Simon subit à cause de son orientation sexuelle.

Simon n'a jamais dissimulé son homosexualité. Au fil des années, tout le monde l'a plus ou moins deviné. Peut-être est-ce à cause de la manière dont il évalue chaque garçon sur une échelle de un à dix, ou peut-être est-ce dû à ses nombreux rêves impliquant Dave Franco. Quoi qu'il en soit, ça n'a jamais été un obstacle ni un secret. Simon a grandi aux côtés de Nate, Milo et Charlie, bénéficiant ainsi constamment de leur soutien et de leur protection.

— Qu'est-ce que je ferais sans toi, Charlie ? rigole Simon en levant les yeux au ciel.

Cependant, comme la plupart des choses dans ce monde, l'amitié n'est pas exempte de défauts. Certaines relations sont fondées sur de fausses paroles et de fausses valeurs, tandis que d'autres ont des motivations intéressées. Et puis, il y a les véritables amitiés, celles qui naissent de réels bons sentiments. Malheureusement, même celles-ci ne sont pas parfaites. Même les amitiés les plus sincères ne durent pas éternellement.

* * *

— Je n'ai jamais compris l'engouement qu'ont les garçons pour le foot. Le rugby est tellement mieux, remarque Raven, les bras croisés, en train d'observer Alaric et Nate qui sont avachis contre le bar, les yeux fixés sur la télé.

Willy & Co a rouvert et tout le monde est de retour au travail, sauf Lucy. Elle a confié la gestion du restaurant à Alaric.

— Seuls les meilleurs préfèrent le rugby au foot, plaisante Ellie.

Alors que l'équipe que Nate et Alaric soutiennent marque un but, les deux hommes éclatent de joie et se sautent mutuellement dans les bras.

— Regarde-les, de vrais abrutis lorsqu'il s'agit de sport. Ils sont vraiment tous pareil… dit Raven en observant le duo.

Ellie laisse échapper un rire à la remarque de son amie et détourne son regard vers Charlie, qui organise des verres sur un plateau sans prêter attention au match qui se déroule à la télévision. Peut-être que Raven se trompe, peut-être que certains d'entre eux sont différents.

Ellie prend conscience qu'elle s'est perdue dans ses pensées lorsqu'il se retourne. Leurs regards se rencontrent et, involontairement, cela la ramène à cette nuit de Noël où Charlie est venu chercher de l'aide.

Il est six heures du matin et les premiers rayons du soleil illuminent la chambre. Une légère odeur de cendres du feu de cheminée, maintenant éteint, parfume la maison. Charlie se redresse péniblement et prend soin de faire le lit. Il passe une main abîmée par les coups dans ses cheveux bruns et soupire. La douleur dans ses côtes l'a empêché de bien dormir. Il soulève son tee-shirt et constate que le bandage qu'Ellie lui a fait est toujours en place. Il pose ses doigts dessus pendant un moment et grimace de douleur.

Marguerite n'est pas encore réveillée, ce qui le soulage. Il ne veut pas avoir à expliquer ce qui s'est passé hier. D'un pas léger, il descend les escaliers en direction du salon. Sans surprise, Ellie est encore endormie sur le canapé, recroquevillée dans la couverture.

Il prend le temps de la contempler. Son visage est délicatement caressé par un rayon de soleil, qui illumine ses traits fins. Ses cils semblent virevolter sur ses paupières, probablement agités par un rêve troublant. Chaque détail de son visage captive Charlie. Il se demande quel monde secret se cache derrière ses paupières closes, quelles pensées et émotions se déploient dans son esprit.

Quelques instants plus tard, il décide de la réveiller pour lui annoncer son départ. Alors qu'il s'approche du canapé, il trébuche sur le sac de la jeune femme, manquant de chuter. Péniblement, il se baisse pour ramasser les quelques feuilles qui en sont tombées. Cependant, un document attire son regard. Il saisit le papier pour l'examiner de plus près. En haut de la page, en lettres majuscules, il lit : « Injonction d'éloignement ». Les sourcils froncés, Charlie poursuit sa lecture attentivement.

« […] George Brosoms est par conséquent ordonné de ne plus s'approcher à moins de dix mètres de Mme Rose. » *La lecture de Charlie est interrompue brusquement lorsque Ellie grogne dans son sommeil. Il remet précipitamment le document dans le sac. Puis, d'un pas résolu, il se place du côté d'Ellie. Sans hésiter, il la secoue pour la réveiller. La jeune femme grogne et se retourne. Légèrement agacé, Charlie la secoue un peu plus fermement.*

— Ellie, réveille-toi, dit-il.

Ellie ouvre doucement les yeux et fronce les sourcils en découvrant Charlie à ses côtés. D'un geste rapide, elle tire la couverture sur ses jambes pour se couvrir.

— Qu'est-ce que tu fais là ? demande-t-elle tout à coup plus réveillée.

Charlie fronce les sourcils.

— Tu as déjà oublié ?

Le visage d'Ellie se détend à mesure qu'elle réalise.

— Je dois partir, je voulais te dire de ne rien dire à Marguerite. Pas un mot.

— Pourquoi pas ? C'est chez elle et, aux dernières nouvelles, c'est son aide que tu venais chercher hier.

— Ne lui dis rien, d'accord ? dit-il d'un ton autoritaire.

— Toujours aussi poli, marmonne Ellie.

Charlie soupire bruyamment, laissant échapper toute sa tension, et passe ses deux mains sur son visage. Ellie l'observe attentivement, remarquant à quel point il semble stressé dès le matin. Ses cheveux bruns sont légèrement en désordre, et son visage est maintenant marqué de bleus, témoignant des multiples blessures qu'il a subies.

— S'il te plaît Ellie, prie-t-il en plongeant son regard dans celui de la jeune femme. Sa voix est incroyablement douce et implorante, captivant l'attention d'Ellie.

— Je ne dirai rien, déclare-t-elle.

Charlie hoche la tête pour exprimer sa gratitude et un léger sourire se dessine sur ses lèvres, un sourire qu'Ellie ne parvient pas à déchiffrer. Sans échanger un mot de plus, elle lui rend son sourire.

— Ellie ! s'exclame Raven, ramenant la jeune femme à la réalité. Ouah, je ne sais pas où tu étais partie, mais tu étais loin. Je t'appelle depuis cinq minutes. Est-ce que tout va bien ?

— Oui, tout va bien, ne t'inquiète pas.

— Bien, car je pense qu'on a besoin d'aide là-bas.

Raven attire l'attention d'Ellie en pointant derrière elle, là où Charlie et Simon semblent s'affronter avec animosité.

— Ces deux-là ne peuvent pas s'empêcher de s'attaquer, soupire Raven en positionnant le chiffon sur son épaule.

La voix de Simon résonne dans tout le restaurant tandis que Charlie reste là, campant sur sa position avec une allure imposante.

— Allons-y avant qu'ils ne se massacrent, soupire Raven en se dirigeant vers l'endroit où la querelle se déroule.

— Tu n'as rien à faire ici, je veux que tu dégages d'ici, connard ! s'énerve Simon en agitant les bras.

— Simon, je travaille ici, tu dois t'y habituer, répond Charlie.

— Tu es juste venu ici pour me faire chier. Tu travailles déjà chez Joey, tu aurais pu te passer de ce boulot, alors pourquoi es-tu ici, hein ?

Charlie passe rapidement une main nerveuse sur son visage, manifestant son agacement.

— Je te l'ai déjà dit, ça ne te regarde pas, insiste le jeune homme en appuyant ses mots.

— Allons, allons, intervient Raven en posant une main sur l'épaule de chacun des garçons, affichant un sourire sincère. On se détend. Qu'est-ce qui se passe ?

— Charlie a fait exprès de faire tomber ma commande, informe Simon d'un ton empreint de haine.

Raven jette un coup d'œil au sol et remarque simplement qu'un verre est cassé.

— C'était un accident ! se défend Charlie, ne détachant pas son regard de Simon.

La tension grimpe dans le restaurant. Heureusement, pour le bien de tous, les derniers clients de la journée sont un vieux couple assis au fond de la salle, à l'opposé de la dispute.

— Un accident, hein ? murmure Simon d'une voix basse et perfide. Un silence lourd s'installe, figeant le temps, ne serait-ce que pour un instant. Comme « l'accident » qui a tué ta famille ? poursuit-il, en accentuant le mot « accident ».

À cet instant précis, une vague de rage électrise tout le corps de Charlie. Sans la moindre hésitation, il propulse son poing en direction du visage de Simon, le faisant voler en arrière.

L'amitié. Il arrive un jour où nous grandissons et où tout change. Les chemins se séparent et même si les souvenirs partagés restent intenses, tout s'effondre comme un château de cartes, ne laissant aucune trace de l'amitié qui existait autrefois. Il est étonnant de constater à quel point quelqu'un que nous avons connu pendant des années peut soudainement nous sembler étranger. Il y a cette gêne qui surgit à chaque fois que nous le croisons… Et pourtant, cette personne que nous évitons nous connaît mieux que quiconque. Il y a ce lien, ce fil rouge qui nous relie, telles deux preuves irréfutables sur un tableau d'enquête.

Que représente ce fil rouge ? Ce sont les souvenirs d'enfance que nous racontons à nos nouveaux amis avec un sourire radieux. Et lorsque l'on nous demande ce qui s'est passé avec cette amitié, pourquoi nous ne nous parlons plus, pourquoi tout a changé, la réponse reste souvent floue.

Chapitre 16
Chaos sur un mur

« Ma recette pour gérer la colère ou la frustration : mettre la minuterie de la cuisine pendant vingt minutes, pleurer, crier, et râler. Et lorsque la minuterie sonne, se calmer, souffler et reprendre son train de vie. »
Phyllis Diller

— Tu n'aurais pas dû faire ça, marmonne Raven en attrapant la main de Charlie afin de la désinfecter.

Le jeune homme est assis à une table vide dans le restaurant, accompagné de Raven et d'Ellie qui reste silencieuse.

— Il l'a mérité, rétorque Charlie sans détourner le regard de sa victime au bout de la pièce.

À côté de Nate, Simon fixe également son agresseur. Le grand blond essaie tant bien que mal de le calmer en engageant la conversation, mais Simon n'écoute pas. Il est beaucoup trop énervé par Charlie. Raven soupire et remballe le matériel de premiers secours.

— Tu sais qu'il ne pense pas ce qu'il t'a dit. Il sait que tu n'as pas causé l'incendie, son père est shérif, finit Raven en poussant une de ses mèches rebelles derrière son oreille.

— Il avait l'air de bien penser ses mots, répond-il la voix pleine d'amerturme, le regard froid.

— Il t'en veut terriblement, soupire Raven.

Les mots de la jeune femme frappent Charlie de plein fouet. Raven et Ellie observent la colère de Charlie s'apaiser alors qu'une vague de culpabilité l'envahit.

— Je sais.

Ellie aimerait en savoir plus, mais elle sent qu'il y a cette bulle d'intimité entre Charlie et Raven. Leur relation de longue date a créé une bulle dans laquelle Ellie n'ose pas s'immiscer.

— Qu'est-il arrivé ? demande Alaric d'une voix autoritaire. Pourquoi Simon a-t-il le nez en sang ? poursuit-il.

— Je l'ai frappé, avoue Charlie en toute honnêteté.

Le barbu croise les bras sur sa poitrine et fronce les sourcils.

— Toujours en froid vous deux hein ? énonce-t-il. Allez, Charlie, va faire un tour pour te calmer, ordonne-t-il en balayant l'espace devant lui avec sa main.

Charlie fronce les sourcils.

— Je suis calme, je n'ai pas besoin d'aller faire une tour.

— Tu ne vas pas me faire croire ça alors que tu viens de frapper un collègue sur ton lieu de travail. Dehors.

Charlie fixe Alaric avec un regard meurtrier et reste immobile.

— Charlie, je ne le répéterai pas. Si tu veux que je ne dise rien à Lucy, va prendre l'air. Reviens quand tu seras calmé.

Visiblement agacé, Charlie se lève et quitte les lieux sans dire un mot. D'un pas décidé, il se dirige vers le ponton et sort une cigarette de sa poche. Il l'allume rapidement et fixe l'océan tout en prenant une première bouffée de sa cigarette. Il ne comprend pas pourquoi Alaric s'en est pris à lui alors que c'est Simon qui est à l'origine du conflit.

— Tu vas attraper un cancer des poumons avant moi à cette allure, entonne une voix.

Charlie fronce les sourcils en reconnaissant Horatio. Il détourne le regard et choisit de l'ignorer. Il n'est pas d'humeur à engager une conversation.

L'auteur s'approche et s'appuie sur la rambarde à côté de lui.

— Tu ne m'as pas l'air de très bonne humeur. Qu'est-ce qu'il s'est passé ? demande-t-il, mais Charlie reste silencieux.

— Si tu fumes dès que quelqu'un te fait monter les nerfs, tu vas tourner à deux paquets par jour. Crois-moi, je parle par expérience.

— Qu'est-ce que ça peut vous faire ?

— Oh, ça m'est complètement indifférent, c'est juste mon côté donneur de leçons qui ressort.

Charlie reste silencieux, peu amusé.

— Crois-moi, si tu veux te remonter le moral et oublier tes soucis, le whisky est ton meilleur ami.

— Vous n'avez pas un livre à écrire ? demande Charlie, agacé par la présence du vieil homme.

— J'ai besoin d'inspiration, rien de mieux que l'océan pour raviver la flamme d'un auteur.

Charlie souffle un rire moqueur et tire une nouvelle fois sur sa cigarette. Les mots de Simon tournent encore dans son esprit. Comment a-t-il osé dire une telle chose en sachant pertinemment qu'il n'était pas chez lui le soir du drame ? Il est troublé par son manque de considération.

— Est-ce que tu veux un verre ? demande Horatio, sortant Charlie de ses pensées.

Ce dernier se tourne vers l'auteur, confus.

— Pardon ?

— Je te demande si tu veux un verre. Mon bateau est amarré pas très loin au port.

— Votre bateau ?

Horatio esquisse un sourire.

— Ne va pas t'imaginer un yacht, c'est un simple bateau de pêcheur.

Perplexe, Charlie détourne les yeux vers l'auteur, cherchant des réponses. Il se demande d'où vient cet homme. Soudain, Horatio arrache la cigarette des mains de Charlie et l'écrase au sol.

— Allez viens, t'as besoin d'un petit remontant.

Charlie regarde Horatio s'éloigner, agacé et déconcerté par son audace et son comportement imprévisible. Cependant, après avoir pris un moment pour réfléchir, il décide de le suivre, guidé par une curiosité grandissante concernant ce personnage étrange.

— Il ne prend plus beaucoup le large, mais il contient le meilleur rhum que tu auras l'occasion de boire, déclare Horatio une fois devant son bateau.

Charlie est surpris de découvrir un vieux bateau de pêche, dont la peinture est écaillée et défraîchie. Étant donné le statut d'auteur à succès d'Horatio, il s'attendait plutôt à ce qu'il possède un bateau neuf. Les deux hommes embarquent et Horatio conduit Charlie dans la cabine. Alors que la nuit commence à tomber, l'obscurité enveloppe peu à peu l'espace environnant. Horatio saisit une lampe à huile et la place sur une vieille table. Puis, il sort deux vieux verres et une bouteille très ancienne de rhum. Les yeux de Charlie s'écarquillent en voyant la date inscrite sur l'étiquette de la bouteille.

— Vous gardez une bouteille de 1887 sur votre bateau ?

— Ce n'est pas comme si quelqu'un connaissait la valeur de cette bouteille dans cette ville.

Charlie ne dit rien à cela et observe Horatio lui servir un verre.

— Goûte, tu verras ce que c'est du bon rhum, dit-il en poussant le verre vers le jeune homme.

Un instant d'hésitation s'empare de lui, alors qu'il se questionne sur sa présence à bord du bateau d'un étranger. Cependant, les souvenirs de son altercation avec Simon et de sa discussion tumultueuse avec Alaric refont surface dans son esprit. Pris dans un tourbillon d'émotions, il décide finalement de saisir le verre et de goûter le rhum. L'alcool lui procure une sensation de brûlure dans la gorge, ce qui le fait grimacer. Cependant, une fois cette sensation initiale dissipée, un doux goût de rhum s'installe, apportant une certaine satisfaction.

— Pas mal, n'est-ce pas ? demande Horatio, un sourire satisfait sur le visage.

Charlie garde le silence, ce qui incite Horatio à comprendre que c'est une invitation à lui offrir un autre verre. Les deux hommes continuent de boire, enchaînant les verres, tout en débattant des livres du vieil auteur. Charlie exprime sans aucune retenue son opinion critique, libéré par l'effet de l'alcool, tandis que l'auteur tente de défendre ses œuvres.

— Pourquoi vous êtes venu vous perdre ici, vous n'avez pas de famille avec qui passer du temps ? demande Charlie soudainement, le regard vitreux.

— Je te l'ai déjà dit, je suis venu chercher l'inspiration.

Charlie souffle un rire incrédule.

— Que de connerie, Edgartown n'est pas une ville où l'on trouve l'inspiration. C'est une ville qui vous regarde agoniser et vous pointe du doigt, dit-il le regard perdu sur son verre.

Horatio fixe Charlie tandis qu'il avale d'un trait son verre et en sert un autre. Une impression de familiarité s'empare de lui. Il retrouve en Charlie cette noirceur, cette agonie qu'il avait lui-même connues dans sa jeunesse. Il reconnaît cette sensation d'être perdu, de lutter contre le courant jusqu'à l'épuisement.

— Ils ont tort, déclare Horatio.

Charlie relève la tête, confus et l'esprit embrumé par l'alcool.

— Ils te montrent du doigt car il leur faut un coupable, c'est comme ça que fonctionne la nature humaine. Mais ça ne veut pas dire qu'ils ont raison, ça ne veut pas dire que tout le monde pense la même chose.

Un moment de silence se crée, remplissant l'espace entre les deux hommes alors qu'ils se fixent mutuellement. L'étonnement se lit sur le visage de Charlie à la suite de ce qu'il vient d'entendre. Il ressent comme une diminution subite de l'effet de l'alcool, comme si ses pensées s'éclaircissaient légèrement, lui permettant d'être plus conscient de la situation.

— Et vous, qu'est-ce que vous pensez ?

— Je croyais que tu n'en avais rien à faire de mon avis.

Le visage de Charlie reste impassible tandis qu'il attend une réponse à sa question. Horatio soupire.

— Ce que moi ou les autres pensent n'a pas d'importance, l'essentiel c'est que tu saches que tu n'es pas coupable et encore moins responsable.

— Pourquoi vous me défendez ? Vous ne savez rien sur moi, je pourrais très bien être coupable. Après tout, on m'a vu me disputer violemment avec ma mère quelques heures plus tôt.

Horatio esquisse un sourire.

— Je connais bien les hommes comme toi Charlie, j'ai été l'un d'entre eux. Ils ont le monde contre eux, se battent contre des démons que certains n'imaginent même pas et agonisent sous les yeux de la foule qui ne cesse de leur asséner des coups de pied. Mais tu veux savoir ce qui les mène vraiment à leur perte ? demande Horatio, se penchant en avant avec un regard déterminé fixé sur Charlie.

— Ce ne sont pas tous ces coups et ces regards malveillants, ces hommes-là perdent la bataille le jour où ils se laissent complètement submerger et qu'ils se perdent au point de ne plus savoir qui ils sont. Ne perds pas de vue qui tu es, Charlie.

Le jeune homme laisse ces mots résonner dans son esprit embrumé. Ils continuent de boire et de discuter de sujets plus légers jusqu'à ce que le téléphone de Charlie se mette à vibrer. Il fronce les sourcils en voyant un message d'un numéro inconnu.

Où es-tu ? Le restaurant vient de fermer,
Alaric t'a cherché partout.
Ellie

Il soupire et se redresse, perdant légèrement l'équilibre.

— Je dois y aller.

— Tu veux que je te raccompagne ?

Charlie fronce les sourcils et met la capuche de son sweat sur sa tête.

— Je n'ai pas besoin de votre aide. Ne vous méprenez pas, ce n'est pas parce que j'ai bu quelques verres avec vous que je vous apprécie.

Un sourire se dessine sur le visage d'Horatio, peu surpris par la réponse de Charlie. Il l'observe se frayer un chemin vers la sortie du petit bateau, mais ce dernier se retourne une dernière fois.

— Une dernière chose. Vous et moi, nous ne sommes pas pareils. Ne comparez plus jamais votre situation à la mienne. Je ne me pavane pas avec une Rolex au poignet en prétendant connaître la vie des autres, assène-t-il avant d'ajouter d'un ton sec : Vous me devez une cigarette.

Sur ces mots, Charlie quitte le bateau, laissant Horatio stupéfait à l'intérieur.

Lorsque Charlie retrouve le quai, la fraîcheur de la nuit vient le réveiller. Sa tête lui semble lourde et se met à tourner soudainement. Il se maudit d'avoir autant bu ce soir, il déteste l'idée de ressembler à Victor. Il avance lentement le long du vieux port, suivant le chemin qui le mène à la maison de Marguerite, où Annie a passé la journée. Chacun de ses pas est empreint d'une certaine lenteur, comme s'il était alourdi par les conséquences de sa soirée arrosée.

Alors qu'il avance, ses yeux se tournent naturellement vers les pêcheurs qui s'affairent autour de leurs bateaux, éclairés par la faible lueur des vieux candélabres. Ils sont en train de préparer leurs navires pour partir en mer cette nuit, se préparant à affronter les eaux sombres et tumultueuses.

Le son des vagues se brisant contre la coque des bateaux parvient aux oreilles de Charlie, mêlé aux conversations lointaines des vieux marins qui lui rappellent cette époque où il accompagnait son père en mer.

— Charlie, l'interpelle une voix familière.

Lorsqu'il se retourne, il voit Ellie qui affiche une expression mêlée d'inquiétude et de confusion. Elle s'approche de lui, prenant un instant pour évaluer son état.

— On t'a cherché partout, Alaric m'a demandé de venir te chercher, mais je ne t'ai pas trouvé. Où étais-tu ?

Charlie soupire et laisse son regard errer vers un pêcheur derrière Ellie. Cette dernière remarque son attitude nonchalante et fronce les sourcils.

— Tu es complètement bourré, remarque-t-elle, soufflant un rire incrédule teinté de colère dans sa voix. Je n'arrive pas à croire qu'on t'a cherché pendant des heures pendant que tu étais en train de te saouler je ne sais où. C'était la panique au restaurant, Raven et moi avons dû gérer tes clients.

Charlie pose son regard sur la jeune femme et fronce les sourcils comme s'il cherchait la réponse à quelque chose sur son visage.

— Est-ce que tu as déjà lu les bouquins de ce vieux Horatio Campbell ?

Ellie secoue légèrement la tête, confuse face à cette question soudaine.

— J'ai lu quelques pages de son premier livre, ma coloc à Boston a étudié ses œuvres dans le cadre de ses études de psychologie. Pourquoi cette question ?

Charlie laisse échapper un rire.

— Quel enfoiré…

— De quoi tu parles, Charlie ? réplique-t-elle d'un ton exaspéré. Tu es complètement saoul, je ne peux pas te ramener comme ça chez Marguerite. Tu devrais te calmer un peu avant d'aller chercher Annie.

Charlie acquiesce d'un signe de tête, tentant de faire un pas en avant, mais il perd l'équilibre. Heureusement, Ellie le rattrape juste à temps pour l'empêcher de tomber. Elle entoure Charlie de son bras et le guide avec précaution vers un banc situé sous un lampadaire, en face des vieux bateaux. Elle supporte presque tout son poids alors qu'ils avancent. Il s'affale finalement au fond du banc tandis qu'Ellie s'assoit à ses côtés, reprenant son souffle.

Un silence s'installe entre eux pendant un moment. Charlie garde les yeux fermés, tandis qu'Ellie observe les pêcheurs s'affairant pour se préparer à partir en mer. Son esprit s'égare, se questionnant sur les raisons qui l'ont empêché de revenir au restaurant. Elle s'inquiète de le voir dans cet état. Il n'a pas l'air du genre à boire pour oublier ses problèmes.

Elle soupire et se tourne vers Charlie. Ce dernier est avachi sur le banc, une main sur ses yeux afin de se protéger de la lumière du lampadaire.

— Tu aurais pu nous prévenir que tu ne reviendrais pas, on t'a attendu toute l'après-midi, déclare-t-elle avec un mélange d'agacement et d'inquiétude.

— Tu peux parler moins fort ? Ma tête va exploser.

— Tu es sérieux ? s'exclame Ellie. Comment tu peux agir comme ça ? Tu sais que si tu fais le moindre faux pas au restaurant tu seras viré. Tu as eu de la chance que Lucy ne soit pas là aujourd'hui. Si tu ne veux pas que les gens te prennent de haut et qu'ils aient une mauvaise opinion de toi, tu devrais agir de façon à leur donner tort. Tu es en train de te comporter exactement comme ils veulent que tu te comportes !

Les paroles d'Ellie font réagir Charlie qui se redresse brusquement, malgré la sensation de tête qui tourne. Il ne laisse rien paraître.

— Je commence en avoir marre qu'on me dise comment me comporter. J'en ai rien à faire de ce que les gens pensent de moi. S'ils ne sont pas capables de discerner le vrai du faux, c'est leur problème. Si les gens veulent parler, qu'ils parlent. Je demande juste à ce qu'on me laisse tranquille et qu'on arrête de me poser des questions, déclare-t-il en fixant intensément Ellie.

Ses paroles la touchent profondément. Elle détourne le regard et une larme trace silencieusement son chemin sur sa joue. Elle est en colère contre elle-même pour se sentir impuissante face à cette situation, mais elle est également triste de voir comment Charlie vit sa vie. Elle souhaite ardemment pouvoir l'aider et lui faire comprendre qu'il mérite mieux que cela.

Après ces mots, un silence pesant s'installe. Ellie reste silencieuse, perdue dans ses pensées. Charlie penche la tête en arrière, fixant le ciel, tandis que la jeune femme a le regard perdu dans l'immensité de l'océan, pleurant sans bruit.

— Ma tête me fait un mal de chien, je n'aurais jamais dû accepter de goûter son rhum, grogne Charlie, la voix un peu moins avinée qu'il y a un instant.

Ellie ignore complètement ses paroles, bien trop préoccupée par ce qu'il vient de se passer. Elle aimerait qu'il la laisse l'aider, mais chaque pas en avant est suivi d'un pas en arrière avec Charlie.

— Comment tu as eu mon numéro ? demande-t-il naturellement, comme s'il ne venait pas de hausser la voix.

Charlie remarque le silence d'Ellie et son regard perdu. Il se penche en avant, s'appuyant sur ses genoux, ses sourcils se fronçant d'inquiétude. Il l'appelle doucement :

— Ellie ?

Finalement, la jeune femme sort de ses pensées et essuie rapidement ses larmes d'un revers de manche.

Charlie s'étonne, il n'avait pas remarqué son état jusqu'à présent.

— Raven m'a passé ton numéro, dit-elle la voix voilée par un sanglot tandis qu'elle évite son regard. J'étais inquiète que tu ne reviennes pas, alors je lui ai demandé.

Charlie fronce légèrement les sourcils, pris au dépourvu par cette révélation. Il se sent mal d'avoir haussé la voix. Il l'observe tandis qu'elle continue de sécher ses larmes. Une drôle de sensation l'envahit alors qu'il prend pleinement conscience de la préoccupation sincère qu'Ellie lui porte. Depuis l'incendie, personne ne s'est autant soucié de lui qu'elle, et il ne le réalise qu'à ce moment précis. Il se demande pourquoi une jeune femme aussi brillante et attentionnée qu'elle voudrait consacrer son temps et ses efforts à essayer de le sauver de ses démons.

Soudain empli d'un élan de courage, peut-être en partie grâce à l'alcool qui coule dans ses veines, il se tourne entièrement vers Ellie et pose délicatement sa main sur son visage, l'incitant à le regarder. Avec précaution, il essuie les dernières larmes qui subsistent à l'aide de ses pouces, tandis qu'Ellie reste stupéfaite par cette initiative. Son regard est fixé sur Charlie, incapable de détacher ses yeux de lui.

— Je suis désolée de me comporter comme un con avec toi la plupart du temps. Je sais que je peux être difficile et désagréable, mais sache que je suis réellement reconnaissant que tu sois là pour Annie et moi.

Il soupire légèrement et commence à jouer avec le bout des doigts d'Ellie, qui reposent sur ses genoux. La jeune femme, totalement démunie et captivée par ce contact inattendu, reste immobile. Les battements de son cœur s'accélèrent.

— Je ne mérite pas que tu te soucies autant de moi, dit-il d'une voix basse, intime.

Dans son regard, on peut lire un mélange de vulnérabilité et de remords. Il se sent presque indigne de l'attention et du soutien qu'Ellie lui offre. Ses mots s'évanouissent dans l'air. Il attend avec une certaine appréhension la réaction d'Ellie, cherchant dans son regard une réponse à ses doutes intérieurs.

— Ce n'est pas à toi de décider si tu mérites que je me soucie de toi ou non, réplique Ellie d'une voix douce mais ferme. J'ai grandi en sachant que les seules personnes censées se soucier de moi n'en avaient rien à faire. Je sais ce que ça fait de se sentir seul et abandonné.

Son regard s'intensifie, il déborde d'une détermination inébranlable. Elle ne laisse aucune place au doute dans ses paroles.

— Tout comme c'est ton choix de ne pas te soucier de ce que les gens racontent, c'est mon choix de me soucier de toi.

Charlie fixe Ellie, déconcerté par sa détermination. Une part de lui se sent vulnérable devant sa volonté de rester à ses côtés. Ils restent ainsi, leurs regards se perdant l'un dans l'autre, une connexion silencieuse s'établissant entre eux. L'espace d'un instant, les tourments et les soucis semblent s'atténuer, laissant place à autre chose.

Charlie baisse les yeux sur les lèvres de la jeune femme, se demandant ce qu'il ressentirait s'il venait à franchir le pas. Son esprit virevolte dans tous les sens, et le goût sucré du rhum dans sa bouche semble se mélanger à la douceur de l'instant présent. Il contemple les détails du visage d'Ellie avec une fascination presque hypnotique. Les légères taches de rousseur qui dansent sur son nez lui rappellent l'insouciance de l'été, tandis que ses grands yeux bleus semblent capables de lire au plus profond de son être. Il est captivé par son regard.

D'une main incertaine, il caresse délicatement sa joue, sentant la chaleur de sa peau sous ses doigts. Leurs visages se rapprochent lentement, leurs lèvres s'effleurent.

Leurs souffles se mêlent dans une danse complice. Une part de lui est consciente de l'influence de l'alcool qui brouille les frontières. Mais le soupir languissant d'Ellie suffit à renforcer sa décision. Il dépose un baiser passionné sur ses lèvres. Leurs bouches se fondent l'une dans l'autre, explorant d'abord timidement puis avec une certaine urgence les sensations nouvelles qui les submergent.

Le cœur d'Ellie bat la chamade alors qu'elle répond au baiser de Charlie. Elle se sent électrisée tandis qu'il pose son autre main dans le creux de sa nuque, les rapprochant encore davantage. Chacun de ses sens est en éveil, absorbant chaque détail de ce moment. Les lèvres de Charlie ont un léger goût de rhum, un rappel constant de son état d'ébriété et des risques qui y sont associés. Une pointe de culpabilité s'immisce dans son esprit, mais elle chasse ces pensées pour se concentrer sur l'instant présent.

Leur baiser se prolonge pendant quelques instants, leur connexion gagnant en intensité. Finalement, Ellie se détache doucement des lèvres de Charlie, leurs regards se cherchant mutuellement. Elle respire profondément, tentant de calmer le tourbillon de sensations qui l'envahit.

— On ne devrait pas, tu n'es pas dans ton état normal, murmure-t-elle timidement.

Elle tâche de son mieux de conserver une certaine retenue, consciente des conséquences potentielles de leurs actions. Charlie la fixe avec une intensité troublante, une lueur de déception dans le regard. Il soupire profondément, laissant échapper une partie de son désarroi, et s'avachit une nouvelle fois au fond du banc. Ellie l'observe discrètement, ses yeux se ferment lentement, ses soupirs se calment, et il finit par s'endormir, laissant derrière lui l'agitation de l'instant.

Un silence paisible enveloppe le banc où ils sont assis, le poids de leurs émotions suspendu dans l'air. Elle se demande s'il se souviendra de ce baiser demain matin, si cela changera quelque chose dans la manière dont il se comporte avec elle.

Elle effleure ses lèvres du bout des doigts, s'imprégnant encore de la délicate trace des baisers de Charlie et du goût enivrant du rhum. Les alcools forts n'avaient jamais suscité son attrait, mais après ce baiser, le rhum pourrait bien se hisser au rang de son préféré.

* * *

— Ellie !

La fillette se jette contre Ellie et encercle ses bras autour de son cou.

— Tu n'es pas couchée ? Il est tard…

— Elle refusait d'aller se coucher tant que vous n'étiez pas de retour, répond Marguerite.

— Vous êtes en retard, vous étiez où ? demande la fillette.

Ellie se crispe à cette question, se remémorant le baiser échangé avec Charlie.

— On avait des choses à faire au restaurant, rétorque Ellie sous le regard insistant de Marguerite qui lui fait comprendre qu'elle n'en croit pas un mot avant de fixer Charlie qui se tient à l'écart, adossé contre le mur, perdu dans ses pensées.

— Annie, va chercher tes affaires, ordonne-t-elle sans lâcher du regard le jeune homme.

Lorsque la fillette est hors de portée, elle s'approche de Charlie et pose doucement sa main sur sa joue pour attirer son attention.

— Tu as bu, remarque-t-elle en fronçant les sourcils.

Charlie soupire et retire la main de Marguerite, fixant son regard froidement sur elle.

— Ça va, répond-il simplement, et Marguerite perçoit l'odeur d'alcool dans son souffle.

— Comment tu peux dire que ça va, tu bois sur ton lieu de travail maintenant ? dit-elle d'une voix courroucée.

— Est-ce qu'on peut en parler plus tard ? J'aimerais aller me coucher.

— Il est hors de question que je te laisse partir avec Annie dans cet état.

Charlie maintient son regard sur Marguerite avec fermeté, pendant qu'elle l'observe et secoue légèrement la tête, exprimant ainsi sa désapprobation.

— Qu'est-ce que tu es en train de devenir… souffle-t-elle, ce qui agace Charlie.

La tension dans la pièce devient palpable et Ellie ressent un malaise grandissant.

— Je vais les raccompagner, déclare Ellie d'une voix déterminée.

Marguerite acquiesce légèrement de la tête, lance un dernier regard désapprobateur à Charlie et disparaît vers sa chambre.

— Je suis prête ! s'exclame Annie en revenant avec son sac à dos.

Ellie esquisse un léger sourire et saisit sa main. Le trio se met en route vers la maison de Victor, Annie et Ellie engagées dans une conversation, tandis que Charlie reste en retrait.

— Tu veux venir voir ma chambre ? demande Annie avec enthousiasme.

— Il est tard Annie, une autre fois peut-être, rétorque Ellie.

La fillette attrape son poignet et la tire vers l'entrée de la maison.

— S'il te plaît, s'il te plaît ! J'ai quelque chose à te montrer.

Mal à l'aise et hésitante, Ellie lève les yeux un instant vers Charlie. Ce dernier a les mains dans les poches, la capuche sur la tête et semble tendu. Il est bien silencieux depuis ce qu'il s'est passé entre eux.

— Annie…

Elle n'a pas le temps de terminer sa phrase que la fillette la traîne à l'intérieur de la maison. Cette dernière est calme, plongée dans le noir. Ellie se demande si Victor est là.

— Tu vas voir, j'ai décoré ma chambre toute seule avec Harlie ! dit Annie en tirant Ellie jusqu'à l'étage, ne la lâchant qu'une fois dans sa chambre.

— Tada !

Ellie prend le temps d'observer les alentours. La chambre est assez petite, mais décorée avec goût. Les murs sont peints en gris et rose pâle, tandis qu'un lit est positionné au centre de la pièce, orné d'une jolie moustiquaire blanche qui le surplombe. Sur le sol, un tapis en forme de fleur sur lequel sont éparpillés quelques jouets.

— C'est très joli.

Annie sourit avec satisfaction.

— Tu veux voir celle de Charlie ?

Elle ne laisse pas le temps à la jeune femme de répondre et la tire vers l'autre chambre. Ellie tente de protester, mais Annie est plus rapide et traverse le couloir vers la chambre de Charlie. Elle ouvre la porte en se mettant sur la pointe de pieds et allume.

Prise au dépourvu, Ellie se fige sur place, hésitant à faire le moindre geste. Ses yeux scrutent attentivement les alentours, et elle est agréablement surprise de découvrir une chambre soigneusement ordonnée, à la décoration à la fois simple et sobre. Un sentiment de malaise l'envahit alors qu'elle réalise qu'elle se trouve dans un espace privé, presque comme si elle violait l'intimité de Charlie. Pourtant, une part de curiosité l'anime et l'incite à explorer.

Annie bondit sur le lit double de Charlie avec enthousiasme, tandis qu'Ellie laisse ses yeux parcourir la pièce. Comparée à la chambre d'Annie, celle-ci est légèrement plus spacieuse, comprenant une salle de bains, un lit, une vieille armoire et un bureau. Cependant, un détail attire l'attention d'Ellie : le mur au-dessus du bureau. Il est couvert de dessins qui captivent son regard. Intriguée, elle avance d'un pas, se positionnant devant. Une espèce de fascination monte en elle pendant qu'elle observe les œuvres, qui vont des esquisses simples d'arbres aux représentations du vieux phare de la ville. Puis, ses yeux se posent sur les portraits, et elle reconnaît immédiatement les traits familiers de Raven, suivis de ceux de Nate et Simon, mais également quelques visages inconnus qui piquent sa curiosité.

Son regard se pose alors sur un dessin en particulier. Il s'agit d'une maison en flammes, sur un fond noir. Son cœur se serre en comprenant ce qu'il a voulu représenter. La maison est au centre, bien détaillée par des traits épais. Tout ce qu'il y a autour n'est que flammes et chaos, et bien que cela soit fait au crayon à papier, la fureur de ce jour sinistre ressort à travers le papier.

Un sentiment de tristesse s'empare d'Ellie, qui détourne rapidement le regard du dessin. Par accident, son regard croise celui de Charlie, qui se tient adossé à l'encadrement de la porte. Pendant ce temps, Annie, insouciante, éclate de rire en continuant de sauter sur le lit, ignorant totalement la tension qui règne entre les deux.

Sa curiosité est à nouveau attisée lorsqu'elle remarque des morceaux de journaux soigneusement affichés dans un coin. Les articles traitent de l'incendie, et l'un d'entre eux attire particulièrement son attention. Les mots de la une résonnent dans son esprit : « Trois personnes décèdent dans un incident, le fils cadet retrouvé en premier sur les lieux sain et sauf. Accident ou homicide ? » Cette phrase la fait frissonner, tandis que son esprit s'embrouille de questions et de spéculations sur les événements tragiques qui ont eu lieu.

— Annie, il est tard, va te coucher, s'il te plaît.

La fillette soupire et descend du lit, s'approchant d'Ellie.

— Tu as vu, la chambre de Charlie est la meilleure, elle a une grande fenêtre qui donne sur l'océan et un velux !

Ellie sourit légèrement, encore troublée par ce qu'elle vient de voir.

— Les deux chambres sont très jolies.

Annie sourit avec satisfaction.

— Bonne nuit Ellie

— Bonne nuit Annie.

La petite fille disparaît dans sa chambre. Un silence pesant s'installe alors entre Charlie et Ellie. Elle n'ose plus bouger, ne se sentant pas à sa place.

Charlie s'installe sur son lit et pose le revers de son bras sur son front. Profitant d'un instant de répit, Ellie tourne son attention vers la fenêtre et s'émerveille devant la vue magnifique de l'océan qui s'étend devant elle. Elle sourit en apercevant le Willy & Co, lorsqu'elle se penche un peu.

— Tes dessins sont magnifiques, tu es très doué, dit-elle en brisant le silence.

— Ce ne sont que des gribouillis, répond-il d'une voix éteinte.

— Ce sont des gribouillis plutôt réussis, alors.

Un nouveau silence s'installe dans la chambre, mais cette fois-ci plus léger, moins oppressant. Se sentant désormais un peu plus à l'aise, Ellie se hasarde à explorer davantage la chambre de Charlie. Elle passe en revue les dessins accrochés au mur, observant avec curiosité les croquis inachevés posés sur son bureau. Son regard s'oriente ensuite vers une petite bibliothèque près de l'armoire, où elle aperçoit un roman d'Horatio Campbell. Un sourire se dessine sur ses lèvres alors qu'elle se remémore la question que Charlie lui a posée quelques heures plus tôt. Finalement, son attention est captée par le velux au-dessus du lit, offrant une vue imprenable sur le ciel étoilé.

— Ta chambre est vraiment confortable, ça doit être agréable de s'endormir tous les soirs en regardant les étoiles.

Le regard de Charlie se fixe sur le velux, plongeant dans une rêverie nostalgique où les souvenirs ressurgissent. Son esprit le transporte à une époque où il savourait encore la beauté de cette vue. Il se rappelle encore passer des nuits entières allongé sur ce lit à ne rien faire d'autre que d'observer les étoiles avec *elle.* Il se souvient de ses longs cheveux étalés sur son oreiller, et de la façon dont ils venaient chatouiller son visage à chaque sursaut de surprise lorsqu'une étoile filante traversait le ciel au-dessus d'eux.

Il laisse échapper un soupir.

— Je n'ai jamais aimé les étoiles, ce n'est que du gaz et de la poussière, condamnées à l'extinction. La plupart d'elles sont déjà mortes, à quoi bon les regarder ? Il n'y a rien de beau dans la mort.

Chapitre 17
Au-delà du rêve

Beaucoup considèrent qu'avoir une passion, un rêve ou un talent est quelque chose d'enviable, pensant que cela rend la vie plus facile. Cependant, la réalité est tout autre. Poursuivre la passion qui brûle dans notre cœur est semblable à courtiser un amour non réciproque. Cela exige une vulnérabilité douloureuse. C'est un chemin semé de défis qui testent notre caractère, offrant des échappatoires tentantes après chaque découragement. C'est une voie mystérieuse et mystique, toujours légèrement hors de notre portée, provoquant des bouffées d'excitation à chaque signe de réponse, tout en reculant sans cesse face au péril imminent du rejet.

Les rêves ont tendance à nous aveugler, à nous faire oublier d'où l'on vient, ils nous poussent à faire des sacrifices et à ranger notre passé dans de vieilles boîtes oubliées sous le lit.

— Argh, grogne Ellie en se jetant sur le canapé de Marguerite.

Les mots échangés avec Charlie continuent de résonner dans son esprit. Il peut être aussi paisible qu'une mer d'huile un instant, puis aussi tourbillonnant qu'un tsunami l'instant suivant.

— Pourquoi ce long soupir ? demande Marguerite les mains sur les hanches.

Son tablier est attaché autour de sa taille, taché ici et là de farine tandis que ses cheveux blancs sont retenus en arrière par un bandeau.

— Une simple contradiction, souffle Ellie. Qu'est-ce que tu fais de beau ?

— Je prépare une tarte aux pommes.

— Pour quelle occasion ?

— Et bien pour Cody et sa famille !

Le sourire d'Ellie se transforme en une expression confuse.

— Cody ?

Marguerite écarquille les yeux, réalisant soudainement son oubli.

— J'ai complètement oublié de te prévenir… J'ai parlé aux Thompson et ils m'ont dit à quel point tu leur manques. Alors j'ai pris l'initiative de t'acheter un billet de ferry pour te rendre à Falmouth.

Prise au dépourvu, Ellie tente de démêler la situation qui vient de lui être présentée.

— Quoi ! Un billet pour quand ?

— Cet après-midi, répond Marguerite d'une voix hésitante, une expression de regret se dessinant sur son visage.

Ellie grogne et laisse sa tête retombée sur la table de la cuisine. Cody Thompson est une personne importante. Il est le premier amour d'Ellie, son premier petit ami, son premier chagrin d'amour et la première victime collatérale de son rêve. En partant étudier à Boston, Ellie savait qu'elle devrait sacrifier sa relation avec Cody.

— Tu leur manques tellement… puis ils ne sont pas très loin ! Ça pourrait te faire du bien de les revoir.

Ellie soupire, peu enthousiaste à cette idée.

Mais parfois, il faut savoir ressortir les vieilles boîtes poussiéreuses de sous notre lit et affronter notre passé.

* * *

En se réveillant ce matin, Ellie ne s'imaginait pas valise à la main sur le quai du vieux port d'Edgartown. Elle n'est pas énervée contre Marguerite, seulement, elle aurait aimé pouvoir se préparer psychologiquement à revoir Cody. Elle ne l'a pas revu depuis six mois, lorsqu'elle est partie pour Boston, laissant derrière elle des années d'amitié et d'amour.

Ellie sort de ses pensées lorsque son téléphone se met à sonner. Elle décroche en voyant le prénom de Raven s'afficher à l'écran.

— Ellie, où es-tu ? On a rouvert depuis vingt minutes ! s'exclame Raven au bout du fil.

La jeune femme soupire, se rendant compte qu'elle n'a même pas pu prévenir de son absence au travail.

— Ma grand-mère a oublié de me prévenir qu'elle m'avait prévu un voyage dans la ville de mon enfance pour revoir un vieil ami. J'attends le ferry… dit-elle d'une voix exaspérée.

Raven reste silencieuse au bout du fil et pendant un instant, Ellie se demande si elle a raccroché.

— Raven ?

— Un vieil ami, tu as dit ? demande-t-elle d'une voix soudainement enjouée et curieuse.

— Un ami d'enfance, précise Ellie.

— Hum je vois, je vois… je suis d'accord pour te couvrir au restaurant, à condition que tu me racontes tous les détails croustillants !

Un sourire amusé se dessine sur les lèvres d'Ellie tandis qu'elle laisse échapper un léger rire.

— Il n'y a rien à raconter, je rends simplement visite à sa famille et il se trouve qu'il sera là.

— Je sens un passé romantique dans cette histoire, mon flair ne se trompe jamais.

Ellie lève les yeux au ciel, bien que Raven ne soit pas là pour le voir, et soupire.

— Je reviens demain soir, si tu pouvais me couvrir auprès de Lucy ça serait vraiment gentil.

— Tu peux compter sur moi !

— Merci.

— Oh, mais n'oublie pas que je veux tout savoir à ton retour. Je vais te tomber dessus, tu seras obligée de tout me dire. À cause de toi je vais devoir supporter les crises d'ado des garçons, je te jure que parfois j'ai l'impression d'avoir affaire à des gamines de collège…

Ellie laisse échapper un rire.

— Je te fais confiance, tu arriveras à les gérer seule.

— Raison de plus pour laquelle je veux que tu me racontes tout.

Le ferry annonce son arrivée en émettant un son de corne de brume qui couvre l'appel et rend la voix de Raven à peine perceptible.

— D'accord, c'est promis. Mon ferry est là, je dois te laisser.

— Bon séjour, pas de bêtise avec ce mystérieux « vieil ami ».

Ellie secoue la tête, un sourire sur les lèvres.

— À demain, dit-elle avant de raccrocher.

La jeune femme soupire une dernière fois et monte dans le ferry, se préparant à faire un saut dans son passé. Le trajet n'est pas très long, pourtant il lui paraît durer une éternité. Elle se demande ce qu'elle va pouvoir raconter à Cody. Elle a tellement de choses à lui dire, mais elle ne sait pas par quoi commencer.

Avant même qu'elle puisse s'en rendre compte, le ferry marque son arrêt au port de Falmouth. Ellie sort de sa rêverie et descend, tenant fermement sa valise dans la main. Un sourire se dessine sur son visage tandis que son regard se pose sur le vieux port si familier de Falmouth. Une myriade de souvenirs jaillit dans son esprit et l'inonde de nostalgie.

— Rien n'a vraiment changé, n'est-ce pas ? résonne une voix près d'elle.

Ellie tourne la tête et son visage s'illumine en apercevant Cody. Sans perdre une seconde, elle se précipite dans ses bras. Il l'enlace, la faisant tournoyer dans les airs. Son étreinte est comme dans son souvenir : réconfortante et délicate.

Après un court instant, ils se séparent légèrement pour se regarder. Elle réalise que, fondamentalement, il n'a pas beaucoup changé. Il arbore toujours cette expression naïve sur son visage, ses cheveux blonds sont toujours aussi éclaircis par le soleil côtier, et ses yeux bleus demeurent empreints de sincérité. Cependant, elle remarque que ses muscles se sont développés, sa stature s'est élevée, et il semble avoir abandonné son style vestimentaire de skater pour une allure plus sophistiquée.

— Tu m'as manqué, déclare Cody.

Ellie sourit.

— Toi aussi, tellement.

— Bla, bla, bla, bouge de là, c'est pour moi qu'elle est revenue, interrompt une voix familière.

Ellie laisse échapper un rire en voyant s'approcher Axel, le petit frère de Cody. Elle ne l'aurait presque pas reconnu. Quand elle l'a quitté, il n'était qu'un enfant, et le voilà désormais un adolescent.

Axel enlace Ellie tandis que Cody esquisse un sourire amusé.

— Je suis certain qu'elle ne se souvient même pas de ton prénom, plaisante Cody en attrapant la valise d'Ellie.

Axel hausse les sourcils, faussement offensé, tandis qu'ils se dirigent vers le parking.

— Dois-je te rappeler que c'est toi qu'elle a quitté du jour au lendemain, monsieur Le Tombeur ?

Ellie reste ébahie face au culot d'Axel, mais un sourire se dessine sur son visage. Axel a toujours été le plus insolent des deux frères, et tout ce qu'il dit est à prendre à la rigolade.

— Touché, souffle Cody.

— Prépare-toi à être attaquée par ma famille, prévient Cody en passant la porte de la grande maison.

Rien n'a bougé. Les murs sont toujours d'un blanc éclatant, s'accordant parfaitement avec la décoration sobre et épurée qui habille les grandes pièces. Le chandelier dans le hall d'entrée est toujours là, et même le parquet porte encore la marque que Cody a faite en faisant du vélo quand il était petit.

— Ils sont sans doute dehors, viens.

Ils traversent la demeure jusqu'au patio, offrant une vue imprenable sur la vaste plage de Falmouth. Un sourire se dessine sur le visage d'Ellie, tandis que ses yeux se posent sur l'océan qui s'étend devant elle, fusionnant harmonieusement avec le coucher de soleil.

— Ellie ! retentit une voix, attirant l'attention de la jeune femme.

Un sourire se dessine sur son visage alors qu'elle repère Cora, vêtue d'un maillot de bain, qui se dirige vers le patio, les cheveux mouillés et un large sourire illuminant son visage. Elle s'approche d'Ellie avec empressement et l'enlace immédiatement.

— Je suis tellement heureuse de te retrouver ! Regarde-toi, tu es devenue une véritable jeune femme, encore plus belle qu'avant.

— Je te renvoie le compliment, Cora. Tu es toujours aussi magnifique, répond Ellie, légèrement gênée par le compliment.

Cora Thompson est une femme élégante, avec de longs cheveux dorés et une silhouette gracieuse. À première vue, on pourrait facilement la prendre pour un mannequin. Cora est astronome et mène des études sur les astres dans un cadre scientifique, une passion qui a toujours suscité l'admiration d'Ellie. Grâce à la vaste connaissance de Cora, Ellie a pu apprendre de nombreuses choses fascinantes sur l'astronomie.

Cora sourit fièrement.

— Il est vrai que mon charme fonctionne toujours, tu devrais voir la manière dont M. Charleston me regarde au marché.

Un air de dégoût se lit sur le visage d'Axel et Cody en même temps.

— Maman ! s'exclame Cody.

— M. Charleston doit avoir dans les 80 ans… Il a presque plus de dents, ajoute Axel, exprimant son dégoût.

— Je ne fais que constater les faits, dit-elle en haussant les épaules.

— Mais qui est-ce que j'aperçois ? Ellie Rose en personne ! déclare une voix familière.

Noah Thompson est un homme dans la cinquantaine, avec des cheveux grisonnants et de charmantes lunettes rondes posées sur son nez. Contrairement à Cora, Noah est d'une simplicité désarmante, privilégiant la tranquillité plutôt que les apparences. Malgré leurs différences, Ellie a toujours trouvé qu'ils formaient le couple parfait.

— Je suis vraiment content de te voir, Ellie. Je suis désolé que cette visite ait été organisée à la dernière minute. J'ai essayé de convaincre ta grand-mère de te laisser plus de temps, mais elle a insisté sur le fait que tu en avais aussi besoin.

Ellie pouffe, peu surprise par cette révélation.

— Ça ne fait rien, je suis contente d'être ici.

— Et si on buvait un coup pour célébrer ton retour ? Les garçons, vous vous chargez de servir Ellie pendant que je vais me changer, ordonne Cora avec un grand sourire sur les lèvres en disparaissant à l'intérieur de la maison.

Noah laisse échapper un rire.

— Comme tu peux le constater, rien n'a vraiment changé ici. Elle est toujours aux commandes.

— C'est pour ça que vous faites une bonne équipe, rétorque Ellie.

Noah esquisse un sourire avant de se diriger vers la cuisine, laissant Ellie seule avec Axel et Cody. Profitant de l'instant, la jeune femme observe attentivement les environs. Une atmosphère paisible et sereine règne.

— J'avais oublié à quel point cette vue est magnifique, déclare-t-elle, captivée par le spectacle du soleil descendant sur l'océan.

— Elle pourrait être encore plus magnifique si j'étais là devant, mais je te l'accorde, c'est joli, répond Axel.

Lorsqu'Ellie se retourne, elle découvre le jeune garçon assis sur une chaise, les pieds sur la table basse devant lui, les yeux rivés sur son téléphone.

— Ne fais pas attention à lui, il n'a pas changé, déclare Cody en s'installant à côté d'elle.

— Rien n'a vraiment changé ici, tout est comme dans mon souvenir.

— C'est vrai que cette vue est toujours aussi magnifique, remarque Cody en observant le soleil se coucher. Mais pour tout te dire, pas mal de choses ont changé depuis que tu es partie, avoue-t-il d'une voix un peu plus solennelle.

Elle croise ses yeux bleus et remarque une lueur de tristesse en eux, une expression qu'elle n'a observée qu'une seule fois auparavant.

[UN AN PLUS TÔT]

Installé sur la terrasse, les pieds se balançant dans le vide, Cody interroge Ellie d'un ton incertain :

— Tu es vraiment décidée à partir ?

Ellie laisse échapper un soupir mélancolique, tandis que ses yeux errent sur le dernier coucher de soleil estival.

— Je ne peux pas rester avec eux, tout ce qu'ils font, c'est se disputer. De plus, seul Boston pourra m'offrir le futur dont je rêve.

Cody reste silencieux pendant un instant, laissant ses pensées se tourner vers l'avenir sans Ellie. Rien que d'y penser, son cœur se brise. Elle a toujours été son rayon de soleil dans les jours les plus sombres, la lueur au bout du tunnel. Depuis leur enfance, ils n'ont jamais passé plus d'une semaine sans se voir. L'idée de ne plus pouvoir se rendre chez elle à l'improviste, de ne plus pouvoir contempler son visage rayonnant chaque jour, provoque une douleur au fond de l'âme de Cody.

Il soupire et fixe l'horizon.

— Ouais, je comprends.

Ellie tourne la tête vers le jeune garçon et dépose sa main sur la sienne. Elle l'observe pendant un instant, cherchant à en graver chaque détail dans sa mémoire. Les derniers rayons du soleil illuminent son visage tandis que le vent balaie doucement ses cheveux blonds loin de son front.

— Je ne t'oublierai jamais, Cody, tente Ellie pour le rassurer, une expression de tristesse sur son visage.

Le jeune garçon reste silencieux. Chacune des paroles d'Ellie lui semble être un adieu auquel il n'était pas préparé.

— Tu sais que je t'aime, ajoute-t-elle d'une voix douce.

Les yeux de Cody s'embuent rapidement, mais il ne détourne pas pour autant son regard de l'immensité bleue devant lui. La fixer dans les yeux ne ferait qu'aggraver la situation.

— Tu le sais, n'est-ce pas ? insiste Ellie en posant une main sur le visage du jeune garçon.

Avec douceur, elle tourne son visage, l'obligeant à la regarder. Les yeux bleus de Cody la supplient de ne pas le quitter, et Ellie se sent perdue en les observant. En un bref instant, elle envisage ce qui se passerait si elle décidait de rester. Chaque journée serait teintée d'orange, chaque nuit baignée de bleu. Les heures n'auraient plus d'importance, seul Cody compterait. Cependant, les violentes disputes de ses parents ne cesseraient jamais, et les journées se termineraient en catastrophe à chaque fois qu'elle rentrerait le soir.

Cody soupire et lève les yeux vers le visage inquiet d'Ellie. Il hoche silencieusement la tête avant de poser une main sur le visage d'Ellie.

— Je t'aime aussi, déclare-t-il d'une voix basse en approchant son visage du sien. Tu seras toujours la plus belle vue que Falmouth a connue, dit-il avant de déposer un baiser sur les lèvres d'Ellie.

Ce baiser est empreint d'une sensation différente, un goût amer d'adieu et de cœur brisé. Une larme glisse le long de la joue d'Ellie, se frayant un chemin entre eux comme pour sceller la décision qu'elle a prise de s'en aller.

— N'est-ce pas, Ellie ?

La voix de Cora la sort de ses pensées.

Quand elle relève les yeux, elle réalise que tout le monde est assis à table et la regarde avec curiosité. Elle s'est laissé emporter par ses pensées plus longtemps qu'elle ne l'aurait imaginé.

— Je pense qu'elle ne t'écoutait pas, tu l'as ennuyée avec tes histoires. Elle n'a probablement rien à faire que Petunya, le chien de la voisine, porte du Prada, déclare Axel.

Cora lance un regard menaçant à son fils, puis elle se tourne vers Ellie.

— Pardonne-moi, je reconnais que ce que je dis n'est pas très captivant, dit-elle avec un sourire maladroit.

Ellie se redresse sur sa chaise.

— Oh, ce n'est pas ça du tout, je me suis simplement perdue dans mes pensées, c'est ma faute.

Cora offre un sourire réconfortant à Ellie pendant qu'elle sirote sa citronnade. Le goût lui rappelle les étés qu'elle a passés ici.

— Elle devait sûrement penser à son petit ami, commente Axel.

Ellie manque de s'étouffer avec sa limonade, toussant bruyamment. Tous les regards se tournent vers le jeune homme alors qu'il hausse un sourcil.

— Quoi ? Je suis quasiment certain que tu as un petit ami à Boston, voire à Edgartown. Peut-être les deux ?! s'exclame Axel, comme s'il venait d'avoir une révélation.

Ellie se sent soudainement mal à l'aise, ne sachant pas comment réagir. Boston n'est pas un sujet qu'elle souhaite aborder, tout comme sa vie amoureuse désastreuse. Si les autres venaient à découvrir ce qui s'est passé là-bas, cela pourrait les détruire. De plus, elle éprouve une culpabilité intense d'avoir abandonné Cody pour finalement rencontrer son pire cauchemar à Boston.

— Et si tu nous racontais comment c'était de remettre les pieds à Edgartown après si longtemps ? Marguerite devait être aux anges le jour où elle t'a revue, intervient Cody, brisant l'atmosphère pesante.

Un soupir de soulagement discret s'échappe des lèvres d'Ellie, qui se tourne vers Cody avec gratitude. Ce dernier est confortablement installé sur sa chaise, l'océan et le soleil couchant en toile de fond, créant une scène unique.

C'est à ce moment précis qu'Ellie réalise que presque rien n'a changé et que Cody reste la plus belle vue à l'horizon.

Chapitre 18
Au milieu des astres

Il existe un mot en portugais pour décrire un sentiment de nostalgie profonde, de mélancolie et de désir nostalgique pour quelque chose qui a été perdu, souvent associé à des moments passés, des lieux ou des personnes. *Saudade*.

— Allez Ellie, arrête d'être une trouillarde, se moque Axel en retirant précipitamment ses chaussures.

— Je ne suis pas certaine que ce soit une bonne idée, exclame Ellie depuis la terrasse.

Noah, appuyé contre la rambarde, laisse échapper un rire.

— Depuis quand un bain de minuit est une mauvaise idée, Ellie ?

Après avoir savouré un long repas copieux sur la terrasse, la famille Thompson a décidé de se lancer dans un bain de minuit. C'est une tradition à laquelle la petite famille a toujours adhéré lors des longues nuits d'été, mais cette fois-ci, nous sommes fin décembre.

— Je suis sûre que l'eau doit être glaciale !

Un sourire se dessine sur les lèvres de Cora.

— Je te l'accorde, elle ne doit pas être très chaude, mais c'est très bon pour la santé.

— D'accord, déclare-t-elle en enlevant ses chaussures. Je sens que je vais le regretter, ajoute-t-elle à voix basse.

Sans plus attendre, Noah, Cora et Axel déposent leurs pantalons sur la terrasse et se précipitent vers l'océan, vêtus seulement de t-shirts et de sous-vêtements. Ellie observe attentivement alors qu'Axel tente d'éclabousser Cora au loin, mais Noah intervient rapidement, l'attrapant par la taille et la balançant sur son épaule. Ellie ne peut s'empêcher de s'imaginer cette scène avec ses propres parents. Cependant, cela semble tellement improbable. Ses parents sont incapables de profiter de tels moments. Le travail est leur seule préoccupation, même au risque de perdre leur propre fille.

Une main douce se pose sur l'épaule d'Ellie, la ramenant brusquement à la réalité.

— On y va ? demande Cody en haussant les sourcils.

Elle hoche la tête et retire son jean pendant que Cody fait de même. Sans perdre de temps, Ellie saisit la main de Cody et le guide vers la plage devant eux.

— Ellie, viens ! crie Axel depuis l'eau, déjà complètement immergé avec Noah, tandis que Cora se tient debout, l'eau lui arrivant aux genoux.

Le jeune garçon se fond presque dans l'obscurité. Les contours de son corps sont dessinés par la lueur de la lune, se reflétant doucement sur les vagues de la mer.

Main dans la main avec Cody, Ellie se dirige vers Cora. Ses pieds entrent immédiatement en contact avec l'eau glacée, provoquant un frisson le long de son échine.

— Je parie que cette plage t'a manqué pendant ton séjour à Boston, dit-elle en observant son jeune fils et Noah se livrer bataille dans l'eau.

— Je suis sûr que ce n'est pas la seule chose qui lui a manqué, intervient Cody en serrant légèrement la main d'Ellie.

Elle ébouriffe ses cheveux blonds.

— Je t'ai déjà dit à quel point tu m'as manqué, ricane-t-elle légèrement. Combien de fois vais-je devoir le répéter ?

Ce dernier répond simplement par un sourire avant de se précipiter vers le large, là où son petit frère et son père se trouvent. Ellie observe pendant que Cody tente de faire plonger son père avec l'aide d'Axel. Seuls leurs éclats de rire bercent le silence de la nuit.

— Tu lui as énormément manqué, tu sais, commence Cora, un léger sourire aux lèvres. Il était dévasté lorsque tu es partie. Il n'a presque rien dit pendant deux semaines.

Surprise par ces paroles, Ellie observe attentivement Cody. Un agréable silence s'installe entre les deux femmes. Cody est trop occupé à s'amuser avec son petit frère pour remarquer l'attention qu'elle lui porte.

— Je devais partir… murmure la jeune femme, des paroles qui ne passent n'échappent pas aux oreilles de Cora.

— Je sais, Ellie, répond-elle en posant une main sur son épaule. Je sais, ajoute-t-elle d'une voix rassurante, emplie de ce réconfort qu'Ellie aurait aimé trouver dans la voix de sa propre mère.

Cora et Noah ont toujours été des figures parentales de substitution pour Ellie. Quand quelque chose n'allait pas au lycée, c'était vers eux qu'elle se tournait, et quand elle voulait célébrer une victoire, c'était avec eux qu'elle le faisait. Un léger sourire éclaire le visage d'Ellie avant d'être surprise par Cody qui la jette dans l'eau.

— Je te déteste ! s'exclame-t-elle en lui donnant un léger coup sur l'épaule, bien qu'un sourire se dessine sur ses lèvres.

Cody, lui, affiche un sourire radieux, dévoilant ses dents parfaites. C'est à ce moment précis que l'eau glacée envahit chaque parcelle du corps d'Ellie, la faisant frissonner. Voyant les poils se hérisser sur la peau d'Ellie, Cody entoure son corps gelé de ses bras.

— On sait tous les deux que ce n'est pas vrai, ricane-t-il, laissant leurs deux corps être bercés par les remous de l'eau.

Ellie se tourne pour lui faire face, arborant une expression confiante sur son visage.

— Tu as raison, dit-elle avec un sourire malicieux. C'est bien plus que de la haine. En fait, je pourrais te noyer ici et maintenant et nourrir les requins avec toi, sans le moindre regret, lance-t-elle, l'air taquin.

Sans prévenir, Ellie s'appuie sur les épaules de Cody et le pousse de toutes ses forces vers le fond de l'eau. Cependant, le garçon l'attrape par la taille et l'entraîne avec lui sous l'eau. Leurs rires se mêlent alors qu'ils manquent rapidement d'air. De retour à la surface, Ellie passe sa main sur son visage et crache l'eau qu'elle a avalée.

— Bien essayé, mais je suis bien plus tenace que ça.

***

— Tiens, dit Cody en tendant une serviette de bain à Ellie.

— Merci.

Après cette surprise de bain de minuit, Axel, Noah et Cora sont allés se coucher, trop fatigués par l'agitation. La maison est maintenant calme, plongée dans l'obscurité, à l'exception de la chambre de Cody où se trouve le duo. Assise sur le lit double, elle prend le temps d'observer la chambre.

Rien n'a changé. Les murs sont toujours peints en bleu foncé et couverts d'affiches de groupes de musique. Le petit bureau, sur lequel elle avait l'habitude de faire ses devoirs lorsque les disputes de ses parents devenaient trop violentes, est toujours là.

Ellie se lève et se dirige vers le mur près de la porte, où de nombreuses photos sont accrochées. Un sourire se dessine sur ses lèvres lorsqu'elle fixe son regard sur une photo familière. On y voit un jeune Cody, âgé de 14 ans à l'époque, enseveli dans le sable, une expression de panique sur son visage. Ellie, quant à elle, est debout, un pied posé sur le corps enseveli de Cody, les mains sur les hanches, affichant une fierté éclatante sur son jeune visage. Ce jour-là, Cody s'était moqué du coup de soleil qu'elle avait attrapé la veille.

Les rires incessants du jeune garçon étaient si agaçants qu'Ellie avait décidé de se venger. Elle avait attendu que Cody s'endorme paisiblement sous le soleil de Falmouth pour le recouvrir de sable. Ça avait tellement fait rire Cora que la photo en question était légèrement floue.

— Je me souviens encore de ce jour, rigole Cody près d'Ellie.

Ses cheveux sont encore mouillés et il est désormais vêtu d'un sweat à capuche gris et d'un short. J'avais refusé de te parler toute la journée après ça.

— Tu l'avais bien mérité, Cody.

— Ton coup de soleil ne couvrait que la moitié de ton visage, c'était trop tentant pour ne pas rire, déclare-t-il en observant la photo.

Ellie fait semblant d'être vexée et lui donne un léger coup sur l'épaule.

— Ne recommence pas, dit-elle.

Cody esquisse un sourire.

Rien n'a changé. La fille avec qui il a grandi se tient devant lui, arborant un immense sourire. Ses cheveux bruns sont légèrement plus courts et retombent en cascade de chaque côté de son visage. Ses grands yeux bleus complètent sa peau pâle, et les traits délicats de son visage reflètent la douceur et la bienveillance qui émanent d'elle depuis toujours. Sa simple présence est réconfortante.

— Ça te dit d'aller dans l'espace ? demande Cody d'une voix enthousiaste avec un immense sourire.

Cette simple phrase, qu'ils avaient l'habitude d'utiliser quand ils étaient plus jeunes, fait sourire Ellie. Sans hésiter un instant, elle saisit sa main tendue.

— Avec plaisir.

Sans plus attendre, Cody ouvre la fenêtre qui donne sur le toit. Main dans la main, ils avancent lentement sur les tuiles jusqu'à atteindre le centre du toit. Cet endroit a toujours eu une signification particulière pour eux. C'est là qu'ils passaient des heures à discuter pendant les nuits d'été. C'est là qu'Ellie confiait les horreurs que ses parents se disaient lors de leurs disputes. En levant les yeux vers le ciel, elle est une fois de plus captivée par l'éclat éblouissant des étoiles au-dessus d'elle. Les vagues douces murmurent, créant une ambiance qui les fait se sentir comme en apesanteur au milieu des astres, comme s'ils flottaient dans l'espace.

Ellie revient à la réalité lorsqu'elle sent Cody tirer légèrement sur sa main.

— Assieds-toi.

Ellie s'installe près de lui, sentant l'air frais glisser le long de sa nuque et provoquant un léger frisson.

— Tiens, dit Cody en enlevant son sweat d'un geste rapide. Prends mon sweat.

— Tu vas attraper froid. Garde-le.

— Prends-le je te dis, je n'ai pas froid, insiste Cody.

Un léger sourire se dessine sur ses lèvres, un sourire auquel Ellie ne peut résister. Sans attendre davantage, elle saisit le vêtement et l'enfile. Les manches sont bien trop grandes, mais cela ne la dérange pas.

— Ton sweat porte ton odeur, marmonne-t-elle en déposant sa tête sur ses genoux repliés.

Ses mains trouvent confort sous ses jambes, enveloppées par les manches amples du vêtement. Je parie que tu continues de voler l'eau de Cologne de ton père.

— Figure-toi qu'il me l'a donnée, donc ce n'est plus du vol, déclare-t-il avec fierté.

— Noah en avait simplement assez que tu lui vides son flacon.

Cody esquisse un sourire amusé.

— De toute façon, cette odeur a toujours été la mienne. C'est ma signature, affirme-t-il.

Ellie ne peut qu'être en accord avec ses mots. Cette odeur de Cologne a toujours distingué Cody des autres garçons. C'est une odeur qu'il s'est appropriée si jeune que cela en est devenu naturel. Elle a toujours aimé ce parfum, il porte quelque chose de rassurant. Peut-être que c'est parce qu'il fait partie des souvenirs qu'elle partage avec Cody.

— C'est vrai…

Les paroles d'Ellie se perdent dans le silence alors qu'elle fixe l'océan devant elle. Seules les vagues se brisant sur le rivage sont perceptibles. Elle entend la respiration calme de Cody à ses côtés, et pour un bref instant, elle savoure ce moment comme si rien n'avait changé. Revenir à Falmouth était une bonne décision, mais elle n'avait pas anticipé l'avalanche de souvenirs et de regrets qui l'assaillent. Est-ce que les choses auraient été vraiment différentes si elle n'avait pas quitté Falmouth ? Est-ce qu'elle serait là, sur ce toit, en train de partager sa journée avec Cody ? Ou bien serait-elle chez elle, écoutant les choses horribles que ses parents se disent ?

— Ellie, commence Cody d'une voix douce. Son regard est fixé sur un point devant lui. Est-ce que je peux te poser une question ?

La jeune fille acquiesce légèrement de la tête.

— Bien sûr.

Cody inspire profondément, fermant les yeux un instant avant de les rouvrir et de se concentrer sur Ellie.

— Est-ce que quand tu es partie, tu as pensé à moi ? À nous ?

Ses yeux reflètent tellement d'émotions à cet instant que Ellie ne peut soutenir son regard. Se focalisant sur les manches de son sweat, elle repousse une mèche de cheveux derrière son oreille.

— Bien sûr que oui, Cody. J'ai pensé à toi dès que j'ai franchi le seuil de ta porte. Dans le ferry et même une fois arrivée à Boston ! Je n'ai jamais cessé de penser à nous, et le fait de t'avoir laissé ici me rongeait chaque jour, avoue-t-elle d'une voix plus douce cette fois-ci, tout en jouant avec les lacets du sweat.

Un court silence suit ses paroles. Elle hésite à lever les yeux vers Cody et à affronter sa réaction. Elle n'est plus habituée à se confier aussi ouvertement. Lorsqu'elle était à Boston, elle a dû garder tellement de choses pour elle que partager ses sentiments est devenu une tâche difficile. Des éclats de rire légers emplissent l'air, faisant relever la tête d'Ellie avec une expression confuse sur le visage.

— Quoi ? s'exclame-t-elle, ne comprenant pas pourquoi Cody rit soudainement.

Ses yeux se plissent et ses pommettes rougissent légèrement.

— J'avais oublié à quel point tu es adorable quand tu es toute gênée.

Ses paroles sont empreintes de douceur et accompagnées d'un léger sourire.

Elle souffle un rire et détourne le regard vers l'horizon. Cependant, Cody saisit sa main et entrelace ses doigts aux siens.

— Plus sérieusement, dit-il, fronçant les sourcils. J'ai été complètement anéanti lorsque tu es partie.

Ses mots lui font mal.

— Ma vie semblait vide, dénuée de sens. Elle manquait de couleurs. Je ne comprenais pas vraiment pourquoi tu devais partir et me laisser ici, mais je le comprends maintenant. Tu devais échapper à tes parents.

Ellie écoute attentivement les paroles du garçon, ne détachant pas son regard du sien.

— Tu me l'avais répété maintes fois, mais je ne comprenais pas pourquoi tu étais prête à me quitter pour Boston plutôt que de supporter les disputes de tes parents. Je savais que tu avais le désir de devenir chirurgienne, mais ça me semblait complètement absurde.

Cody détourne brièvement les yeux et Ellie pourrait jurer avoir vu une lueur de tristesse dans son regard.

— Mais maintenant, je comprends. Je comprends, parce que mes parents vont divorcer.

Ces mots font s'élargir les yeux d'Ellie, surprise.

— Quoi ? Pourquoi ?

Cora et Noah ont toujours été un modèle pour elle.

— Il y a trois mois, ma mère est allée à Philadelphie pour donner des cours sur les astres à l'université. Au départ, elle devait y rester deux semaines. Finalement, elle est restée un mois.

Le jeune homme serre la mâchoire, son regard fixé sur l'océan.

— Lorsqu'on l'appelait pour lui demander pourquoi elle devait rester aussi longtemps, elle disait qu'elle nous expliquerait tout en rentrant. Elle l'a fait, d'ailleurs.

Ellie écoute attentivement, surprise par cette révélation soudaine.

— Tu sais à quel point ma mère a toujours valorisé l'honnêteté, dit-il en ricanant sèchement, bien que son ton ne laisse pas place à la plaisanterie. Elle nous a tout expliqué. Il se trouve qu'elle a retrouvé un certain Tony avec qui elle a passé toutes ses années universitaires. Ils étudiaient tous les deux l'astronomie et ont également eu une relation à l'époque. Ils sont tombés amoureux pendant leurs études.

Ellie redoute déjà la suite.

— Pendant ce séjour à Philadelphie, ils se sont rapprochés et, selon ma mère, des sentiments ont refait surface. Elle prétend qu'ils se sont juste embrassés, mais c'est déjà trop à mes yeux. D'ailleurs, ni mon père ni moi ne l'avons crue sur ce point. Lorsque ma mère a tout expliqué à mon père, il a été furieux, ça a duré des semaines. Les cris incessants de mes parents résonnaient entre les murs, et tout ce que je voulais, c'était fuir. Mais je devais rester pour Axel, déclare-t-il d'une voix tremblante, les yeux emplis de larmes.

Sans hésiter, Ellie saisit sa main tremblante, lui permettant de poursuivre son récit.

— Puis, un jour, mon père s'est apaisé. C'était comme s'il n'avait jamais entendu parler de cette histoire, comme si tout allait bien. J'ai découvert plus tard qu'il avait demandé le divorce. Depuis, c'est comme si rien n'avait changé. Ils ont décidé de faire comme si tout allait bien, afin de préserver leur image dans le quartier, poursuit Cody, tandis qu'Ellie l'observe, choquée par ce qu'elle entend.

Le sourire chaleureux qui avait l'habitude de se dessiner sur les lèvres de Cody a disparu, laissant place à une expression sérieuse.

— Tu sais comment c'est dans les quartiers aisés. Il faut toujours paraître parfait. Il faut toujours être irréprochable, avoir une grande et belle maison qui représente le chiffre sur ton compte en banque. Il faut avoir une famille parfaite !

Les mots de Cody sont empreints de venin et de haine envers ce monde auquel il appartient. Ellie resserre fermement la main de Cody, réalisant à quel point la famille Thompson était en train de traverser des épreuves. La séparation de Cora et Noah, pour elle, était impensable. Ils représentaient l'incarnation du véritable amour, celui qui ne se présente qu'une fois dans une vie, un amour profond qui grandit et vieillit avec le temps. Elle considérait toujours le couple comme ses deuxièmes parents, et tous les souvenirs partagés avec eux dans cette maison semblent maintenant teintés de tristesse.

— Tu ne peux pas savoir à quel point j'ai voulu quitter cette ville et te rejoindre à Boston, murmure Cody d'une voix calme.

Son regard est désormais fixé sur Ellie, tandis qu'il trace de doux cercles sur la paume de sa main.

La tête baissée, Ellie fixe leurs mains entrelacées pendant un instant, laissant le souvenir de Boston nouer son estomac. Elle ne peut s'empêcher de penser que les choses auraient été différentes si Cody avait été à ses côtés. Elle se reproche d'avoir claqué la porte si rapidement, laissant Cody triste de son départ précipité. Si seulement elle était restée à Falmouth, tout aurait été différent. Elle aurait pu être là pour lui lorsque cela était nécessaire, lui tenir la main et lui assurer que tout irait bien. Mais elle a choisi de fuir et de poursuivre un rêve qui s'est maintenant transformé en cauchemar. Des remords submergent alors Ellie, et ses yeux se mouillent brièvement.

— Hé, la voix de Cody résonne dans l'air frais.

D'un geste délicat, il tourne le visage d'Ellie vers lui, l'obligeant à croiser ses yeux bleus.

— Je vais bien maintenant.

Les yeux de Cody transpercent ceux d'Ellie, et un léger sourire se dessine sur les lèvres du garçon. Cette vision suffit à la rassurer. Cody glisse doucement sa main le long du visage délicat d'Ellie, puis remet une mèche de cheveux derrière son oreille. Puis, de manière instinctive, il se penche légèrement vers elle, leurs bouches à quelques millimètres l'une de l'autre.

— Cody, interpelle Ellie, effleurant involontairement les lèvres du garçon à chaque syllabe.

Elle pose une main sur son torse et le repousse légèrement. Sa respiration s'accélère et elle sent ses mains devenir moites.

— Tu sais que je t'aime et que je ferais tout pour te voir heureux, mais…

Sa voix tremble, tout comme sa main posée sur le torse de Cody. Le jeune homme baisse légèrement la tête, déçu, mais retrouve rapidement son sourire.

— Mais les choses ont changé. Ne t'en fais pas, je comprends, dit-il en ébouriffant les cheveux de la jeune femme.

— Merci de comprendre… murmure-t-elle, posant sa tête sur l'épaule réconfortante de Cody. Ça ne veut pas dire que je t'aime moins, tu sais, ajoute-t-elle d'une voix douce.

— Je sais, répond-il tendrement, scellant ses paroles par un baiser sur le front d'Ellie.

Un sourire naît instinctivement sur les lèvres de la jeune femme alors même qu'elle garde les yeux clos, baignant dans cet instant. Elle se rend compte à quel point Cody est le meilleur ami qu'elle a toujours souhaité avoir. Sa capacité à la comprendre sans même qu'elle ait besoin de parler, sa manière de prévoir chacun de ses besoins, tout cela fait partie des raisons pour lesquelles Ellie a toujours chéri leur amitié.

— Parle-moi de Boston, comment c'était ?

Ces mots font soudainement s'ouvrir les yeux d'Ellie, désormais dans un état de panique. Elle réalise qu'il faudra un jour ou l'autre aborder ce sujet, mais en ce moment précis, c'est la dernière chose qu'elle souhaite faire. Tout est encore trop frais, et elle sait que parler de Boston ne ferait qu'ouvrir à nouveau des blessures qui viennent à peine de commencer à guérir.

— Je n'ai pas vraiment envie d'en parler. J'essaie de prendre du recul sur… les études, dit Ellie d'une voix mal à l'aise.

— Très bien, alors parle-moi d'Edgartown. Est-ce que tu as rencontré des gens ?

Ellie soupire légèrement, soulagée que Cody ne pousse pas plus loin sur le sujet de Boston.

— Devine quoi ? J'ai réussi à me faire des amis.

— Oh vraiment ? Ellie Rose l'asociale a trouvé de véritables amis ? se moque Cody, sa voix légère résonnant dans l'air nocturne.

Ellie acquiesce de la tête.

— Tout à fait, monsieur Thompson ! rouspète-t-elle en tapant légèrement le genou du garçon du bout des doigts.

— Raconte-moi tout, demande Cody entre deux éclats de rire.

— Très bien, alors il y a Nate, commence-t-elle en levant le pouce de sa main droite pour compter. Grand, blond ténébreux, un peu comme toi, sauf qu'il est assez spécial. Il paraît qu'il fréquente des sites de rencontres pour rencontrer des cougars.

Ensuite, Ellie lève l'index.

— Puis il y a Simon. Il se chamaille constamment avec Nate, mais étrangement, ils ne se sont pas encore entretués. Il est adorable, affirme Ellie en souriant à la pensée de l'excentricité de Simon.

Elle lève un troisième doigt.

— Il y a aussi Raven ! s'exclame-t-elle, se souvenant des mots de son amie au téléphone ce matin. C'est une grande rousse au fort caractère. Elle est vraiment drôle, je pense que tu l'aimerais beaucoup. Ensuite il y a…

Son esprit dérive vers Charlie, qui s'était effacé de ses pensées pendant quelques heures. Mais maintenant, il la hante à nouveau. Elle se remémore ce baiser échangé au vieux port. Même s'il n'était pas sobre à ce moment-là, elle ne peut s'empêcher de se demander si cela signifiait quelque chose pour lui.

Un sourire se dessine sur le visage de Cody alors qu'il se penche légèrement vers Ellie, curieux de savoir de qui elle parle.

— Est-ce que t'as déjà entendu parler de Charlie Wolf ? demande-t-elle.

Elle sait que Falmouth n'est pas très loin d'Edgartown et que Cody a grandi dans cette région. Il est possible qu'il ait eu connaissance de l'accident qui a touché la famille Wolf.

— Non, je n'ai jamais entendu ce nom, dit-il confus.

Ellie détourne son regard vers l'océan, laissant ses pensées vagabonder une fois de plus vers Charlie. Mais cette fois, son esprit est envahi par les horribles rumeurs et calomnies que les gens répandent sur lui. Elle repense aux épreuves solitaires auxquelles il a dû faire face, à la pression sociale et à la stigmatisation dont il est victime. Son cœur se serre en pensant à tout ce qu'il a enduré.

— Sa famille a été frappée par un terrible accident. La maison a pris feu et ce jour-là, son grand frère et ses parents ont perdu la vie.

Raconter cette histoire à Cody semble impersonnel et gênant pour Ellie. Peut-être est-ce parce qu'elle sait que Charlie n'apprécierait pas que des étrangers soient au courant de ce drame. Ou peut-être est-ce simplement parce que c'est une histoire terrible qui ne devrait pas être racontée par quelqu'un qui n'a connaissance que d'une partie des faits. Néanmoins, elle continue son récit.

— Je ne sais pas vraiment pourquoi, mais Charlie et sa petite sœur Annie n'étaient pas à la maison ce soir-là. Tu devrais voir cette petite, elle est si mignonne.

Ellie sourit, imaginant Annie toute souriante dans les bras de son frère.

— En revanche, on ne peut pas dire la même chose de son frère. Charlie est une énorme tempête qui ravage tout sur son passage sans même le vouloir. La ville entière pense qu'il est coupable car il a été le premier sur les lieux de l'incendie. Tout le monde semble le détester.

— Est-ce que tu penses qu'il est coupable ? demande Cody, curieux.

— Non, je suis persuadée qu'il est innocent. Il y a quelque chose dans son regard, une certaine détresse à chaque fois que quelqu'un aborde le sujet de l'accident. Puis tu devrais voir comment il est avec sa petite sœur… il n'aurait jamais fait de mal à sa famille, répond-elle avec assurance.

Elle se laisse glisser en arrière et s'allonge sur les tuiles, permettant à ses yeux d'admirer la myriade d'étoiles scintillantes au-dessus d'elle. Un léger silence s'installe entre les deux, mais il n'est pas déplaisant. Le vent caresse doucement ses cheveux bruns, tandis que le son des vagues berce leurs pensées.

— Tu l'aimes bien, remarque Cody, ce qui surprend Ellie.

Prise au dépourvu, elle tourne rapidement la tête vers lui.

— Quoi ? Non, je voulais simplement dire que je pense qu'il est innocent, répond-elle précipitamment.

— Ce n'était pas une question, mais un constat. C'est évident par la manière dont tu parles de lui, par la manière dont ton esprit se dirige instinctivement vers lui lorsque tu parles.

Ellie hésite un instant à nier, mais le constat de Cody est pourtant juste. Elle mentirait si elle disait qu'elle ne ressent rien pour Charlie. Son affection pour lui grandit de jour en jour et son cœur s'emballe à chaque fois qu'elle repense à leur baiser. Elle soupire profondément et détourne son regard pour contempler les étoiles au-dessus d'elle.

— Ce n'est pas si simple, Charlie est quelqu'un de particulier. Il est difficile de savoir ce qu'il pense, et encore plus difficile de comprendre ce qu'il ressent, confie-t-elle.

Cody s'allonge à ses côtés.

— C'est sans doute un mécanisme de défense. De ce que tu me racontes, il a vécu des choses traumatisantes. Ce n'est pas étonnant qu'il veuille se préserver. Mais il n'en reste pas moins un humain avec des émotions. Je suis certain qu'il apprécie ta compagnie.

« *Je suis réellement reconnaissant que tu sois là pour Annie et moi.* » Ellie repense aux mots de Charlie ce soir-là et un léger sourire se dessine sur son visage.

— Depuis quand es-tu devenu si philosophe ? demande Ellie d'une voix taquine en se tournant vers Cody.

— Je l'ai toujours été, tu n'as simplement pas vu mon potentiel, répond-il.

— Est-ce que tu aurais rencontré quelqu'un récemment ? demande-t-elle curieuse d'en savoir plus.

Cody détourne son regard vers le ciel étoilé, un sourire timide éclairant son visage.

— Je ne peux rien te cacher, dit-il en soupirant. Lorsque mes parents ont eu leur dernière dispute, je suis allé faire un tour sur la plage. Je ne pouvais plus supporter d'entendre toutes ces choses qu'ils se disaient, explique-t-il.

Son visage se plisse légèrement, et il baisse la tête en repensant à cette situation.

— Il m'a fallu marcher au moins deux heures le long de la plage pour me calmer. Au moment où le soleil commençait à se coucher et que les derniers visiteurs s'en allaient, j'ai remarqué cette fille. Elle était assise seule sur le sable, captivée par le spectacle du coucher de soleil. Je me suis approché et me suis assis à côté d'elle, et pendant un moment, on est restés silencieux. J'avais juste besoin de parler à quelqu'un, de me sentir moins seul. Je m'attendais à ce qu'elle me demande ce que je faisais là, mais la première chose qu'elle m'a dite était : « Dans exactement 7 minutes et 30 secondes, le soleil aura disparu de l'autre côté de la Terre. »

Cody ricane en se remémorant la scène.

— Ce jour-là, aucun autre mot n'a été échangé, mais on est restés là, à observer ensemble le soleil disparaître. C'est devenu une routine par la suite. Chaque jour, je la rejoignais à cet endroit précis, et elle me donnait le temps qu'il restait avant que le soleil se couche complètement. J'ai aussi appris son nom : Lyra, comme la constellation. Ironique, n'est-ce pas ? lance-t-il en laissant échapper un rire.

— Chaque jour, on se confiait l'un à l'autre. Je lui ai parlé de mes parents qui se disputaient, je lui ai raconté les blagues terribles d'Axel, et je lui ai aussi parlé de toi.

Ellie sourit à cette histoire.

— Vos petits rendez-vous quotidiens ont l'air romantiques, remarque-t-elle.

Cody souffle un rire, une once de tristesse sur son visage.

— Ça l'était. On a eu une sorte de dispute. Elle ne m'a jamais parlé de sa mère. La plupart de ses conversations étaient axées sur son père et ses frères et sœurs. Alors, un jour, je lui ai demandé pourquoi elle ne mentionnait jamais sa mère. Au départ, j'ai pensé qu'elle était décédée, mais Lyra m'a assuré qu'elle était encore en vie, d'un ton sec qui m'a déplu.

Il baisse la tête vers les tuiles et commence à tracer des formes dessus avec ses doigts.

— Je lui ai alors dit que, après tout ce que je lui avais raconté sur ma vie, je méritais de savoir. Elle s'est mise en colère et m'a répondu qu'elle ne me devait aucune explication. Tu me connais… murmure Cody, refusant de lever les yeux. Je lui ai dit qu'elle n'était qu'une fille riche qui aimait se donner des airs mystérieux.

Ellie écarquille les yeux.

— Cody !

Il soupire.

— Je sais que je n'aurais pas dû dire tout ça. Je ne pensais pas un seul mot de ce que j'ai dit. Je me suis vexé et j'ai dit d'affreuses choses. Ça fait un mois que je ne l'ai pas vue. Je doute qu'elle veuille me reparler un jour.

Ellie perçoit la voix faible de Cody et remarque ses efforts pour retenir ses émotions. Il semble réellement attaché à Lyra, et le fait qu'il ait trouvé quelqu'un avec qui parler en son absence la rassure d'une certaine manière.

— Elle te parlera de nouveau, Cody, affirme Ellie dans l'espoir de le rassurer. Viendra un jour où tu la trouveras au même endroit où tu l'as rencontrée pour la première fois. Il faut juste que tu arrêtes de chercher des réponses. Crois-moi je sais de quoi je parle, chercher des réponses n'est pas toujours la solution.

Cody prend la main d'Ellie dans la sienne.

— Qu'est-ce que je ferais sans toi ?

— Probablement des bêtises, je pense que le cas de Lyra en est la preuve.

— Maintenant que tu es de nouveau dans ma vie, espérons que j'en fasse moins.

Ellie lui rend son sourire, ressentant un léger sentiment de culpabilité d'être partie soudainement de sa vie alors qu'il traversait une situation similaire à la sienne à l'époque.

* * *

— Je n'arrive pas à croire que tu t'en vas déjà Ellie, s'exclame Cora en prenant la jeune femme dans ses bras.

Axel, Cora, Noah et Cody se tiennent devant la petite gare de Falmouth en compagnie d'Ellie et de sa valise.

Ellie enlace Cora, bien que cela lui semble étrange désormais. Depuis qu'elle a appris hier soir que Cora et Noah allaient divorcer, quelque chose a changé. Comme si une part de son enfance joyeuse s'était envolée. Maintenant, elle sait que le grand sourire sur les lèvres de Cora et la bonne humeur de Noah ne sont que des masques qu'ils affichent devant le monde. Leur bonheur n'est plus authentique.

— C'est passé bien trop vite, reconnaît Ellie en se détachant d'une Cora souriante.

Cette dernière se positionne près de Noah et Ellie remarque seulement maintenant qu'ils ne se tiennent pas la main comme ils ont toujours eu l'habitude de faire.

— C'est surtout que tu n'es pas restée assez longtemps, répond Axel.

Ellie ébouriffe les cheveux du jeune garçon.

— Tu vas me manquer Lex, dit-elle.

Axel sourit avec fierté.

— Ah je savais que j'étais celui que tu préfères.

Axel se tourne vers Cody avec un sourcil levé, arborant un sourire malicieux. Cody soupire et lève les yeux au ciel.

— Ne te fais pas trop d'illusions, Axel, ricane Ellie, glissant ses mains dans ses poches arrière.

— Pas sympa, Ellie, pas sympa.

Ellie lève les yeux au ciel et ricane légèrement à la réaction du jeune garçon. Elle a toujours aimé les répliques d'Axel et a toujours pensé qu'il finirait soit à la tête d'une grosse entreprise ou bien en prison à cause de sa répartie.

— Ellie, je ne veux pas te presser, mais ton ferry vient d'arriver, remarque Noah.

— Un câlin collectif ! lance-t-elle.

Cora entoure Axel et Ellie de ses bras, les attirant dans une étreinte chaleureuse. Noah et Cody joignent également leurs bras autour du petit groupe. La petite famille reste ainsi, unie, pendant quelques instants avant de finalement se séparer.

— Prends soin de toi, ma petite Ellie, et salue Marguerite de ma part, demande Cora, posant une main délicate sur la joue de la jeune femme.

— Je le ferai, promis.

Les yeux de Cora s'embuent tandis qu'elle observe attentivement Ellie. Finalement, elle se détache d'Ellie et recule légèrement, laissant Noah prendre la parole pour les adieux.

— Tu vas nous manquer, Ellie, dit-il sincèrement.

Ellie sourit légèrement tandis qu'Axel s'approche une nouvelle fois d'elle.

— Même si tu m'énerves, je suis obligé de te dire au revoir, déclare-t-il, un léger sourire sur les lèvres.

Ellie sourit et enlace Axel. Ses cheveux blonds sont légèrement salés, probablement à cause de sa baignade matinale. Peu importe la saison, Axel s'est jeté tête la première dans l'océan ce matin pendant qu'Ellie prenait son petit-déjeuner.

— Au revoir Lex, sourit Ellie en se détachant du jeune garçon.

— Bye Li.

— On va vous laisser vous dire au revoir, déclare Cora en observant son aîné. Fais un bon voyage, Ellie.

Ellie les observe s'éloigner, se demandant quand elle les reverra et si Noah et Cora seront toujours ensemble à ce moment-là. En apparence, ils forment le couple parfait que tout le monde attend d'eux. Cependant, en y regardant de plus près, il est difficile de ne pas remarquer comment Cora tire brusquement la main de Noah, ou encore la façon dont ce dernier tient la main de sa femme comme si cela lui causait une douleur intense.

— Ne t'inquiète pas pour eux, dit-il d'une voix calme, la gorge serrée comme s'il cherchait à se rassurer.

— C'est toi qui m'inquiètes, avoue la jeune femme.

Elle analyse le visage de celui-ci, cherchant à déchiffrer ses émotions. Il semble fatigué et triste. Ses yeux bleus ne portent plus cette petite étincelle qu'elle avait l'habitude de voir dès qu'elle posait les yeux sur lui.

— Je vais bien, déclare-t-il en liant ses doigts à ceux d'Ellie. Je n'ai plus quinze ans, la séparation de mes parents ne devrait pas autant m'atteindre.

— Peu importe notre âge, c'est toujours douloureux de réaliser que quelqu'un de notre famille n'est pas la personne que l'on croyait.

Cody soupire, prenant en compte les paroles d'Ellie. Il reconnaît que ce qui le blesse le plus dans cette histoire, c'est de savoir que Cora a trompé son père. Il ne pensait pas qu'elle était capable d'une telle trahison.

— Tu vas rater ton ferry, tu devrais y aller, dit-il.

Au même moment, le sifflet du contrôleur marque le dernier appel. Sans plus attendre, Ellie se jette dans les bras de Cody, entourant son cou de ses bras dans l'espoir de figer le temps ne serait-ce qu'un instant. Cody enlace Ellie, posant sa tête dans le creux de son cou, savourant un court instant son parfum. Puis, avec regret, ils se séparent, ne tenant plus que sa main du bout des doigts.

— Ne m'oublie pas, dit-elle tandis qu'une larme coule sur sa joue rosée.

Cody sourit légèrement.

— Jamais, dit-il d'une voix paisible, avant de définitivement lâcher sa main.

Respirant profondément, Ellie saisit sa valise et se précipite vers le ferry, ne manquant pas de jeter un dernier regard à Cody qui l'observe partir.

Tenant toujours sa valise, elle cherche Cody du regard à travers la vitre. Un large sourire se dessine sur ses lèvres lorsqu'elle le voit sur le quai, agitant la main dans les airs. Sans hésiter, elle lui rend son geste en saluant une dernière fois son meilleur ami. Son cœur est lourd alors que Cody devient de plus en plus flou devant elle.

Elle a l'impression de l'abandonner une seconde fois et un sentiment de nostalgie l'envahit.

Saudade.

Chapitre 19
Nouvelle page

Selon les folklores allemand et anglais, il est dit que la première personne que l'on rencontre lorsque l'horloge marque minuit détermine l'ambiance de l'année à venir. C'est pourquoi le monde entier s'étreint le premier janvier. On raconte que ne pas embrasser quelqu'un lors de ce moment particulier peut prédire une année de solitude ou de tristesse.

— Je suis contente que tout le monde soit là pour cette soirée très importante, commence Lucy, captant l'attention de son équipe.

En cette ultime journée de décembre, tous les employés du Willy & Co se retrouvent assis sur les tables du restaurant désormais vide. Les portes ont été fermées pour laisser la place à une réunion de fin de journée visant à préparer la soirée du réveillon du Nouvel An.

— Le jour de l'an est le jour de l'année où nous faisons le plus de chiffre d'affaires, étant donné que toute la ville se réunit ici pour observer le feu d'artifice, explique Lucy en articulant bien. Le restaurant va être plein à craquer, je compte donc sur vous pour accélérer la cadence et pour être efficaces. Je ne veux pas de chamailleries, est-ce bien clair ?

Lucy remarque le regard hostile que Simon lance à Charlie. Malgré leurs coups d'œil froids, les deux jeunes hommes baissent la tête en signe d'approbation. Lucy attrape son calepin sur le bar puis se tourne de nouveau vers ses employés. Elle étudie un instant la feuille sous ses yeux.

— Raven et Ellie, vous serez responsables des commandes et du service des menus, annonce-t-elle.

Les deux jeunes femmes échangent un regard complice et esquissent un léger sourire.

— Nate, Charlie et Simon, vous aurez en charge les commandes et le service des boissons.

Charlie lâche un soupir agacé tandis que Nate observe la scène depuis l'autre bout de la pièce.

— Et toi Hari, tu restes comme d'habitude en cuisine, ajoute Lucy en souriant à l'homme âgé assis sur une chaise.

Elle glisse son carnet de notes sous son bras tout en attirant une dernière fois l'attention de son équipe.

— Bien il est temps de commencer la soirée, quelqu'un me tourne le panneau ouvert de la porte s'il vous plaît.

Après avoir prononcé ces dernières paroles, la gérante s'éclipse dans l'arrière-salle. Le petit groupe se disperse silencieusement pour se mettre au travail, chacun s'attelant à ses responsabilités.

— Hé, partenaire ! s'exclame Raven avec enthousiasme.

— Ça va être une sacrée soirée, répond Ellie, arborant également un léger sourire.

Raven attrape Ellie par le bras et l'entraîne jusqu'au bar où elles s'installent.

— Raconte-moi tout, s'exclame-t-elle en posant sa tête dans sa paume. Comment s'est passé ton séjour ?

— C'était génial. J'ai pu revoir mon meilleur ami Cody.

Raven redresse le dos et pointe un doigt accusateur vers Ellie.

— J'espère que tu lui as parlé de moi ! s'exclame-t-elle un peu trop fort.

Ellie esquisse un sourire en réponse et hoche la tête.

— Oui, je lui ai bien parlé de toi, ne t'en fais pas.

Raven s'apprête à poser une autre question, mais Nate, qui se trouve derrière le bar, les interrompt.

— Arrête d'embêter Ellie et mets-toi au travail, déclare-t-il en saisissant un plateau sous le bar.

Raven souffle un rire.

— C'est toi qui me dis ça ? réplique-t-elle en levant un sourcil. Elle se tourne vers Nate, un sourire malicieux aux lèvres. Dois-je te rappeler que tu as été viré quatre fois ?

— Ce ne sont que des détails, Lucy m'aime trop pour me virer définitivement, déclare-t-il en s'approchant de son amie. Je veux dire, regardez-moi, se vante-t-il en englobant son corps d'un mouvement de main. Qui peut résister à ça ?

Raven hausse les sourcils, exaspérée par les plaisanteries de Nate. Ce dernier lui fait un clin d'œil complice avant de s'éloigner en tenant son plateau d'une manière exagérée, en exécutant même un petit déhanché. Raven soupire et se tourne vers Ellie.

— On devrait commencer à travailler avant que Lucy ne revienne par ici.

Le crépuscule approche et les premiers clients font leur apparition, s'installant aux tables près de la baie vitrée qui offre une vue sur l'étendue d'eau. Le restaurant prend vie, vibrant des discussions animées des clients, créant un bourdonnement semblable à celui d'une ruche. Les derniers rayons orangés du soleil se faufilent à travers les vitres, créant une atmosphère paisible et chaleureuse. Ellie observe attentivement ce petit monde qui l'entoure, attendant tranquillement sa prochaine commande près du bar.

Tous les ans à cette soirée, le Willy & Co semble être une halte, un arrêt dans la vie des gens, en attendant que l'horloge sonne minuit et annonce un nouveau départ. Comme si tous ces individus s'étaient rencontrés sur le quai d'une gare, en attendant leur prochain train vers l'avenir.

Ellie est tirée de ses pensées par la présence de quelqu'un qui s'appuie contre le comptoir à côté d'elle. Elle est surprise de voir Charlie, les yeux fixés sur son téléphone. Ses cheveux sombres tombent légèrement sur son front alors qu'il penche la tête pour se concentrer sur l'écran. Ses sourcils sont légèrement froncés, témoignant de sa concentration pendant qu'il tape rapidement un message. Il porte une chemise blanche avec les manches retroussées, ce qui contraste avec son style habituel.

— Charlie, appelle Alaric depuis derrière le bar.

Il relève la tête pour faire face à l'homme barbu devant lui.

— Hum ? marmonne-t-il en rangeant son téléphone dans la poche arrière de son pantalon noir.

— Je n'arrive pas à déchiffrer l'écriture de Nate, qu'est-ce qu'il a écrit ? demande Alaric en faisant glisser le papier vers Charlie.

— Un mojito et deux verres de champagne, murmure-t-il sans effort.

— Merci.

Contrairement aux attentes d'Alaric, Charlie ne sort pas son téléphone cette fois-ci. Au lieu de cela, son regard se perd dans la foule qui se rassemble dans le restaurant. Ses yeux se déplacent lentement sur les silhouettes qui l'entourent, comme s'il analysait chaque mouvement.

Ellie, qui n'a passé que deux jours à Falmouth, ressent malgré tout un soulagement en retrouvant Charlie. Le week-end passé en compagnie de Cody lui a permis de se libérer l'esprit et d'oublier cette fameuse soirée où ils se sont embrassés. Cependant, maintenant qu'il est à ses côtés, elle ne peut s'empêcher de repasser en boucle les événements dans sa tête. Ils n'en ont pas parlé depuis ce jour-là et elle se demande avec une pointe d'appréhension s'il s'en souvient ou s'il l'a complètement mis de côté. Ellie suit le regard de Charlie, qui est fixé sur les familles en train de se saluer à l'entrée du restaurant. Un pincement lui prend le cœur alors qu'elle réalise que c'est le premier jour de l'an qu'il passe sans sa famille.

— Charlie, interpelle Ellie d'une voix faible, mais suffisamment forte pour que le jeune homme l'entende. Est-ce qu'Annie sera là ce soir ? J'aimerais beaucoup la voir.

— Oui, elle viendra plus tard avec son institutrice, marmonne-t-il en fixant de nouveau la foule qui s'amasse.

— Tu parles de madame Osborn, la mère de Raven ?

— Oui, marmonne-t-il une fois de plus.

Un léger silence s'installe entre les deux tandis qu'ils laissent leur regard errer sur les personnes devant eux. Certains rient bruyamment, tandis que d'autres sont déjà assis à leur table. La jeune femme se demande si elle devrait aborder le sujet du baiser, mais comment savoir s'il s'en souvient ou non ?

— Charlie, Ellie, voici les premières commandes.

Alaric glisse deux plateaux vers le duo et retourne aussitôt à ses occupations. Sans perdre une seconde, Charlie saisit un plateau, le stabilise avec sa main droite et se dirige vers une table. Ellie l'observe avec attention alors qu'il sert les clients, comme s'il avait toujours été à l'aise dans ce rôle. Son visage est impassible, mais il semble parfaitement sûr de ce qu'il fait. Les jeunes parents, accompagnés de leurs deux enfants, restent silencieux et observent avec mépris Charlie en action.

Le grand brun conserve son sang-froid alors qu'il dépose les verres un à un sur la table.

La cloche au-dessus de la porte du restaurant indique l'arrivée de nouveaux clients.

— Ellie ! s'exclame Annie en lâchant la main d'une femme aux cheveux roux.

La petite fille est vêtue d'une robe pailletée et d'une casquette à l'envers, bien trop grande pour sa tête. Elle court vers Ellie et enlace ses jambes de ses petits bras.

— Annie, je suis tellement contente de te voir ! s'exclame Ellie en s'agenouillant à sa hauteur.

— Tu m'as tellement manqué ! rétorque Annie.

— Elle n'a pas arrêté de parler de toi, intervient la femme rousse. Je suis Katherine Osborne. On n'a pas encore eu l'occasion de se rencontrer, mais j'ai entendu beaucoup de bien de toi grâce à Raven.

Ellie sourit poliment.

— Je suis sûre qu'elle a dû exagérer.

Katherine s'apprête à répondre, mais Annie les interrompt en courant vers Charlie.

— Harlie, Harlie ! s'écrie-t-elle en se précipitant vers les jambes de son frère.

Surpris, celui-ci manque de faire tomber son plateau. De là où elles se trouvent, les deux femmes peuvent entendre Charlie rouspéter en disant à Annie qu'il est en train de travailler.

— Je devrais y aller avant qu'un drame ne se produise, déclare Katherine.

Ellie acquiesce d'un signe de tête.

— Bonne soirée.

Katherine lui offre un léger sourire et s'en va en direction de la fillette. Ellie se remet au travail tandis que le restaurant continue de se remplir.

— Charlie, table cinq ! s'exclame Alaric en posant deux verres de champagne sur le bar.

Charlie, les manches de sa chemise blanche retroussées, se dirige rapidement vers le comptoir du restaurant. À l'approche de minuit, l'endroit est bondé de monde. La musique, beaucoup plus forte maintenant, a attiré les plus enthousiastes sur la piste de danse. Les enfants, y compris Annie, se déhanchent près du piano comme s'ils voulaient prolonger la nuit indéfiniment.

Il attrape les deux verres de champagne et se fraie un chemin entre les danseurs, essayant avec difficulté d'atteindre la table cinq près de la grande baie vitrée. Alors qu'il passe, certaines personnes se retournent et murmurent des injures. Légèrement agacé par l'agitation ambiante et la présence des familles autour de lui, il dépose rapidement les verres sur la table et s'apprête à partir. Cependant, une main le retient, le faisant se retourner.

— Charlie, s'adresse à lui Marguerite avec un sourire chaleureux, ce qui le fait se détendre légèrement en réalisant qu'il s'agit de la vieille dame. Comment vas-tu ?

— Ça va, dit-il en jetant un regard bref au reste de la table qui le dévisage comme s'il avait une deuxième tête. Tout va bien, ajoute-t-il en reportant son attention sur Marguerite.

— Annie a l'air de vraiment s'amuser, remarque-t-elle, riant légèrement lorsque la fillette tente de soulever un petit garçon au-dessus de sa tête.

Un léger sourire se dessine sur le visage de Charlie en observant cette scène, la petite tête blonde prenant les commandes avec assurance.

— Je pense que je n'aurais pas dû lui faire regarder *Dirty Dancing*, dit-il en riant un peu, ce qui provoque un sourire chez Marguerite.

Cela fait longtemps qu'elle ne l'a pas entendu rire.

— Je suis sûre que c'était une excellente idée !

Marguerite éclate de rire en voyant Annie s'agacer, croisant les bras sur sa poitrine devant le petit garçon confus.

Charlie sourit devant cette scène, mais son attention est rapidement attirée par l'entrée du restaurant dont la petite cloche annonce l'arrivée de nouveaux clients. Son sourire disparaît instantanément lorsqu'il reconnaît les visages familiers de Zack et Andrew, accompagnés de leur père, près de l'entrée. La mâchoire de Charlie se serre et tout son corps se raidit.

Marguerite interpelle Charlie et pose doucement sa main sur son bras, cherchant à le réconforter.

— Ne les laisse pas t'atteindre. Sois plus fort qu'eux et ignore-les, déclare-t-elle d'une voix calme mais empreinte d'affection.

Charlie hoche silencieusement la tête, affichant une tension évidente.

— Maintenant, retourne travailler et prouve à ces imbéciles qu'ils se trompent à ton sujet, conclut-elle en posant une main affectueuse sur le visage de Charlie.

Ce dernier avale nerveusement sa salive, puis jette un coup d'œil par-dessus son épaule. Comme prévu, les jumeaux le fixent avec un regard meurtrier.

— Ignore-les, Charlie, répète la vielle dame.

Il hoche la tête et se dirige vers le bar où Raven, Nate et Ellie sont maintenant appuyés, engagés dans une discussion. Cependant, Charlie les ignore et passe devant eux. Il s'appuie sur le comptoir un peu plus loin du trio et laisse sa jambe taper nerveusement contre le parquet. Il constate alors que les jumeaux et leur père se dirigent vers une table vide près du piano. Sa mâchoire se serre et sa jambe bat encore plus rapidement lorsque

Zack lui fait un clin d'œil, cherchant clairement une confrontation.

Nate, ayant remarqué la provocation de son petit frère, tourne son attention vers Charlie. Leurs regards se croisent brièvement, et Nate comprend qu'il devra surveiller ses frères ce soir s'il veut éviter que la situation ne dégénère.

Les rires un peu trop bruyants d'Ellie résonnent, attirant l'attention de Charlie. Elle est plongée dans une conversation animée avec Raven, et cette dernière a dû dire quelque chose de drôle, car Ellie éclate de rire à nouveau. Cependant, ses rires s'estompent lorsqu'elle remarque que Charlie la regarde. Ses joues s'empourprent rapidement et elle détourne le regard, essayant tant bien que mal de se concentrer sur ce que lui raconte Raven.

Charlie repense à la soirée où ils se sont embrassés. Il n'était pas dans son état normal, mais les images sont nettes et claires dans son esprit. Il se demande si son absence ces deux derniers jours a un lien avec cela. Raven a expliqué à Lucy qu'Ellie ne se sentait pas bien, mais elle semble en bonne santé. De plus, il connaît Raven et sait quand elle ment. Sa façon de parler avec les mains et de sourire lorsqu'elle raconte un mensonge la trahit systématiquement.

Un tourbillon de questions envahit l'esprit de Charlie concernant Ellie. Elle est un véritable mystère, et pour la première fois, il souhaiterait obtenir des réponses à ses interrogations. Il se demande pourquoi elle se trouve ici, dans cette petite ville isolée. Il a entendu des murmures dans les rues alors qu'il se promenait. Elle vient de Boston et poursuit des études en chirurgie, mais c'est tout ce qu'il sait, car la raison précise de sa présence reste inconnue, même aux commérages d'Edgartown. Son esprit revient inévitablement sur l'injonction d'éloignement qu'il a découverte dans sa chambre. Il se demande si c'est la raison pour laquelle elle a quitté Boston. Est-ce que Marguerite est au courant ? Est-ce que ses parents sont au courant ? La perplexité s'empare de Charlie.

Il soupire, laissant ses pensées vagabonder. Le restaurant est désormais rempli. Il se penche contre le bar et observe Annie qui danse en ronde avec ses amis. Malgré l'heure tardive, la fillette est toujours pleine d'énergie, faisant rebondir ses boucles dorées à chaque saut. La voir si joyeuse lui réchauffe le cœur. En la regardant rire et danser sur la piste, on pourrait croire que rien ne s'est passé. On pourrait presque imaginer que ses parents sont présents dans la salle, en train de rire avec leurs amis autour d'une coupe de champagne. Mais en réalité, il n'y a que Charlie et Annie. Sa famille se résume désormais à cette petite tête blonde qui tourne sur elle-même les yeux fermés.

Quant à Victor, bien qu'il porte le même nom de famille, il ne sera jamais véritablement leur oncle. Il n'ose même pas imaginer l'état dans lequel il doit être ce soir de Nouvel An. Il est probablement affalé au comptoir d'un bar en périphérie de la ville, un endroit où personne d'autre ne va, sauf lui et ses amis alcooliques.

— Salut les enfants, salue Lucy en arrivant près du petit groupe.

Alaric derrière le bar lève les yeux au ciel, ce qui ne passe pas inaperçu auprès de Lucy.

— Et Alaric bien sûr, ajoute-t-elle en haussant un sourcil. Je voulais vous remercier pour votre travail ce soir. Vous avez été très efficaces, c'est pourquoi je vous laisse quelques instants avec vos familles. Il est minuit moins vingt. Le restaurant est plus calme, profitez-en.

Lucy sourit en observant les visages surpris de ses employés. Alaric est le premier à réagir. Il pose la serviette, qui était positionnée jusqu'à présent sur le comptoir, et passe devant celui-ci. Sans un mot de plus, il rejoint ses amis qui se tiennent debout dans un coin du restaurant.

Raven soupire de soulagement et donne un léger coup d'épaule dans celle d'Ellie.

— On a bien assuré, partenaire, dit-elle en lui lançant un clin d'œil avant de se diriger vers sa mère qui est en compagnie d'autres femmes de son âge et d'enfants.

Simon et Nate se tapent dans la main avant de rejoindre leurs propres familles.

— Charlie, appelle Lucy.

Charlie lève un sourcil, surpris par la voix calme de Lucy.

— Merci de ne pas avoir causé de problèmes ce soir, tu sais… avec les Darwell.

Il hausse les épaules, n'ayant pas vraiment envie de parler. Lucy lui adresse un dernier sourire poli avant de se tourner vers la foule, laissant Charlie seul près du bar alors que tous profitent de la compagnie de leurs proches. Son cœur se serre lorsqu'il réalise que c'est la première année qu'il passe le Nouvel An sans son frère Samuel et ses parents. Et ce ne sera pas la dernière.

Cela fait déjà six mois depuis l'accident, mais Charlie s'en souvient comme si c'était hier. Parfois, il peut encore sentir la chaleur dégagée par l'incendie alors qu'il se tenait devant sa maison. Une maison qui n'est plus qu'un petit carré d'herbe sèche parmi les autres maisons pleines de vie. À cette dernière pensée, Charlie se penche sur le bar et attrape la première bouteille qu'il trouve sous celui-ci.

Ellie, qui était restée sur le côté jusqu'à présent, l'observe alors qu'il sort une bouteille de bourbon. Ses yeux s'écarquillent légèrement lorsqu'elle le voit enfiler son manteau noir et quitter le restaurant sans attirer l'attention de personne. Elle hésite un instant à avertir quelqu'un, mais décide finalement de ne pas le faire, craignant que cela ne fasse qu'aggraver sa réputation. La gorge serrée, elle se dirige vers Marguerite qui est assise à une table près de la baie vitrée. Un léger sourire se dessine sur les lèvres de la vieille dame lorsqu'elle lève la tête et aperçoit la jeune femme. D'un simple geste, elle lui indique de s'asseoir avant de replonger dans sa conversation avec son amie.

Ellie s'installe près de sa grand-mère, mais ses mains se mettent à jouer nerveusement sous la table. Elle fait de son mieux pour se concentrer sur la discussion en cours, mais elle ne peut s'empêcher de repenser à ce qu'elle vient de voir. Ellie détourne son regard vers Annie qui sautille avec entrain au rythme de la musique, un immense sourire illuminant son visage.

À ses côtés, une autre petite fille danse et rit aux éclats, tandis qu'Annie tente de faire le grand écart, provoquant un fou rire chez les deux complices. Leur amusement est interrompu quelques instants plus tard, lorsque la voix d'une femme appelle la petite fille qui se trouvait aux côtés d'Annie. La petite tête brune s'excuse auprès d'Annie et se précipite dans les bras de ce qui semble être sa mère. Annie observe sa copine s'éloigner et se blottir contre sa maman, son sourire s'estompant instantanément. D'une main, elle chasse les mèches blondes qui se sont collées à son front et baisse les yeux vers le sol. Pour la première fois depuis leur rencontre, Ellie discerne une lueur de tristesse dans les yeux d'Annie.

Finalement, son amie réapparaît, ravivant la joie d'Annie qui retrouve un sourire, même s'il est légèrement moins éclatant qu'auparavant. Puis, comme si de rien n'était, Annie se remet à danser, se laissant emporter par la musique.

— Ellie, est-ce que tu as vu Charlie ? l'interpelle Nate.

Elle hésite à répondre. Elle se demande si c'est vraiment une bonne idée de révéler ce qu'elle a vu. Peut-être souhaite-t-il simplement être seul, mais récemment, il semble s'éclipser fréquemment.

— Je reviens, dit-elle en posant doucement sa main sur l'épaule de Marguerite.

La vieille dame, absorbée par sa conversation, ne fait que marmonner un vague accord.

Ellie saisit doucement le bras de Nate et l'emmène vers un coin isolé près du bar.

— Je l'ai vu quitter le restaurant avec une bouteille de bourbon, avoue Ellie, jouant nerveusement avec ses mains.

Elle ressent le besoin de dire la vérité à Nate, bien qu'elle ne puisse pas vraiment expliquer pourquoi. Quelque chose lui dit que cette situation est loin d'être normale et qu'elle pourrait rapidement dégénérer.

Habituellement enclin à plaisanter, Nate affiche maintenant un visage sérieux. Il soupire et passe une main nerveuse sur son visage, trahissant son agitation. Ellie trouve cela étrange, car il ne s'est jamais autant préoccupé des actions de Charlie depuis leur rencontre.

Perplexe, Ellie fronce les sourcils.

— Pourquoi ? Qu'est-ce qu'il y a ? demande-t-elle, cherchant le regard agité de Nate.

Finalement, il pose ses yeux sur Ellie.

— Parce que mes frères ne sont plus là.

À ces mots, les yeux d'Ellie s'écarquillent. Les trois garçons sont très susceptibles de se battre, et il n'y aura personne pour les arrêter en cette nuit du Nouvel An. Ellie réagit rapidement et s'apprête à dire à Nate qu'elle va les rejoindre, mais celui-ci a déjà enfilé son manteau et se dirige maintenant vers la sortie. Elle court pour le rattraper et ils se mettent à chercher Charlie.

L'air frais de la soirée caresse son visage, et un frisson parcourt sa colonne vertébrale. Le ciel est dégagé, laissant les étoiles briller dans toute leur splendeur. Les rues sont désertes, créant un silence inquiétant.

— Andrew, Zack ! s'écrie Nate subitement

Ellie lève brusquement la tête. Devant elle, le phare d'Edgartown se dresse, imposant. Sa lumière balaie l'océan, illuminant la rive opposée.

Nate se met soudainement à courir et Ellie le suit. Ce n'est qu'une fois arrivée au pied du phare qu'elle reconnaît les silhouettes des jumeaux et de Charlie. Ce dernier est affalé contre le phare, les yeux fermés et la bouteille de bourbon à la main. Le cœur d'Ellie s'emballe en remarquant que celle-ci est à moitié vide.

Les jumeaux se tiennent, menaçants, près de la silhouette ivre de Charlie. Lorsqu'ils aperçoivent leur grand frère, ils marmonnent des obscénités.

— N'y pensez même pas, ordonne Nate d'une voix grondante en pointant un doigt vers ses frères. Qu'est-ce que vous faites ici ?

Pendant ce temps, Ellie se dirige vers Charlie et se baisse près de lui. D'une main tremblante, elle retire la bouteille d'alcool de sa main sans qu'il proteste.

— Ça ne se voit pas ? demande Andrew, un sourire malicieux dansant sur ses lèvres. On est venus aider notre ami Charlie. Il est complètement déchiré.

En entendant la confiance débordante de son jeune frère, Nate fait un pas en avant. Ses yeux sont sombres et ne tolèrent aucune plaisanterie.

— Maintenant, vous retournez tous les deux au restaurant et vous arrêtez vos conneries, sinon je vais prévenir papa, déclare Nate d'une voix imposante, remplissant le silence.

Étonnés de voir que Nate prend la défense de Charlie cette fois-ci, les jumeaux prennent le temps d'analyser leur frère, cherchant la moindre trace de plaisanterie.

Sans dire un mot, Zack attrape le bras de son frère et le tire vers le restaurant.

— Charlie, murmure Ellie en tenant le visage du garçon entre ses mains, essayant de lui faire ouvrir les yeux.

Nate se tourne vers le duo et les rejoint.

Ses yeux parcourent la personne qui fut autrefois son meilleur ami. Charlie semble paisiblement endormi contre le phare. Il se remémore toutes les nuits passées au pied de ce phare avec Charlie et Milo, jouant à ce jeu où ils énuméraient la liste des choses qu'ils auraient aimé faire avant de mourir à chaque tour du faisceau lumineux.

Cependant, ces temps sont révolus et Charlie n'est plus le même. Nate et lui ne sont plus amis, et plus rien n'est comme avant. Malgré tout, Charlie est assis là, à l'endroit où ils avaient l'habitude de passer du temps, et pour cette raison, Nate décide de l'aider ce soir, même si Charlie risque de ne pas l'apprécier une fois le soleil levé.

Il s'accroupit devant lui et d'un geste confiant, secoue son épaule.

— Charlie, commence-t-il, mais celui-ci reste paisiblement endormi. Charlie, réveille-toi, poursuit-il en lui tapotant la joue.

Il le secoue à nouveau. Cette fois, le jeune homme grogne et tourne la tête.

Ellie laisse échapper un soupir de soulagement. Voir Charlie si vulnérable est étrange pour elle. Il est toujours sur la défensive, mais cette fois-ci, il est bien trop ivre pour maintenir les murs qu'il a construits pour se protéger.

— Aide-moi à le lever, s'il te plaît, Ellie.

Ellie saisit Charlie de ses deux bras, pendant que Nate fait de même de l'autre côté. Charlie se retrouve debout, son corps flasque, et le duo supporte tout son poids. Ellie positionne correctement le bras de Charlie sur ses épaules et glisse une main autour de sa taille pour le stabiliser.

— On va le ramener chez moi jusqu'à ce qu'il reprenne ses esprits. T'es okay ? Tu peux retourner à la fête si tu veux.

Ellie hoche rapidement la tête.

— Non, ça va, je vais t'aider.

— Allons-y, dit Nate avant de donner un coup de pied dans la bouteille de bourbon.

Après une courte marche, le duo se retrouve dans la rue principale d'Edgartown, où se trouve le magasin de Joey.

— Tu veux faire une pause ? demande Nate, voyant la grimace d'Ellie lorsque Charlie pose sa tête sur son épaule, ajoutant un poids supplémentaire.

— Non, ça va, on…

Elle est interrompue par un jet de couleur rouge qui illumine le ciel, rapidement suivi par d'autres feux d'artifice.

Les fusées peignent le ciel de multiples couleurs. Ce qui était un ciel étoilé en noir et blanc est maintenant une peinture colorée, une façon de dire au revoir au passé. Nate et Ellie ont la tête levée vers le ciel, observant la nouvelle année qui se profile devant eux. Le son de chaque explosion résonne dans leur poitrine, créant un sentiment réconfortant. Le moment qu'ils ont attendu toute la journée est enfin arrivé.

Soudain, Charlie repose sa tête dans le cou d'Ellie, son souffle chaud caressant sa nuque. Elle serre davantage son emprise autour de sa taille, craignant de ne pas pouvoir supporter son poids, mais elle garde néanmoins les yeux fixés sur le ciel coloré.

— Bonne année Ellie, murmure-t-il dans le creux du cou d'Ellie, tandis que ses lèvres, sans même qu'il en ait conscience, effleurent délicatement son oreille.

Un frisson parcourt l'échine d'Ellie à la fois à cause des paroles douces et du contact léger des lèvres de Charlie sur sa peau. Elle rougit instantanément, surprise par ses paroles. Son propre prénom semble étranger lorsqu'il sort des lèvres de Charlie. Lorsqu'elle détourne les yeux vers lui, elle le voit à nouveau les yeux fermés, sa tête ballottant mollement entre Nate et elle. Elle croise alors le regard de Nate. Un léger sourire bienveillant se dessine sur ses lèvres.

— Bonne année.

Ellie lui rend le sourire.

— Bonne année, Nate.

Chapitre 20
Vingt août

— On va l'installer sur mon lit, déclare Nate en désignant son lit double près de la fenêtre.

Ellie acquiesce et serre sa prise autour de la taille de Charlie alors qu'ils se dirigent vers le lit. Ils le déposent délicatement et Charlie grogne légèrement dans l'oreiller avant de se mettre confortablement sur le ventre.

Alors que Nate reprend son souffle, Ellie commence à prendre note de son environnement. La chambre de Nate n'est pas très spacieuse, mais les murs bleu foncé créent une atmosphère confortable. Le lit où se trouve Charlie est positionné contre le mur, près d'une fenêtre. Les murs sont ornés d'affiches de vieux films et de groupes de musique inconnus d'Ellie. Au-dessus du bureau, une étagère est remplie de trophées. En s'approchant, elle remarque qu'il s'agit de trophées de hockey. Une photo de l'équipe trône au milieu de ces nombreuses récompenses. Les joueurs y sont tous vêtus de leur uniforme de hockey, accroupis sur la glace les uns à côté des autres.

Un léger sourire se dessine sur son visage lorsqu'elle aperçoit Nate à l'extrémité de la photo. Ses cheveux blonds sont légèrement plus courts et un immense sourire illumine son visage. À côté de lui se tient Charlie, affichant une expression sérieuse alors qu'il fixe l'objectif.

— Est-ce que tu joues encore au hockey ? demande-t-elle, laissant son regard se promener sur le cadre voisin.

Une autre photo est posée sur la petite étagère. Cette fois-ci, elle présente Nate, Charlie et un autre garçon, tous les trois vêtus de leur équipement de hockey. Mais cette photo est différente de celle de l'équipe. Les trois garçons se tiennent par les épaules, affichant un immense sourire plein de fierté sur leurs visages, y compris Charlie. Ils sont au centre d'une patinoire.

— Non, j'ai arrêté quand Charlie a arrêté, murmure-t-il.

Son regard est troublé, et il est évident que Nate ne souhaite pas aborder davantage le sujet. Ellie hoche simplement la tête, puis elle se retourne une fois de plus vers l'étagère où se trouvent les trophées et les photos.

— D'ailleurs, qui est-ce ? demande-t-elle calmement en pointant du doigt le troisième garçon sur la photo.

Nate fixe brièvement la photo et Ellie perçoit une lueur de tristesse dans ses yeux.

— C'est Milo.

— J'aime beaucoup ta chambre, avoue-t-elle timidement, glissant ses mains dans les poches arrière de son jean.

— Merci, dit-il en passant nerveusement une main dans ses cheveux blonds. Je vais appeler Raven. Est-ce que tu pourrais rester avec Charlie ? demande-t-il en sortant son téléphone de sa poche.

Ellie hoche la tête.

— Bien sûr.

Nate lui offre un sourire poli avant de quitter précipitamment sa chambre pour passer un appel à Raven. Pendant ce temps, Ellie s'installe confortablement sur le sol, près du lit. Elle prend un moment pour observer les traits délicats de Charlie, qui dort paisiblement sur le ventre. Sa tête est légèrement tournée sur le côté, lui permettant d'admirer de plus près le mystère qu'est Charlie. Sa respiration est calme et régulière, ce qui contraste avec son état habituel. Quelle que soit la situation dans laquelle il se trouve, il semble toujours être tendu, sur ses gardes.

Cependant, sous le regard attentif d'Ellie, Charlie semble être le calme après la tempête, et non la tempête elle-même. Il est la douce pluie rafraîchissante après une longue journée d'été, et non celle qui vous trempe jusqu'aux os. Il grogne et s'agite légèrement dans son sommeil, murmurant des paroles incohérentes. Ses mains se serrent instinctivement sur les draps, faisant blanchir ses phalanges. Sans hésiter, Ellie glisse doucement sa main dans la chevelure sombre du jeune homme.

— Tout va bien, murmure-t-elle dans le silence, ses doigts caressant les mèches brunes de Charlie.

Peu à peu, celui-ci se détend, retournant dans un sommeil profond.

— Je viens d'avoir Raven, informe Nate en revenant dans sa chambre.

Il laisse son regard tomber sur la main d'Ellie dans les cheveux de Charlie, mais ne s'y attarde pas davantage.

— Je lui ai demandé de prévenir Marguerite que tu risquerais de rentrer tard. Elle va prendre Annie chez elle pour la nuit jusqu'à ce que son frère soit… en meilleur état.

— Merci.

Un silence agréable s'installe entre les deux. Nate, épuisé après sa journée de travail, porte son attention sur Charlie, allongé sur son lit, toujours endormi. Le garçon qu'il voit ne ressemble en rien à l'ancien Charlie que Nate connaissait.

Il tourne alors la tête vers les photos qu'Ellie observait plus tôt, une expression de tristesse dans les yeux. Il se souvient encore du jour où ces photos ont été prises. C'était lors du dernier entraînement de la saison, et aussi le dernier entraînement pour ceux qui avaient décidé de partir faire leurs études dans de grandes universités. C'était également le dernier entraînement de Milo. Ce dernier avait pour projet de partir à New York pour poursuivre des études de droit à l'université de Columbia. Étant donné la grande fortune du père de Milo, cela n'était pas surprenant de le voir choisir une prestigieuse école.

Ce jour-là, l'entraîneur avait félicité le trio pour leur travail d'équipe en tant qu'ailiers et attaquants, ce qui avait fait naître de larges sourires sur leurs visages. C'est à ce moment précis que Hazel avait décidé de prendre une photo, tandis que Raven riait à côté d'eux. Ce moment était devenu l'un des plus beaux souvenirs de leur amitié.

— Est-ce que tu comptes rester ? demande Nate d'une petite voix, sa fatigue se faisant entendre.

— Si ça ne te dérange pas.

Nate esquisse un léger sourire avant de s'asseoir au sol près d'Ellie. Il appuie son dos contre le côté du lit et étend ses longues jambes devant lui.

— Absolument pas, soupire-t-il. Si je dois veiller sur Charlie toute la nuit, je préfère avoir de la compagnie.

Un léger sourire se dessine sur les lèvres d'Ellie alors qu'elle observe le visage fatigué de Nate. Elle remarque les petites poches sous ses yeux bleus.

— Comment fais-tu pour être aussi fatigué alors que tu ne fais pas grand-chose chez Willy ? rigole Ellie.

— Eh bien, j'ai deux petits frères jumeaux à la maison, tu crois que c'est de tout repos ?

Ellie éclate de rire, mais son rire se fige lorsqu'elle réalise où Charlie se trouve à ce moment précis.

— Nate ! Tes frères, s'ils découvrent que Charlie est ici, si jamais…

Nate la coupe.

— Relax, Ellie, ils n'en sauront rien. Ils n'ont pas le droit d'entrer dans ma chambre et puis Charlie sera parti bien assez tôt demain matin avant que qui que ce soit remarque sa présence, soupire Nate en appuyant sa tête contre le lit.

Ellie se sent légèrement détendue, même si elle n'est pas rassurée par le fait que Charlie et les jumeaux passent la nuit sous le même toit.

— Nate, je peux te poser une question ? demande-t-elle, brisant le silence qui règne dans la pièce.

— Hum-hum, marmonne Nate, la tête contre le lit, les yeux fermés.

— Pourquoi as-tu décidé d'aider Charlie ce soir ?

— Je ne sais pas, je suppose que c'était la bonne chose à faire. Juste parce qu'il refuse notre aide ne signifie pas qu'il ne la mérite pas.

Le regard d'Ellie se pose sur Charlie qui dort paisiblement sur le lit à côté d'eux. Elle ne comprend pas pourquoi il a repoussé ses amis. Elle aurait aimé avoir ce genre de soutien après ce qui s'est passé à Boston.

— Est-ce qu'il t'a raconté ce qui s'est passé le jour de l'incendie ? demande soudainement Nate, son regard persistant.

— Non. Il ne m'a rien dit. Ma grand-mère m'a raconté l'histoire.

— Oui, mais tu ne sais pas ce qui s'est passé avant, n'est-ce pas ? interroge-t-il en haussant un sourcil.

Il ne montre aucune trace de plaisanterie, ce qui rend l'atmosphère encore plus pesante à supporter. Ellie ne fait que secouer négativement la tête et avale sa salive, anxieuse des prochains mots de Nate.

— Alors je vais te raconter, Ellie.

Surprise, elle se laisse reposer contre le mur derrière elle, sentant les douces respirations de Charlie à ses côtés.

— Tout s'est passé le 20 août. Ce jour-là, c'était la fête annuelle d'Edgartown. Toutes les familles ont pour tradition de faire un grand barbecue qui dure toute la journée. Les enfants jouent ensemble dans les rues ou vont se baigner pendant que les adultes discutent autour d'un verre de vin.

Nate garde ses yeux fixés sur Ellie tandis qu'il lui raconte l'histoire.

— Nous attendions tous avec impatience le 20 août, car c'est le jour où on faisait généralement plein d'activités. Charlie, Raven, Simon, Hazel, Milo et moi avons passé toute la journée à jouer avec les plus petits près des pontons.

Un léger sourire empreint de nostalgie se dessine sur les lèvres de Nate alors qu'il se remémore ce souvenir.

— Hazel ? demande Ellie, étrangère à ce nouveau prénom.

Nate laisse son regard glisser sur Charlie pendant un instant.

— C'est la petite amie de Milo. Elle faisait partie de notre groupe, répond-il simplement alors qu'Ellie hoche la tête, bien que de nombreuses questions lui traversent l'esprit. En fin de journée, on est tous rentrés chez nous pour nous préparer avant la fête de Milo. Son père est riche et possède un grand bateau qu'il avait exceptionnellement confié à Milo pour une soirée, en récompense d'avoir été admis à Columbia. Ce soir-là, j'ai accompagné Charlie chez lui.

Nate marque une pause tandis qu'Ellie écoute attentivement, de plus en plus curieuse.

— Lorsqu'on est arrivés chez lui, ses parents et son grand frère Samuel étaient présents. Je me souviens qu'Olivia, la mère de Charlie, a mentionné qu'Annie était à une soirée pyjama avec tous les gosses de la ville. Charlie et moi avions bien sûr décidé d'aller à cette fête. C'était l'un de nos meilleurs amis qui l'organisait, et c'était notre dernier été tous ensemble avant de partir à l'université.

Nate pose à nouveau ses yeux sur Ellie.

— Mais Olivia n'était pas d'accord pour que Charlie aille à cette fête. Il m'avait dit qu'ils s'étaient disputés la veille à ce sujet, devant tout le monde. C'est pour cette raison que je l'ai accompagné ce soir-là, dans l'espoir de convaincre sa mère. Mais Olivia n'arrêtait pas de dire que c'était une idée stupide, qu'une fête avec de l'alcool et des jeunes sur un bateau ne pouvait que mal se terminer. En plus, elle voulait que Charlie soit à la maison pour le barbecue.

La voix de Nate devient de plus en plus hésitante alors qu'il joue nerveusement avec ses mains sur ses genoux.

— Arthur, le père de Charlie, n'était pas totalement opposé à l'idée, mais il ne voulait pas aller à l'encontre de sa femme. Ils ont donc refusé qu'il y aille. Mais cette soirée était très importante pour Charlie, alors il a demandé l'aide de Samuel. Évidemment, Sam ne pouvait rien refuser à son petit frère, ajoute Nate en esquissant un sourire nostalgique, se remémorant son ami Samuel.

Bien que Samuel fût plus âgé que lui, Nate s'est toujours bien entendu avec lui, comme s'ils étaient frères. Ellie observe les yeux empreints de tristesse de Nate, ne pouvant même pas imaginer la douleur qu'il a dû ressentir ce jour-là lui aussi.

— Il a donc accepté de distraire ses parents suffisamment longtemps pour qu'on puisse aller à la fête. Je ne sais pas exactement ce qu'il a fait, mais ça nous a donné le temps de monter à bord du bateau. Il y avait tellement de monde. Le soleil se couchait et tous les jeunes d'Edgartown semblaient au courant de la fête de Milo. Le reste de notre groupe était également présent, et tout semblait parfait dans le meilleur des mondes, raconte Nate, avec un rire frois et dénué d'amusement.

Milo était heureux de nous voir tous. Il nous a fait monter à bord, puis tous les autres, y compris mes deux petits frères.

Ellie redresse la tête à ces mots.

— Zack et Andrew étaient présents ? s'exclame-t-elle, surprise.

— À cette époque, Charlie et les jumeaux n'avaient aucun ressentiment les uns envers les autres, clarifie Nate en remarquant le regard alarmé de la jeune femme. On a donc quitté le port et pris la mer. La musique était si forte qu'on pouvait à peine s'entendre parler. Après avoir navigué pendant environ quinze minutes, Milo a arrêté le bateau au large de la côte. Le soleil était sur le point de se coucher, alors il a baissé la musique pour que tout le monde puisse profiter de ce moment. Pendant un instant, le silence a régné. À ce moment-là, tout était parfait. On était sur un bateau avec les personnes avec lesquelles on avait grandi. Le monde semblait à portée de main.

Nate laisse son regard errer sur la silhouette endormie sur le lit.

— On n'avait aucune idée que ce seraient nos derniers moments de bonheur tous ensemble. Ensuite, tout s'est enchaîné, soupire Nate en penchant sa tête en arrière contre le lit. Une heure plus tard, vers vingt-et-une heures, beaucoup de gens étaient déjà ivres. Mais nous, on ne l'était pas encore. J'étais à l'arrière du bateau en train de discuter avec Simon pendant que Charlie était à l'avant avec Raven et Hazel. Je ne sais pas trop où était le reste du groupe…

Nate avale difficilement sa salive, ne sachant comment aborder la suite. Ellie, toujours aussi attentive, enregistre les informations et prend conscience de la forte complicité qui unissait le groupe.

— Ensuite, tout s'est passé très vite. J'ai vu Zack et Andrew s'approcher de Charlie par-derrière. À l'époque, tout se passait bien entre eux, donc je n'ai rien soupçonné. Mais à peine deux minutes plus tard, Zack et Andrew ont poussé Charlie par-dessus bord, relate Nate.

Les yeux d'Ellie s'écarquillent.

— Je me suis précipité vers l'avant du bateau, mais je n'ai pas eu le temps de dire grand-chose, car mes frères m'ont aussi poussé. Tout le monde a éclaté de rire, visiblement amusé par cette plaisanterie. Voyant que tout le monde semblait trouver ça drôle, je n'ai pas réfléchi davantage et j'ai ri moi aussi. Mais Charlie, lui, ne riait pas, poursuit-il.

Nate laisse échapper un rire, se remémorant le regard sombre de Charlie alors qu'il luttait pour rester à flot.

— Ce n'est que lorsque j'ai essayé de remonter à bord que j'ai arrêté de rire, raconte-t-il.

Ellie remarque combien Nate se tend en se remémorant cet événement. Sa mâchoire se serre et ses mains deviennent nerveuses sur ses genoux.

— Zack avait retiré l'échelle, rendant impossible le retour à bord d'un bateau de cette taille. Je leur ai dit d'arrêter de plaisanter, mais les jumeaux ne voulaient rien entendre. Tout le monde à bord nous regardait en riant et en nous filmant. Simon, Hazel et Raven, eux, ne riaient pas. Ils essayaient de raisonner mes frères et les autres. Je me souviens à quel point Charlie était en colère. Andrew s'est ensuite avancé vers l'avant du bateau et s'est penché pour me parler : « C'est pour avoir dit à maman qu'on a été renvoyés du lycée », c'est ce qu'il m'a dit avant que le bateau ne démarre et nous laisse en pleine mer, relate Nate.

Ellie ouvre de nouveau grand les yeux, incrédule.

— Ils vous ont abandonnés en pleine mer ! Mais pourquoi Milo a démarré le bateau s'il était votre ami ? demande Ellie.

— Milo ne conduisait pas le bateau, il était trop ivre dans la cabine. La seule autre personne titulaire du permis bateau, c'était Aiden, crache presque Nate en prononçant le nom du jeune homme, comme si ce simple mot lui brûlait la langue. Aiden était le capitaine de l'équipe de hockey et il nous a toujours détestés, Milo, Charlie et moi. Je n'ai jamais vraiment compris pourquoi. Le coach avait son propre fils, Milo, dans l'équipe, et pourtant c'était bien Aiden qui était le capitaine. Il n'avait aucune raison de nous détester, explique-t-il, les sourcils froncés d'agacement.

— Et où est Aiden maintenant ?

— Il joue dans une équipe professionnelle de la NHL à Chicago.

— Wow, il joue déjà en professionnel si jeune, commente-t-elle.

Nate soupire.

— À la fin de chaque saison de hockey, des recruteurs viennent assister à nos compétitions et sélectionnent des joueurs pour rejoindre de grandes équipes.

— Et vous n'avez pas été acceptés ? demande-t-elle hésitante.

Nate passe une main agitée sur son visage avant de hocher la tête.

— Si, on a été choisis tous les deux, mais on a refusé, répond-il en fixant les yeux d'Ellie.

— Quoi ? Mais pourquoi ?! s'exclame-t-elle un peu trop fort.

Charlie remue dans son sommeil, et se tourne vers le mur.

— Après ce qui est arrivé à sa famille, Charlie a perdu son intérêt pour le hockey.

— Et toi, pourquoi as-tu refusé ? demande Ellie, perplexe.

Nate laisse échapper un rire et plonge son regard dans les yeux bleus de la jeune fille. Ses iris sont captivants, emplis de peine.

— À ton avis, Ellie ?

C'est alors qu'elle comprend. Malgré ce qui s'est passé ce jour-là, Nate a fait le sacrifice d'une vie entière pour son meilleur ami.

— Tu as fait ça pour Charlie, marmonne-t-elle.

— Revenons à l'histoire, d'accord ?

Ellie hoche légèrement la tête et se laisse reposer contre le mur, prête à entendre la suite de l'histoire. Nate inspire profondément avant de poursuivre son récit.

— Une fois que le bateau est parti, on s'est retrouvés tous les deux dans l'eau, plongés dans l'obscurité presque totale. Seul le phare nous éclairait. L'eau semblait noire, comme une mer de goudron. Je me souviens que Charlie était furieux. Ses mouvements dans l'eau étaient brusques, et le silence qui régnait ne présageait rien de bon. Je me souviens aussi à quel point la côte semblait loin.

Il soupire en se remémorant la longue distance.

— Il y avait presque un kilomètre de nage avant d'atteindre la côte. Charlie est parti comme une fusée, probablement à cause de sa colère. On a pas échangé un mot jusqu'à ce qu'on arrive sur la petite plage de galets près du phare. Une fois sur la côte, il nous a fallu un bon quart d'heure pour reprendre notre souffle. J'étais content d'être sorti de là en vie, mais je pouvais sentir une tension entre Charlie et moi. Alors je lui ai demandé ce qui n'allait pas, et c'est à ce moment-là qu'il a explosé de colère. Il me reprochait d'avoir ri de la plaisanterie de mes frères. Il me disait que c'était toujours la même chose, que je leur trouvais toujours des excuses. Il est vrai qu'à cette époque, Zack et Andrew faisaient beaucoup de sales blagues, mais aucune d'entre elles n'avait encore touché Charlie, jusqu'à cette soirée-là. En y repensant, deux semaines avant, les jumeaux avaient recouvert les fenêtres d'Hazel avec de la peinture orange, et je pense que ça a agacé Charlie, explique Nate.

Ellie fronce les sourcils, ne comprenant pas très bien ce que Nate veut dire.

— Pourquoi…

— C'est une longue histoire dont je ne parlerai pas ce soir.

— Oh, d'accord, répond Ellie timidement, bien que son esprit soit en train de courir un marathon avec toutes les questions qui trottent dans sa tête.

Elle a le sentiment qu'Hazel avait une place bien plus importante que Nate ne laisse paraître.

— J'ai répondu à Charlie que ce n'étaient que des blagues et que ça n'avait rien de grave. J'ai quand même reconnu que mes frères étaient allés trop loin ce soir-là, mais Charlie ne voulait rien entendre. Il m'a reproché d'être faible et de toujours céder au chantage de mes frères, affirmant que je n'irais jamais loin dans la vie. Il était tellement en colère qu'il ne réfléchissait plus. Ses mots m'ont blessé, surtout venant de mon meilleur ami, alors j'ai également attaqué.

Nate baisse la tête, honteux de ses propres mots.

— Qu'est-ce que tu lui as dit ?

Il se pince le bout du nez nerveusement et pose son regard sur Ellie.

— Rien de joli.

Ellie comprend rapidement que Nate ne dira rien de plus.

— Il m'a ordonné de ne plus jamais lui adresser la parole. Il m'a dit que je n'existais plus pour lui et que je pouvais aller mourir, que ça ne lui ferait rien, confie-t-il.

Les yeux de Nate deviennent humides un instant.

— Sur ces mots, Charlie est parti dans une direction et moi dans une autre, mais malheureusement, un seul de nous deux a eu la chance de rentrer à la maison, dit Nate d'une voix nouée, sa respiration devenant de plus en plus irrégulière.

Ellie se redresse, s'asseyant bien droite, suspendue aux lèvres de Nate. Son cœur s'accélère légèrement et ses mains deviennent moites à la pensée de cet événement tragique.

— Charlie a été le premier à découvrir sa maison en flammes. Dans l'obscurité de la nuit, d'immenses flammes dévoraient tout sur leur passage. Très rapidement, tout le monde est sorti dans la rue, horrifié. La nouvelle s'est répandue rapidement dans la ville, alors sans hésiter une seconde, Raven, Simon et moi avons accouru sur les lieux. Toute la ville s'était réunie. Charlie se tenait là, devant sa maison, le regard dénué d'émotion, immobile. Il était en état de choc, mais pour quiconque ne le connaissant pas, il avait l'apparence parfaite du coupable, narre Nate, plongé dans ce souvenir douloureux.

— Les pompiers sont arrivés et ont agi rapidement. Ils ont tenté d'éloigner Charlie. C'est à ce moment-là qu'il a compris que ce n'était pas un cauchemar et que sa famille était bel et bien en train de périr dans les flammes.

Il prend une grande inspiration, essayant de calmer sa respiration agitée.

— Il s'est mis à crier, à pleurer, en essayant désespérément de se libérer de l'emprise des pompiers pour se précipiter vers sa famille. Je me souviens à quel point il les implorait et les suppliait de le laisser les rejoindre. Charlie était hors de lui ce soir-là, et le père de Simon, le shérif Beckett, a dû intervenir pour aider les pompiers à le faire monter dans l'ambulance. J'aurais voulu être aux côtés de Charlie, mais la zone était bouclée et il m'était impossible de le rejoindre avec autant de policiers et de pompiers autour, se remémore Nate avec difficulté.

Ellie est sous le choc. Elle peut presque ressentir la douleur de Nate à travers ses mots, ce qui brise son cœur. Une famille a péri ce soir-là, laissant Charlie et Annie seuls dans un monde cruel. Elle se tourne vers la silhouette endormie de Charlie et pose une main sur son avant-bras qui repose le long de son corps. Ses yeux s'humidifient alors que Nate continue de relater les événements avec peine.

— Les pompiers ont mis plusieurs heures à éteindre l'incendie. Une fois les flammes maîtrisées, ils sont entrés dans ce qui restait de la maison. Ils en sont sortis avec trois grands sacs noirs, et c'est à ce moment-là que j'ai réellement pris conscience de la gravité de la situation.

Il ferme les yeux et laisse sa tête reposer contre son lit, près des jambes de Charlie.

— Olivia, Arthur et Samuel ont péri dans les flammes.

La tête entre les mains, il laisse échapper des larmes.

Témoin de la détresse de Nate, Ellie s'approche de lui et pose une main réconfortante sur son épaule.

— Tu n'es pas obligé de continuer si c'est trop difficile, Nate, le rassure-t-elle d'une voix douce.

Ellie a obtenu bien plus d'informations qu'elle n'en attendait, et voir Nate dans cet état lui brise le cœur. Il est évident qu'il était très proche des parents de Charlie, et évoquer cette nuit-là doit lui rappeler d'horribles images. Cependant, il se redresse et retrouve peu à peu son calme.

— Non, je vais terminer de te raconter. Autant que tu saches comment ça se termine. Le lendemain, je suis allé lui rendre visite à l'hôpital, mais il ne faisait que me rappeler les mots qu'il m'avait lancés la veille, avec encore plus d'agressivité. Il ne m'a pas laissé l'opportunité de m'excuser pour mes propos et il a même menacé d'appeler la sécurité pour me faire sortir de l'hôpital. Je voulais vraiment être là pour lui et Annie, mais il s'est renfermé sur lui-même, refusant de laisser entrer qui que ce soit d'autre que sa sœur. Le reste du groupe a également essayé de lui rendre visite, mais il ne voulait voir personne. Par la suite, Annie a été confiée à Victor, leur oncle. Charlie est majeur, donc il n'a pas besoin d'un tuteur légal, mais il veut rester avec Annie, donc Victor les héberge tous les deux. Les jours qui ont suivi, Charlie nous a tous écartés de sa vie un par un, même si certains d'entre nous le méritaient, dit Nate en soufflant un rire sec, secouant la tête.

Bien que curieuse de savoir à qui Nate fait référence, Ellie retient ses questions et le laisse continuer.

— C'est pourquoi plus rien n'est pareil maintenant. Tu comprends, Ellie ?

Nate tourne la tête vers Ellie. Ses yeux sont tristes et ternes, comme un bouquet de fleurs fanées, sans éclat.

Touchée par la peine de Nate, Ellie sent ses yeux s'humidifier. Elle ne peut même pas imaginer le tumulte que cet accident a causé dans la vie de Charlie et de ses amis. Cet incendie a non seulement brisé une famille, mais aussi une amitié de groupe qui était censée durer. Cela rend la situation encore plus douloureuse pour Charlie, qui a en quelque sorte perdu deux familles.

— Je suis désolée, murmure-t-elle, sa voix se fondant dans le silence.

— Ce n'est pas ta faute, Ellie. C'est une tragédie.

Un silence agréable s'installe ensuite, laissant les deux jeunes gens plongés dans leurs pensées respectives. Évoquer cette journée renvoie à Nate de sombres souvenirs.

— Tu peux dormir dans le lit, je dormirai par terre sur le tapis.

— Tu peux dormir dans ton lit, ça ne me dérange pas de dormir par terre, essaie de le convaincre Ellie, mal à l'aise à l'idée de partager le même lit que Charlie.

Nate fronce les sourcils.

— Je ne vais pas te faire dormir par terre, Ellie. Tu peux prendre le lit, précise-t-il en désignant le lit où Charlie est endormi. De toute manière, Charlie dort, ajoute-t-il en voyant l'expression incertaine d'Ellie portée sur la silhouette endormie du grand brun.

Elle avale sa salive et hoche la tête, s'accommodant à cette idée, sachant qu'il n'y a pas tant de choix que ça. De toute façon, Charlie dort profondément et Ellie prévoit de partir bien avant qu'il ne se réveille.

— Je reviens, je vais chercher une couverture et un coussin, annonce-t-il avant de quitter la chambre.

Charlie grogne dans son sommeil, attirant l'attention d'Ellie. Elle se demande quelle sera sa réaction lorsqu'il découvrira que Nate l'a aidé. Peut-être qu'il appréciera le geste et décidera de lui donner une seconde chance. Peut-être que cette nouvelle année pourrait également être l'occasion de renouer les liens d'une vieille amitié.

— Je t'ai trouvé une deuxième couverture, puisque Charlie a déjà la mienne, explique Nate en revenant dans la pièce.

Ellie lui adresse un sourire poli en prenant la couverture bleue dans ses mains.

— Merci, c'est gentil.

Nate répond par un sourire avant de disposer une grande couverture et un coussin au sol pour s'y installer.

— Il est plus d'une heure du matin, tu devrais aller dormir, remarque Nate.

Ellie se dirige silencieusement vers le lit et pose un genou dessus, essayant de faire le moins de bruit possible pour ne pas réveiller Charlie.

— Tu peux t'installer comme tu veux, il est complètement ivre, il ne se réveillera pas facilement.

Ellie se glisse sous sa propre couverture, près de Charlie qui lui tourne le dos. Le mur à sa droite lui donne la sensation d'être coincée. Une fois Ellie installée, Nate se penche et éteint la lampe de chevet, laissant la lueur de la lune prendre le relais. Celle-ci éclaire les silhouettes du trio, créant des ombres chinoises sur le mur blanc.

— Bonne nuit.

— Bonne nuit, Ellie, répond-il distraitement, déjà en train de sombrer dans les bras de Morphée.

Le silence reprend sa place dans la chambre de Nate, laissant l'obscurité envahir les lieux. Les doux ronflements de Nate se font déjà entendre, tandis qu'Ellie reste parfaitement éveillée. Il est difficile pour elle de trouver le sommeil en présence de Charlie à ses côtés. À peine cette pensée traverse son esprit que le jeune homme se tourne dans son sommeil, se retrouvant face à elle. Ellie ouvre grand les yeux face à cette proximité soudaine et n'ose plus bouger de peur de le réveiller. Après quelques secondes à retenir son souffle, elle se détend finalement, se rendant compte qu'il ne se réveillera pas, comme l'a expliqué Nate.

Elle prend une nouvelle fois le temps de contempler Charlie. Chaque occasion de l'observer d'aussi près est une opportunité pour résoudre l'énigme qu'il représente. Ses pensées se tournent vers sa discussion avec Nate et les épreuves auxquelles il a dû faire face. Elle pensait avoir traversé l'enfer à Boston, mais cela n'est rien comparé à ce que Charlie a vécu. Elle a encore sa famille, même si leur relation est loin d'être parfaite.

Toutes ces pensées s'évanouissent lorsque Charlie commence à s'agiter à nouveau dans son sommeil. Ses paupières tremblent et ses sourcils se froncent. Il serre les draps entre ses poings, tandis que ses jambes se prennent dans les couvertures. Sans vraiment réfléchir, Ellie pose sa main sur le bras de Charlie, le laissant se calmer progressivement. Son visage se détend alors qu'elle l'observe, se demandant de quoi il peut bien rêver.

Après plusieurs minutes, il finit enfin par se calmer. Ellie soupire de soulagement et ses paupières se ferment lentement, sa main toujours posée sur le bras de Charlie.

* * *

— Calme-toi Charlie, ma famille va t'entendre, dit Nate d'une voix calme.

— Oui, parce que ce serait désastreux d'avoir Charlie Wolf, l'abomination, dans ta putain de maison.

— C'est pas ce que j'ai voulu dire. C'est bien moi qui t'ai amené ici pour t'aider, non ?

Charlie laisse échapper un rire.

— Quelle connerie, dit-il en détournant le regard.

Ellie, allongée sur le lit, entrebâille légèrement les yeux, laissant les deux silhouettes se dessiner. Charlie et Nate sont au milieu de la pièce, baignés par la lumière matinale. Les deux hommes semblent en plein conflit, et Ellie ne souhaite pas les déranger, elle fait semblant de continuer à dormir.

— C'est si compliqué pour toi de penser que je veux t'aider ? demande Nate en fronçant les sourcils, défiant Charlie.

— Après ce que tu as pu me dire auparavant, oui, c'est compliqué, réplique-t-il d'un ton acerbe.

Ses yeux sont sombres et ses mots coupants.

— Tu sais que je ne pensais pas ce que je t'ai dit, Charlie.

Ce dernier éclate à nouveau de rire, puis se pince le bout du nez.

— On sait tous les deux que tu pensais chaque mot que tu as dit, crache-t-il en haussant les sourcils.

— C'est faux, murmure Nate, laissant un silence désagréable s'installer.

Ellie reste immobile sur le lit, fermant les yeux mais tendant l'oreille. Elle aimerait tant que Nate et Charlie retrouvent leur amitié d'antan, mais il est évident que les paroles de Nate ont profondément blessé Charlie.

Ce dernier pose ses mains sur ses hanches et baisse la tête, cherchant à se calmer. Après quelques minutes de silence, il relève la tête et passe une main sur son visage. Il se tourne vers la silhouette allongée sur le lit.

— Et Ellie, pourquoi est-elle là ?

Nate jette un rapide coup d'œil dans la direction de la jeune femme.

— Elle m'a dit t'avoir vu quitter le restaurant avec une bouteille. C'est grâce à elle que mes frères ne t'ont pas frappé alors que tu étais inconscient.

Charlie soupire.

— Je n'ai pas besoin de votre aide, répond-il froidement.

— Si Charlie, t'as besoin d'aide.

Ce dernier serre la mâchoire et maintient son regard fixé sur Nate. Être dans cette maison est difficile pour lui. Il ne supporte pas de voir tous ces souvenirs accrochés aux murs. Des portraits de famille où il apparaît parfois, des trophées de hockey remportés avec son équipe, ainsi que des photos de son ancien groupe d'amis. Tout cela l'étouffe, comme si les murs se refermaient sur lui.

Ellie ouvre finalement les yeux, attirant l'attention des deux hommes. La tension persiste, mais le duo ne montre aucune trace de leur conversation, bien qu'Ellie ait tout entendu.

— Je n'ai pas besoin de votre aide. Foutez-moi la paix, déclare-t-il d'une voix serrée avant de partir en claquant la porte, laissant derrière lui une atmosphère glaciale et un silence de mort.

— Je savais que ça finirait comme ça, marmonne Nate en passant ses deux mains sur son visage pâle. Je le savais.

Chapitre 21
Au rythme de l'orage

« Certains ressentent la pluie,
d'autres se contentent de se mouiller. »
Bob Marley.

Pour Charlie, les jours de pluie ne sont pas synonymes de tristesse. Selon lui, lorsque la pluie tombe, le monde trouve une certaine quiétude et adoucit ses contours. Les rues et les trottoirs se transforment en miroirs liquides, reflétant les couleurs et les lumières. Lorsqu'il pleut, tout devient étonnamment beau… même si ce n'est que pour quelques instants éphémères.

— Charlie, résonne une voix discrète. Charlie ! s'exclame-t-elle de nouveau, cette fois-ci plus fort.

Son regard se détache de la fenêtre humide et se tourne vers Joey, qui se tient à ses côtés derrière le comptoir de la boutique. Le vieil homme porte son tablier de travail et tient un vieux chiffon entre ses mains, tachées de noir.

— Est-ce que tu peux t'occuper des clients, mon garçon ? demande-t-il en arquant un sourcil en direction des deux jeunes filles devant le comptoir.

Charlie baisse les yeux vers elles et réalise qu'il s'agit de l'une de ses anciennes camarades de classe, avec qui ses anciens amis et lui ont fréquenté le collège. Il n'a jamais vraiment apprécié cette fille, la trouvant bien trop arrogante à son goût.

— Ça fait dix minutes qu'on attend, Charlie, mais apparemment, tu étais bien trop occupé à contempler la pluie tomber, déclare la grande blonde d'un ton méprisant.

Cependant, sa petite sœur ne semble pas pouvoir détacher son regard de Charlie.

— Ça t'apprendra la patience, Violette, soupire-t-il en prenant les courses des deux sœurs.

La grande blonde fronce les sourcils, ne pouvant croire à l'arrogance de Charlie. Ce dernier scanne les articles de manière passive. Il ne se sent pas d'humeur à affronter quelqu'un aujourd'hui. Il aimerait simplement profiter de cette journée pluvieuse en toute tranquillité.

— Fais attention à ce que tu dis.

Charlie souffle un rire.

— Ou bien quoi ? Tu penses que parce que ton père est dans l'armée, toi et ta sœur avez tous les droits ?

Violette est sur le point de répondre, mais il la devance.

— Ça fait 12,95 $, soupire-t-il en s'appuyant sur le comptoir.

— Oh, tiens !

La petite sœur de Violette, âgée de quinze ans, tend un billet de vingt, un immense sourire illuminant son visage.

Conscient que l'adolescente a un petit faible pour lui, Charlie affiche son sourire le plus charmeur et récupère le billet.

— Merci, Bella, dit-il en lui faisant un clin d'œil.

— De rien, Charlie ! répond-elle avec un enthousiasme un peu trop prononcé.

Il esquisse un sourire puis dirige son regard méprisant vers Violette. Cette dernière saisit brusquement le sac de courses et tourne les talons.

— Allez, Bella, on s'en va.

Charlie, toujours appuyé contre le comptoir, observe les deux sœurs s'éloigner sous la pluie, amusé par l'agacement de Violette. Une fois que les deux têtes blondes sont hors de vue, il s'assoit confortablement sur la chaise derrière le comptoir. Cependant, à peine installé, la clochette de la boutique retentit à nouveau.

Charlie soupire.

— Violette, j'ai pas le temps pour tes…

Il s'interrompt lorsqu'il comprend que ce n'est pas elle.

— Charlie Wolf, résonne une voix grave dans le magasin.

Il serre la mâchoire à la vue de la personne devant lui. Louis Marshall, le père d'Aiden, se tient là.

— Monsieur Marshall, déclare Charlie d'une voix un peu plus tendue qu'il y a quelques minutes.

Louis, un homme grand aux cheveux bruns et à la peau marquée par le soleil, déambule calmement dans les étroits rayons du magasin, tandis que Charlie le surveille attentivement.

— Ça fait un moment qu'on ne s'est pas vus… Tu travailles ici maintenant ? Dire que tu aurais pu devenir un champion de hockey, déplore-t-il en saisissant une bouteille de vin.

D'un geste brusque, il dépose la bouteille sur le comptoir. Charlie reste sur ses gardes face à cet homme qui n'a jamais apprécié la famille Wolf, tout comme Aiden n'a jamais supporté Charlie. Tel père, tel fils.

— Ce n'était pas fait pour moi.

Monsieur Marshall laisse échapper un rire.

— Tout le monde sait que si tu l'avais voulu, tu serais aux côtés de mon fils, en train de remporter des matchs pour la NHL.

Charlie serre les mâchoires, conscient que Louis est parfaitement au courant de la tension entre Aiden et lui. Il sait également que l'incident de l'été dernier est la raison pour laquelle il a abandonné le hockey.

— Je ne pense pas, marmonne-t-il en récupérant la monnaie que Louis a déposée sur le comptoir.

— Tu as raison, tu n'es probablement pas à la hauteur, rétorque monsieur Marshall en saisissant fermement la bouteille.

Charlie serre les poings le long de son corps, s'efforçant de rester calme malgré les tentatives de Louis pour le provoquer. Il sait que céder à la colère ne ferait qu'aggraver la situation.

— Bonne journée, Charlie. On risque de se croiser, je suis de retour pour quelques jours, salue l'homme en ouvrant la porte du magasin, laissant la clochette tinter à son départ.

Charlie soupire lorsque la silhouette de Louis s'évapore derrière le rideau de pluie qui s'abat sur la petite ville. Se retrouvant seul dans la boutique, il s'affaisse sur sa chaise, ferme les yeux et se laisse bercer par le bruit de la pluie qui tombe.

* * *

— Ça m'angoisse vraiment, murmure Ellie alors que le premier coup de tonnerre résonne dans les murs du Willy & Co.

En ce lendemain de fête, le restaurant est complètement désert et la pluie battante à l'extérieur n'arrange rien. Aucun client en vue, laissant le Willy & Co vide et paisible.

— Détends-toi, Ellie, c'est juste un orage, intervient Simon en prenant place à côté d'elle sur une banquette du restaurant.

Pendant ce temps, Nate est absorbé par son téléphone, peu concerné par la météo. Raven soupire et se lève.

— Je vais devoir mettre un seau sous cette fuite, sinon le restaurant se transformera en piscine municipale d'ici demain.

— Il faudrait plutôt une baignoire qu'un seau, commente Nate en grimaçant.

D'un pas lent, Raven se dirige vers la fuite en question. Simon la rejoint et commence à l'aider à essuyer l'eau. Ellie ne peut s'empêcher de repenser aux événements d'hier et de ce matin avec Charlie. Bien qu'elle se soit doutée que Charlie réagirait mal à l'aide apportée par son ancien meilleur ami, elle aurait espéré un peu plus de courtoisie de sa part.

— Est-ce que t'as vu Charlie aujourd'hui ? demande-t-elle timidement à Nate.

Nate, les yeux toujours rivés sur son téléphone, secoue la tête.

— Non, il n'est pas là. Il travaille pour Joey aujourd'hui. Je l'ai vu dans la boutique en arrivant, explique-t-il calmement.

Au même moment, le tonnerre gronde à nouveau, faisant sursauter Ellie. Nate esquisse un léger sourire face à sa réaction, mais ne fait aucun commentaire.

— T'as parlé d'hier à Raven ? poursuit-elle.

— Non, je ne veux pas prendre de risque. Elle pourrait en parler à Simon.

Ellie hoche la tête, comprenant la situation. Si Simon apprend que Nate a aidé Charlie, cela pourrait mettre leur amitié en péril.

Un léger silence s'installe entre eux, laissant les clapotis de la pluie créer une mélodie apaisante. Ellie promène son regard sur la baie vitrée à sa gauche.

Tout semble gris. Le ciel est gris, les maisons ont perdu leurs couleurs et les arbres sont dénudés. La mer est agitée, les vagues s'écrasent sur la côte, semblables à un miroir se fracturant en mille éclats. Maintenant qu'elle connaît toute l'histoire de cet incendie tragique, Ellie est déterminée à prouver l'innocence de Charlie.

Pour pouvoir prouver cela, elle aurait besoin des détails techniques de ce qui s'est passé sur les lieux ce soir-là.

— Nate… commence Ellie d'une voix hésitante, consciente de l'absurdité de son idée. Le père de Simon est le shérif, n'est-ce pas ?

Nate acquiesce d'un signe de tête, les sourcils froncés.

— Ça veut dire qu'il a accès à tous les dossiers, y compris celui de la famille Wolf.

Nate reste silencieux pendant un instant, puis éclate de rire.

— Tu veux t'introduire dans le bureau du shérif ?

Ellie grimace légèrement face à la folie de son idée, mais elle ne la rejette pas pour autant.

— Oui…

Nate fronce davantage les sourcils, trouvant cette suggestion très risquée.

— Peut-être ? termine Ellie, peu convaincue de ce qu'elle avance.

— Pourquoi ?

Ellie hésite, elle aimerait vraiment que Nate l'aide à prouver l'innocence de Charlie, mais elle sait que les relations entre les deux hommes compliquent la tâche.

— J'aimerais prouver à tout le monde que Charlie est innocent, avoue-t-elle.

— Qu'est-ce qui te fait croire qu'il est innocent ?

Ellie laisse échapper un rire incrédule, n'en croyant pas ses oreilles.

— L'histoire que tu m'as racontée hier. Ne va pas me faire croire que tu le crois coupable, dit-elle en fronçant les sourcils. Tu le crois coupable ?

Nate pose un regard sérieux sur Ellie. Ses yeux bleus sont fermement fixés sur elle.

— Non. Charlie est innocent, souffle-t-il.

Ellie se détend contre le dossier, heureuse d'entendre enfin ces mots sortir de la bouche de Nate.

— Est-ce que tu vas m'aider à le prouver ? demande-t-elle avec détermination.

Nate reste silencieux tandis que sa jambe bouge de manière répétitive sous la table. Après un moment de réflexion, il soupire et hoche la tête en se redressant sur son siège.

— Je vais t'aider, accepte-t-il dans un soupir, avant de se presser d'ajouter : mais on ne va certainement pas s'infiltrer dans le bureau de monsieur Beckett.

Ellie est légèrement déçue par cette dernière phrase, mais elle se contente d'acquiescer de la tête.

— Merci, murmure-t-elle timidement.

Nate lui adresse un simple signe de tête en retour, se lève et s'éloigne vers l'arrière-boutique du restaurant, une sucette dans la bouche, laissant Ellie seule avec ses pensées.

* * *

— Je dois dire que je suis surpris que tu sois venu me trouver, déclare Horatio, assis sur la banquette intérieure de son vieux bateau tandis que la pluie bat la tôle, créant un bruit de fond.

Charlie soupire et prend une gorgée de son café.

— Je suffoque, j'ai besoin d'une échappatoire, dit-il simplement.

L'auteur hausse un sourcil.

— À qui essaies-tu d'échapper au juste ?

— Au monde. J'essaie d'échapper au monde, répond-il d'une voix sombre.

Horatio soupire et tire une bouffée de sa cigarette.

— Crois-moi, on ne peut pas échapper au monde. Et pour être honnête, je pense même que nous ne devrions pas essayer, dit-il d'une voix teintée d'un étrange regret. Les amis, la famille, ce sont eux qui comptent le plus. Ce sont eux qui nous aident à mieux supporter le monde dans lequel nous vivons.

— Vous avez une famille et des amis, vous ? demande Charlie, surpris qu'Horatio aborde ce sujet.

L'auteur souffle un rire.

— Des amis, j'en ai eu, je ne peux pas dire que ce soit encore le cas. Les gens comme moi ne sont pas bons pour entretenir des relations. Pour ce qui en est de la famille, ce n'est pas tout rose non plus. Ma femme est décédée et mon fils m'adresse à peine la parole.

— Je peux en dire autant de la mienne, c'est loin d'être rose… rétorque Charlie.

Horatio l'observe un instant tandis qu'il se perd dans les souvenirs de sa famille. Charlie est calme, son esprit divaguant vers de meilleurs temps.

— Parle-moi d'eux, demande soudainement l'auteur.

— Pourquoi voulez-vous que je vous parle de ma famille ?

Horatio hausse les épaules.

— Je suis un auteur socialiste en quête d'inspiration, tu es le sujet parfait. Puis pour être honnête, ton cas me fait me sentir mieux quant au mien.

Charlie laisse échapper un rire incrédule au culot de l'auteur.

— Je suis donc votre expérience sociale ?

— Je dirais plus la muse de mon prochain roman, rétorque Horatio avant de tirer sur sa cigarette.

Charlie esquisse un sourire amusé et laisse son regard se perdre devant lui.

— J'avais un frère, Samuel. Il était plus âgé que moi, mais on a toujours été très proches. Il ne s'est jamais vraiment énervé contre moi, pourtant j'étais un vrai petit con parfois et je méritais une correction.

— Je veux bien le croire, commente Horatio.

— Le jour où il est parti étudier à l'université, me laissant seul avec mes parents, a été très dur. J'ai vécu ça comme un abandon et je regrette de ne pas l'avoir supporté davantage. Il rêvait tellement de devenir avocat, il avait des rêves plein la tête.

— Qu'en est-il de tes parents, comment étaient-ils ?

Charlie prend un instant avant de répondre, contemplant le fond de sa tasse de café.

— Ils étaient tout ce qu'un enfant pouvait espérer de ses parents, dit-il d'une voix faible. Je ne suis pas leur fils biologique, pourtant ils m'ont toujours soutenu dans tout ce que j'entreprenais, je n'ai jamais manqué de rien. Je leur ai donné tellement de fil à retordre, je n'ai pas été un fils à la hauteur…

— Est-ce qu'ils t'ont dit ça ?

— Non, mais…

— Alors ne parle pas à la place des morts. Ce qu'ils ont pu dire, ce qu'ils ont fait dans leur vie est tout ce qu'il reste de leur existence, ne va pas ternir leur parole. Tu devrais retenir toutes les bonnes choses qu'ils t'ont dites, c'est comme ça que tu les rendras immortels. Les mots naissent de la bouche des gens et meurent dans leurs oreilles. Mais certains mots ne meurent pas. Ils pénètrent dans les cœurs et survivent.

Charlie reste muet, les paroles d'Horatio planant dans l'atmosphère humide. En y réfléchissant, il prend conscience qu'il n'a jamais été le fils exemplaire que Samuel a été. Charlie a toujours été un enfant turbulent et hyperactif. Bien que ses parents ne se soient jamais plaints de son comportement, il ne peut s'empêcher de regretter cette soirée fatidique où il s'est disputé avec sa mère. Le dernier regard qu'il lui a lancé était empreint de rancœur, et tout cela à cause d'une simple fête…

Le grondement du tonnerre le ramène brusquement à la réalité, interrompant ses souvenirs empreints de mélancolie. Charlie soupire et se redresse, déposant sa tasse vide sur la table devant lui.

— Je dois y aller.

Horatio incline la tête en signe d'assentiment, sa cigarette presque consumée entre ses doigts.

— Tu sais où me trouver.

Charlie adresse un dernier regard à l'auteur, laissant planer un léger sentiment d'incertitude, puis il enfile sa capuche et quitte les lieux. Le bruit de ses pas se perd progressivement dans le silence, tandis que la pluie continue de marteler les rues de la ville.

* * *

— Nonna, je suis rentrée ! s'exclame Ellie en franchissant la porte d'entrée, déposant son manteau.

Aucune réponse ne lui parvient. Elle se débarrasse ensuite de ses chaussures détrempées.

— Nonna ? appelle-t-elle à nouveau.

Des pas rapides se font entendre depuis la salle à manger et bientôt, une tête blonde familière apparaît.

— Ellie !

— Annie, qu'est-ce que tu fais ici ? demande Ellie, amusée par les cheveux en désordre de la petite.

— Son frère m'a demandé de la garder pour la journée, déclare Marguerite en apparaissant avec un sourire aux lèvres.

— Heureuse de t'avoir parmi nous ce soir, Annie, répond Ellie.

— Viens voir, j'ai quelque chose à te montrer !

Ellie lance un regard amusé à Marguerite, qui hausse simplement les épaules en retour. Elles se dirigent vers le salon, où un feu crépite dans la cheminée. Sur la table basse reposent de nombreuses peintures acryliques. Des bols remplis d'eau et de nombreux tubes de peinture sont éparpillés sur la table.

— Rita et moi on a fait de la peinture, regarde, dit Annie en pointant un dessin en particulier.

Sur la feuille blanche, Ellie voit une vaste étendue bleue. Plusieurs nuances de bleu se mélangent pour créer un semblant de mouvement. En bas du dessin, on peut voir quatre personnages de tailles différentes. Le premier est une femme âgée, qu'Ellie reconnaît immédiatement comme Marguerite. La dame âgée porte les mêmes vêtements qu'aujourd'hui, avec un tablier rouge noué autour de sa taille. À côté de Marguerite se trouve un autre personnage qu'Ellie suppose être Charlie. Le garçon est le plus grand de tous sur le dessin. Annie a pris soin de dessiner ses cheveux bruns avec précision, ainsi que les deux grains de beauté dans son cou qu'Ellie avait également remarqués auparavant. La fillette a tenté de représenter un sweat à capuche plus ou moins réussi, mais ce qui est le plus étonnant, c'est le sourire qui illumine son visage sur la toile.

Ellie poursuit son observation, et découvre qu'Annie s'est également dessinée en train de tenir la main de Charlie. Elle semble être consciente de sa propre représentation, car tous les détails qui la caractérisent sont présents. De grands yeux bleus sont peints sur le papier, ainsi qu'une épaisse masse de cheveux blonds légèrement en désordre. Laissant son regard glisser vers le dernier personnage, Ellie est surprise par ce qu'elle découvre. Une jeune femme brune aux grands yeux bleus se tient près d'Annie, lui tenant la main droite.

— Tu as vu, c'est toi, déclare fièrement Annie.

Émue et surprise par ce geste, Ellie jette un regard vers Marguerite qui se tient à côté. La vieille dame lui adresse un sourire chaleureux, sachant parfaitement la place qu'Ellie occupe dans le cœur d'Annie.

La jeune femme se baisse pour être à la hauteur d'Annie et pose ses mains sur ses épaules, captivant son attention.

— C'est magnifique, Annie.

— Je l'ai fait pour toi, explique-t-elle.

— Merci beaucoup.

Ellie serre la fillette contre elle.

Cependant, le moment est de courte durée car la sonnette retentit, faisant sursauter Annie et Ellie. Sans attendre, Marguerite se dirige vers la porte d'entrée.

Quelques instants plus tard, Marguerite revient au salon, accompagnée de Charlie. Ellie se redresse, désormais consciente de sa présence. Charlie lui jette un bref regard avant de poser ses yeux sur Annie.

Ses cheveux sont mouillés et son sweat gris est également trempé.

— Annie, on y va, déclare-t-il d'un ton pressé.

La fillette ne dit rien et se dirige vers son grand frère, le visage légèrement triste.

— Charlie, regarde dehors, le temps est vraiment mauvais. Réchauffe-toi un peu, dit Marguerite en fronçant les sourcils devant l'état du garçon. Elle attrape son bras et le guide jusqu'au canapé en face de la cheminée.

Charlie, épuisé, ne proteste pas. Annie se joint à eux tandis qu'Ellie s'installe dans le grand fauteuil à côté du feu.

— Ne bouge pas, ordonne Marguerite avant de se rendre à la cuisine.

Quelques minutes plus tard, la vieille dame revient avec un plateau de thé et de biscuits qu'elle dépose sur la table en écartant les dessins d'Annie. C'est alors que Charlie remarque le fameux dessin acrylique d'Annie. Il fixe le dessin un instant, posant son regard sur la petite tête brune qu'il reconnaît bien. Ellie croit déceler une lueur de surprise dans ses yeux, mais cela ne dure pas.

Il tourne ensuite son attention vers elle. Il ne s'attendait pas à la voir sur ce dessin.

— Charlie, tu as perdu du poids, ce n'est pas sain, remarque Marguerite.

— Juste quelques kilos, rien de grave, marmonne-t-il.

— Tu as l'air si fatigué… continue Marguerite.

Ellie ne peut s'empêcher d'être d'accord avec sa grand-mère. Charlie a l'air terriblement épuisé, et sa gueule de bois ne doit pas arranger les choses. Son visage est pâle et ses joues commencent à se creuser.

— Ça va, je t'assure, dit-il en se levant.

Mais rien ne se passe comme prévu, car la tête de Charlie se met à tourner, le forçant à se rasseoir immédiatement.

— On y va, déclare-t-il en fermant les yeux un instant.

Annie est désormais endormie sur le canapé, sa tête reposant sur un coussin.

Alarmée par l'état de Charlie, Marguerite se lève immédiatement.

— Tu ne vas nulle part dans cet état ! le défend-elle en haussant le ton.

— Rita, je dois rentrer à la maison, marmonne-t-il, épuisé. Victor va s'impatienter, ajoute-t-il.

Ellie observe la scène avec tristesse, voyant Charlie dans un tel état. C'est comme si une énorme vague l'avait submergé, détruisant tout sur son passage.

— Très bien, mais il est hors de question que tu rentres seul dans cet état. Ellie va t'accompagner, déclare-t-elle, attirant immédiatement l'attention d'Ellie.

La jeune femme ouvre grand les yeux à ces mots.

— Non, ça ira, dit-il.

Marguerite pose les mains sur ses hanches, un regard déterminé.

— Ce n'est pas négociable, Charlie. Ellie t'accompagne, point final.

— Ça ne me dérange pas, répond la jeune femme avec un léger sourire, bien que son cœur batte un peu plus vite.

Charlie soupire une fois de plus, puis se lève du canapé d'un geste brusque. Il prend le petit corps endormi d'Annie dans ses bras. Sa tête repose sur son épaule tandis que sa bouche est entrouverte.

— Allons-y, déclare-t-il.

Ellie se lève également et se dirige vers sa grand-mère qui lui tend son manteau. Cette dernière l'aide à l'enfiler avant de lui déposer un baiser sur la joue.

— Soyez prudents.

Ellie offre un dernier sourire à Marguerite avant d'ouvrir la porte d'entrée. Au même instant, un éclair illumine le ciel, la faisant frissonner. Malgré l'obscurité, elle distingue les gros nuages gris qui dominent.

Ellie suit Charlie de près, il marche désormais en tête sous la pluie. Il avance rapidement, faisant de grandes enjambées, rendant difficile la tâche de le rattraper.

Peu de temps après, la maison des Wolf apparaît au milieu des flots. Charlie ouvre la porte d'une main, tout en tenant Annie de l'autre. Ellie reconnaît immédiatement la demeure, bien qu'elle ne s'y soit rendue qu'une seule fois.

Il allume la lumière et, sans rien dire, monte les escaliers avec Annie dans les bras. Ne sachant que faire, la jeune femme reste figée dans l'entrée. La maison est étonnamment calme et vide par rapport à celle de Marguerite. Les meubles sont anciens et la peinture sur les murs est craquelée.

Peu de temps après, Charlie réapparaît dans l'entrée. Toujours silencieux, il s'assoit sur la marche et enlève ses chaussures détrempées. Ellie l'observe, se sentant quelque peu mal à l'aise.

— Tu peux rentrer maintenant. Je suis à la maison, marmonne-t-il sans même jeter un regard vers Ellie.

Elle hoche la tête en silence, se préparant à partir. Cependant, un énorme coup de tonnerre retentit, provoquant une coupure de courant soudaine. Terrifiée, Ellie se presse contre la porte d'entrée, essayant de calmer son pouls.

Charlie laisse échapper un long soupir avant de se lever et de regarder par la fenêtre.

— Ça a fait sauter le courant dans toute la ville, remarque-t-il.

Ellie n'aime pas les orages. Personne n'était là pour lui dire qu'elle ne risquait rien quand elle était petite. Personne n'était là pour lui tenir la main. Ses parents étaient bien trop absorbés par leur carrière d'avocats. Cette peur ne s'est jamais vraiment dissipée.

— Je devrais vraiment rentrer, dit-elle d'une voix tremblante.

Ses mains sont fermement appuyées contre la porte derrière elle.

— Tu peux toujours essayer, mais je doute que tu puisses voir quelque chose dans cette obscurité.

La jeune femme pousse légèrement le rideau et jette un coup d'œil par la fenêtre. Rien n'est perceptible, sauf lorsque le tonnerre frappe à nouveau, illuminant brièvement les environs.

— Ma grand-mère doit être dans le noir, remarque Ellie.

— Marguerite doit déjà dormir, Ellie. Ne te fais pas de souci pour elle.

Elle hoche la tête, essayant de se convaincre avec les paroles de Charlie. Il est probable que Marguerite soit déjà endormie et qu'elle n'ait pas remarqué la panne de courant.

— Tu peux rester ici en attendant que ça se calme, dit-il avant de se diriger vers la cuisine.

Ellie le suit, essayant de se faire discrète. Elle ne veut pas le déranger ni s'imposer chez lui, mais elle ne peut pas rentrer seule pendant cet orage et dans l'obscurité.

Charlie sort des bougies de sous l'évier et les allume avec une allumette. Il en dispose quelques-unes sur la table de la cuisine et quelques autres sur celle du salon.

— Je reviens, marmonne-t-il avant de remonter à l'étage.

Ellie se retrouve seule à la lumière vacillante des bougies. Frissonnant, elle enroule ses épaules mouillées, essayant de se réchauffer. La température est étrangement basse dans la maison.

Charlie revient dans la cuisine avec un simple tee-shirt gris qui lui appartient, ainsi qu'une couverture en laine.

— Tiens, mets ça, ça te réchauffera un peu. Tu as une salle de bain au fond du couloir à droite.

Surprise, Ellie accepte le tee-shirt et la couverture.

— Merci.

Charlie ne fait qu'incliner la tête légèrement tandis qu'Ellie se dirige vers la salle de bain au fond du couloir, guidée par la faible lueur des bougies qui éclairent son chemin.

Une fois hors de portée, Charlie se dirige vers le salon et s'effondre sur un fauteuil en soupirant profondément, laissant sa tête basculer en arrière. L'épuisement le submerge, comme s'il venait de courir un marathon. Il sait que les longues heures passées à jongler entre la boutique et le restaurant ont grandement contribué à sa fatigue. Ces derniers temps, ses démons intérieurs sont plus implacables que jamais. Les souvenirs douloureux hantent son esprit, et les fantômes de son passé se manifestent dans ses rêves agités.

Timidement, Ellie réapparaît dans le salon, vêtue du tee-shirt gris et de son jean encore légèrement humide. Ses cheveux détachés cascadent de chaque côté de son visage. Elle attrape la couverture qui était posée sur la table et l'enveloppe autour de son corps, se blottissant confortablement sur un fauteuil en face de Charlie. Un silence pesant s'installe dans la pièce, à l'exception du bruit assourdissant de la pluie qui s'abat à l'extérieur.

La lumière des flammes tremble sur leur visages. Le regard perdu dans ce spectacle, ni Ellie ni Charlie ne semblent prêts à détourner les yeux de cette danse hypnotisante. La scène est presque envoûtante. Cependant, un puissant coup de tonnerre vient brutalement ramener Ellie à la réalité, la faisant sursauter sur sa chaise.

Charlie fixe Ellie avec amusement.

— Tu as peur de l'orage.

Son corps est affalé sur la chaise, sa tête reposant sur le dossier.

— Je ne suis pas fan, avoue-t-elle.

Charlie souffle un rire à cette révélation, puis un court silence s'installe à nouveau.

— Pourquoi tu as peur de l'orage ? demande-t-il d'une voix douce.

Ellie lève la tête, surprise qu'il engage la conversation.

— Quand j'étais petite, les orages étaient mes pires cauchemars. J'habitais dans une vieille maison, et chaque fois qu'un orage éclatait, l'électricité se coupait systématiquement, explique Ellie en resserrant la couverture autour d'elle, se remémorant ses souvenirs.

— Tes parents ne t'ont pas expliqué que tu ne risquais rien ?

Ellie détourne brièvement les yeux vers ses mains. Ses parents sont un sujet qu'elle s'est juré d'oublier, mais elle est suffisamment à l'aise avec Charlie pour lui en parler.

— Mes parents sont avocats, ils n'étaient jamais à la maison, sauf très tard le soir. Ils ne m'ont jamais vraiment accordé d'attention, explique-t-elle la gorge nouée.

Charlie ne manque pas de remarquer la pointe de tristesse dans ses yeux.

— Grandir avec deux parents avocats ne doit pas être facile.

— Je n'ai jamais vraiment eu de parents, commence-t-elle d'une voix tremblante, les yeux humides. Dès que j'ai su écrire et marcher, ils se sont désintéressés de moi. Ils passaient des heures et des heures au tribunal, me laissant parfois seule.

Elle fronce les sourcils en se remémorant cette période.

— Heureusement, la famille de mon meilleur ami a été adorable et s'est occupée de moi pendant toutes ces années. Un jour, j'ai décidé de passer Noël chez eux. J'en avais assez d'être négligée par mes parents. Finalement, j'ai passé tous les Noëls là-bas. Et le pire dans tout ça ?

Les yeux d'Ellie sont maintenant embués de larmes et sa mâchoire est crispée. Charlie l'observe attentivement se débattre avec ses propres démons.

— Le pire, c'est qu'ils ne m'ont jamais demandé où j'étais. Pendant toutes ces années, ils ne se sont jamais souciés d'où je passais Noël, murmure Ellie en baissant à nouveau les yeux, ne souhaitant pas en révéler davantage.

Charlie laisse quelques minutes à la jeune femme pour retrouver son calme. Les flammes se reflètent dans ses yeux bleus, et l'espace d'un instant, il se demande si elle pourrait comprendre la souffrance qui le ronge.

— Ne dis pas que tu n'as jamais eu de parents. Tu as encore la chance de les avoir. Ce n'est pas mon cas. Tu ne sais pas ce que ça fait de réellement perdre ses parents, déclare-t-il, fixant Ellie intensément. Sa voix est calme mais assurée.

C'est seulement maintenant qu'elle prend conscience de la bêtise de ses paroles.

— Charlie, je suis désolée.

Celui-ci soupire et passe ses mains sur son visage, tentant de chasser la fatigue.

— Tu m'as l'air épuisé, est-ce que tu vas bien ?

— Ellie, j'ai déjà Marguerite sur le dos, je t'en prie ne t'y mets pas toi aussi, dit-il.

Elle reste silencieuse, observant attentivement Charlie. Au fil des dernières semaines, il est devenu quelqu'un de particulièrement important pour elle. Elle ressent un lien profond avec lui, même si elle ne parvient pas encore à mettre des mots précis sur ses sentiments.

Elle ressent le besoin de prendre soin de lui, de le soutenir, mais elle n'est pas sûre de la meilleure façon de le faire.

— Est-ce que tu te souviens de ce que je t'ai dit cette fameuse nuit ? demande-t-elle soudainement, brisant le silence.

Charlie relève les yeux vers elle.

— Quelle nuit ? demande-t-il, mais Ellie discerne un brin de nervosité dans sa voix, indiquant qu'il s'en rappelle.

— Je t'ai dit que c'est à moi de décider si je me soucie de toi ou pas. Il serait temps que tu comprennes que je tiens à toi, déclare-t-elle d'une voix déterminée.

Étonné par cet élan de courage, Charlie l'observe en silence.

Un mélange d'émotions se lit sur son visage. Il ressent de la surprise, et peut-être même un soupçon de peur. Ses yeux rencontrent ceux d'Ellie, cherchant des réponses dans les profondeurs de son regard.

Le fracas de la pluie qui martèle les vitres et le grondement menaçant de l'orage percent l'atmosphère tendue de la pièce. Cependant, ni la violence des éléments déchaînés, ni la tension palpable ne réussissent à leur faire détourner leur regard l'un de l'autre.

— Ce n'est pas la seule chose dont je me souviens de cette soirée… rompt-il le silence d'une voix calme.

Ses iris d'un vert profond, intenses, semblent transpercer Ellie.

— De quoi tu te souviens exactement ? demande Ellie, connaissant déjà la réponse à cette question, mais souhaitant l'entendre de la bouche de Charlie.

Il maintient le silence, son regard calme fixé sur Ellie. Les deux restent ainsi figés pendant un court instant, jusqu'à ce qu'Ellie se lève brusquement, laissant échapper un soupir d'agacement face à l'absence de réaction de Charlie.

— Oublie ce que je viens de demander, je vais y aller, déclare-t-elle.

Avant même qu'elle puisse faire un pas en avant, Charlie saisit son poignet et la tire vers lui, la faisant basculer sur ses genoux.

Prise de surprise, Ellie sent son souffle se couper à cause de leur proximité soudaine. Les yeux verts de Charlie se plongent dans les siens, explorant les abysses de son âme tandis que son visage est empreint de sérénité, dégageant une assurance indéniable.

— Je me souviens de tout, de chaque détail de cette soirée, murmure-t-il d'une voix basse, presque étouffée par le tumulte de la tempête qui fait rage à l'extérieur.

Le cœur d'Ellie s'emballe, elle ressent la respiration calme de Charlie et sent sa main toujours enroulée autour de son poignet alors qu'il continue de la fixer avec fascination. Un frisson parcourt tout son corps lorsqu'il dépose doucement sa main sur sa joue, rapprochant son visage du sien. Les battements du cœur d'Ellie s'accélèrent, tandis que la distance entre leurs visages se réduit à quelques centimètres seulement. Une tension électrique s'installe, chargée d'anticipation, alors que leurs lèvres s'effleurent délicatement, presque en suspension, sans oser se rencontrer pleinement. Les souvenirs de la sensation de ses lèvres contre les siennes reviennent en force dans l'esprit d'Ellie, suffisant pour la convaincre de franchir le pas. Déterminée, elle réduit la distance entre leurs visages, s'apprêtant à aller plus loin. Cependant, Charlie se recule subitement, un sourire amusé se dessinant sur ses lèvres, laissant Ellie avec une pointe de confusion mêlée à une certaine curiosité.

Un froncement de sourcils apparaît sur le visage d'Ellie tandis que Charlie laisse échapper un rire, créant une légère tension dans l'atmosphère.

— Je voulais dire par là que je me souviens de la façon dont tu m'as crié dessus pour avoir disparu. Ta voix était si stridente… à quoi tu pensais que je faisais référence ?

Ellie reste stupéfaite, ne sachant pas comment réagir à ce revirement soudain. Elle fixe Charlie, dont le regard amusé est posé sur elle, sa main reposant délicatement dans le creux de son cou.

Après un bref moment de récupération, Ellie rassemble ses esprits et s'apprête à se relever, mais une fois de plus, Charlie l'en empêche. Il la retient en enroulant ses bras autour de son corps, la maintenant fermement sur ses genoux. Il souffle un rire, avant de se pencher précipitamment pour capturer les lèvres d'Ellie. Surprise, un instant de confusion passe avant qu'elle ne réagisse, répondant au baiser avec autant de fougue. Chacun de ses sens s'éveille tandis qu'elle explore les lèvres de Charlie, comme si le monde entier était au bord de l'apocalypse. Un frisson parcourt son être tout entier lorsqu'il intensifie le baiser en y ajoutant sa langue, faisant monter la tension d'un cran.

Ellie laisse glisser doucement ses mains dans ses cheveux, l'attirant encore plus près d'elle. Pendant ce temps, il place délicatement sa main sur sa nuque, inclinant légèrement sa tête pour déposer un baiser passionné dans son cou.

Elle perçoit le mouvement de ses lèvres s'arrêtant juste au-dessus de sa peau, sentant son souffle chaud la caresser délicatement.

— Je me souviens spécifiquement avoir fait ça, murmure-t-il d'une voix suave, avant de déposer un léger baiser sur son cou, puis de revenir délicatement capturer ses lèvres.

Le cœur d'Ellie bat la chamade, sa respiration se coupe, tandis que tous ses sens sont enivrés par la présence de Charlie. À cet instant, elle n'a d'yeux que pour lui, captivée par chaque geste, chaque contact. Elle répond à ce baiser avec une fougue grandissante, laissant ses mains se perdre dans les cheveux de Charlie, glisser sur ses épaules et finalement se poser délicatement dans son cou. Les lèvres de Charlie continuent de l'embrasser avec une passion croissante, et sa respiration devient saccadée.

— On devrait s'arrêter, Victor pourrait rentrer à tout moment. Je devrais y aller, déclare Ellie en se détachant doucement du jeune homme. Charlie hoche la tête, un soupçon de déception se lisant sur son visage.

Ellie se redresse et enfile son manteau sous les yeux scrutateurs de Charlie.

— Tu me laisses vraiment seul alors que je pourrais m'évanouir à tout moment, rétorque-t-il avec un soupçon de taquinerie.

Ellie soupire, exprimant sa frustration.

— Ne plaisante pas avec ça, Charlie. Tu as l'air en pleine forme, insiste-t-elle.

Il esquisse un sourire en coin et laisse sa tête basculer en arrière contre le fauteuil. Il ferme les yeux un instant, cependant, le bruit d'une notification soudaine vient perturber cet instant de calme, le ramenant à la réalité. Ellie l'observe discrètement tandis qu'il consulte son téléphone. Elle remarque ses cheveux légèrement ébouriffés et ses lèvres encore rosées, un sourire espiègle étirant ses propres lèvres alors qu'elle se rend compte qu'elle est à l'origine de cette apparence désordonnée. C'est un contraste frappant par rapport à l'image habituelle de Charlie, réservé et distant. Le voir ainsi, calme et attentionné, est une rareté qui pique la curiosité d'Ellie. Elle se demande si cette facette de sa personnalité va perdurer, si cet instant de complicité et d'intimité qu'ils ont partagé restera gravé.

— Joey vient de m'envoyer un message, le courant devrait revenir dans une heure ou deux. Tu devrais attendre ici, dit-il.

Ellie hésite un instant. L'idée de savoir Marguerite seule dans le noir à la maison depuis si longtemps la chagrine. De plus, elle ne souhaite pas tomber sur Victor qui pourrait rentrer à tout moment. Le rencontrer une fois lui a suffi, elle n'aime pas l'énergie qu'il dégage et quelque chose lui dit qu'il n'est pas un oncle exemplaire pour Charlie et Annie.

— S'il te plaît, reste, ajoute Charlie, le regard empreint d'une certaine vulnérabilité.

Ces quelques mots dissipent tous les doutes qui l'assaillaient.

— Je vais rester une petite heure de plus dans ce cas.

De toute façon, comme l'a si bien dit Shakespeare : *L'enfer est vide et tous les démons sont ici.*

Chapitre 22
Jusqu'à la fin des temps

— Voilà, ça te réchauffera un peu, dit-il en lui offrant une tasse de thé avant de prendre place dans le fauteuil en face de la cheminée.

Ellie hausse un sourcil, serrant fermement sa tasse chaude.

— Qui es-tu et qu'est-il arrivé à Charlie ?

Il souffle un rire en guise de réponse, s'affalant dans le fauteuil près du feu de cheminée. Ellie, assise en face, affiche un sourire léger, ravie de découvrir cette nouvelle facette de Charlie.

— Tu vas encore penser que je pose trop de questions, mais est-ce que je peux te demander ce qu'il s'est passé entre Simon et toi ? demande Ellie, se sentant plus audacieuse ce soir.

Charlie reste silencieux pendant un moment, les événements d'il y a six mois gravés dans son esprit lui reviennent. Il souhaite pouvoir effacer cette journée, retirer les mots qu'il a osé prononcer. Après une brève hésitation, il se décide enfin à parler.

— C'était en septembre dernier, juste après l'incendie, commence Charlie, accompagné par le crépitement du feu.

Les flammes dansent sur son visage, captivant Ellie.

— Le jour de l'incendie, j'ai eu une dispute avec Nate, mais je suis sûr qu'il t'a déjà tout raconté.

Elle hoche simplement la tête.

— Par la suite, je me suis éloigné de tous mes amis. J'ai demandé à Raven de me laisser tranquille, et étrangement, elle n'a pas insisté comme l'a fait Simon, soupire Charlie avant de continuer. Peu de temps après l'incendie, le shérif m'a convoqué au poste pour m'interroger, et Simon était également présent, étant le fils du shérif. Il a immédiatement voulu me parler, mais je l'ai évité et je suis rapidement entré dans le bureau. Quelques minutes plus tard, lorsque je suis sorti, Simon était toujours là, assis sur une chaise, en train de m'attendre.

[SIX MOIS PLUS TÔT, UNE SEMAINE APRÈS L'INCENDIE]

— Charlie !

Simon l'interpelle alors qu'il se précipite vers la sortie du commissariat.

— Charlie, attends !

Il attrape son bras, le forçant à se retourner.

— Quoi ! s'exclame Charlie, se libérant de l'emprise de Simon.

— Je veux juste savoir si tu vas bien. Nate m'a dit que tu ne voulais parler à personne, mais…

Charlie le coupe avant qu'il ne puisse terminer sa phrase.

— Alors pourquoi es-tu ici ? demande-t-il d'un ton froid.

Simon fronce les sourcils, perplexe face à cette question.

— Je veux juste être là pour toi dans cette période difficile, Charlie, explique-t-il.

— Une période difficile, commence-t-il, tu penses que ce que je vis n'est qu'une simple période difficile ? demande-t-il en serrant la mâchoire.

— Charlie, je… commence Simon, mais il est interrompu une nouvelle fois

— Je veux que toi et les autres me foutiez la paix, d'accord ? déclare Charlie, essayant de contenir son agacement. Tout ce que je veux, c'est que les regards se détournent de moi.

Charlie fait volte-face, déterminé à s'éloigner de Simon, mais ce dernier reprend la parole.

— Milo et Hazel demandent comment tu vas, ajoute Simon d'une voix calme et désolée.

Charlie tourne toujours le dos à Simon, mais il s'arrête dans son élan.

— Dis-leur d'aller se faire foutre et ne prononce plus leurs prénoms en ma présence.

Simon fait un pas en avant.

— Ce sont tes amis, tout comme Raven, Nate et moi, remarque Simon en haussant un sourcil, ne comprenant pas vraiment la réaction de Charlie.

— Non, je n'ai pas d'amis. Foutez-moi la paix, déclare-t-il à nouveau, déterminé à s'en aller cette fois-ci.

— Je suis désolé pour ta famille, Charlie. Ses paroles flottent dans la pièce.

Charlie serre encore plus fermement ses poings le long de son corps. Ses yeux s'embuent à la pensée de sa famille qu'il ne reverra plus jamais, mais il maintient sa façade.

— Mais je suis toujours ton ami, et je serai toujours là pour toi.

Charlie fixe intensément Simon pendant un instant, luttant contre les émotions qui menacent de l'envahir. Il sent une vague de vulnérabilité et de douleur traverser son être. Malgré sa réticence, une part de lui sait que Simon parle avec sincérité.

Agacé de l'avoir sur le dos, Charlie fait un pas en avant, ses poings toujours tendus le long de son corps. Ses yeux, autrefois si expressifs, sont désormais sombres. Comme si le Charlie de toujours avait disparu. Comme s'il venait de lâcher prise ou qu'un voile s'était abattu sur lui.

— Je n'ai pas besoin d'un ami tapette comme toi. Fous-moi la paix Simon, murmure Charlie d'une voix lente et calculée.

Chaque mot tranche comme une lame de rasoir. C'est à cet instant que Simon réalise que le Charlie en face de lui n'est plus le même. Alors qu'il franchit le seuil du commissariat, une unique larme s'échappe de sa joue. Cependant, elle ne parvient pas à parcourir une grande distance avant d'être brutalement essuyée d'un geste brusque de sa main. Charlie n'a pas besoin de se retourner pour percevoir la profonde tristesse qui envahit Simon. Son regard reste fixé sur le sol pendant quelques instants, comme s'il était figé sur place.

Mais la confusion qui envahit Simon ne dure qu'un court instant, laissant peu à peu place à la colère et à la haine.

Considérant ces mots impardonnables, c'est ainsi que Simon dressa son voile à son tour, oubliant leur promesse : pour toujours et à jamais, jusqu'à la fin des temps.

Ellie reste bouche bée pendant quelques instants, incapable de croire ce qu'elle vient d'entendre. Assise confortablement dans le fauteuil, elle serre fermement sa tasse, ne détachant pas son regard de Charlie en face d'elle. Les paroles blessantes qu'il a prononcées à l'encontre de Simon sont encore fraîches dans son esprit, suscitant un mélange de stupeur et d'indignation.

Honteux de lui-même, Charlie s'enfonce dans le fauteuil, détournant le regard vers les flammes dansantes de la cheminée à sa droite. Malgré le fait que l'incendie tragique ait été la cause de la déchirure de sa famille, il a toujours été fasciné par le feu. Il y a toujours trouvé quelque chose de captivant, convaincu que les flammes recèlent d'innombrables histoires à raconter. Dans leur danse effrénée, il y a une beauté sauvage et mystérieuse qui attire son regard, même dans les moments les plus sombres de sa vie.

— Est-ce que tu regrettes tes mots ? demande Ellie.

Un rire échappe immédiatement à Charlie.

— Évidemment, Ellie. Je regrette chacun des mots que j'ai prononcés envers Simon ce jour-là.

— T'as essayé de t'excuser ?

— Il refuse d'entendre quoi que ce soit, soupire-t-il.

— Il te pardonnera un jour.

— J'en doute fort, dit-il en arborant un léger sourire triste sur le bout des lèvres.

Ellie reste silencieuse. Après tout, elle ne connaît Simon que depuis peu de temps.

— Et toi alors, pourquoi es-tu ici ?

— Eh bien, un certain Charlie m'a proposé de rester et…

— Tu sais ce que j'ai voulu dire, dit-il d'une voix douce, restant affalé dans son fauteuil. Je voulais dire pourquoi tu es ici à Edgartown et pas à Boston ?

Elle sait très bien ce que Charlie voulait dire, mais elle espérait éviter le sujet. Boston reste un sujet dont elle ne veut plus parler, mais elle se sent redevable envers lui qui a déjà partagé tant de choses sur sa propre famille.

Elle entrelace ses mains sur ses genoux, essayant de calmer son pouls qui s'accélère. Rien que de penser à cette ville qui lui a apporté tant de malheur lui fait mal.

— Boston n'était pas fait pour moi, avoue-t-elle d'une voix basse, évitant de lever les yeux vers Charlie.

Ce dernier plisse les sourcils en remarquant à quel point Ellie semble avoir du mal à parler de son passé. Il est loin d'être stupide et sait pertinemment que ce qui la hante a un lien avec l'injonction d'éloignement qu'il a découverte.

— Ça ne me semble pas être une excuse suffisante pour abandonner tes études de médecine.

— Crois-moi, c'était suffisant pour que je m'en aille.

— Est-ce que c'est à cause de George ?

À entendre de ce prénom, Ellie sent son monde s'effondrer autour d'elle. Elle relève brusquement la tête vers Charlie, se demandant comment il connaît ce nom et ce qu'il sait. Son cœur s'emballe, des sueurs froides la submergent et sa respiration s'accélère.

— Comment tu… bafouille-t-elle, incapable de trouver ses mots.

Charlie soupire.

— J'ai trouvé l'injonction d'éloignement la nuit où j'ai dormi chez toi, révèle-t-il.

Ellie reste silencieuse, incapable de dire quoi que ce soit. Elle ne s'attendait pas à ce que quelqu'un la trouve. Un sentiment d'agacement l'envahit pour ne pas avoir mieux caché le document, mais aussi envers Charlie pour avoir lu le papier.

— Tu veux en parler ? demande-t-il d'une voix calme.

Ellie reste silencieuse et fronce les sourcils. Son cœur s'affole tandis qu'elle comprend que Charlie est tout près de découvrir son passé.

— Tu as fouillé dans mon sac ? demande-t-elle d'une voix indignée.

— Non, le papier était par terre, se défend-il.

Ellie se lève précipitamment, se plaçant devant lui.

— Et tu l'as lu ! Qui t'a donné l'autorisation de le lire ? s'exclame-t-elle désormais furieuse.

Charlie reste un instant sans réaction, déconcerté de voir Ellie si en colère.

— Calme-toi, Ellie. Ce n'est qu'un bout de papier. Si tu ne veux pas en parler maintenant, j'attendrai que tu sois prête, déclare-t-il d'une voix sincère.

— Je ne veux pas en parler et je n'en parlerai jamais, prévient-elle, son regard déterminé fixé sur Charlie.

Il soupire, cherchant ses mots avec précaution.

— Ellie, je comprends que tu sois en colère et que tu veuilles garder certaines choses pour toi. Je respecte ton choix. Mais sache que lorsque je t'ai parlé de moi, c'était parce que je te faisais confiance. Tu me dois bien ça, après tout ce que je t'ai dit.

Il marque une pause, observant Ellie qui reste tendue, mais sa colère semble légèrement s'atténuer.

— Je ne suis pas en train de te forcer à tout me raconter. Je te demande simplement d'être ouverte et de me faire confiance à ton tour. Si tu ne veux pas en parler maintenant, je comprends.

Ellie baisse les yeux, prenant quelques instants pour réfléchir à ses paroles. Finalement, elle relève la tête.

— Je devrais y aller, déclare-t-elle d'une voix tendue, essayant de retenir ses sanglots.

Avant même que Charlie puisse lui répondre, l'électricité revient, illuminant la pièce. Il la regarde s'éloigner, enfilant rapidement son manteau, et quitter la maison d'un pas précipité. Un silence pesant s'installe alors qu'il se retrouve seul.

Charlie soupire profondément, sentant le poids de la situation peser sur ses épaules. Il repose ses mains sur son visage, essayant de chasser la frustration qui l'envahit.

Chapitre 23
Dancing Queen

[SIX MOIS PLUS TÔT, DEUX SEMAINES APRÈS L'INCENDIE]

— Charlie, s'il te plaît, ouvre la porte, implore Raven en appuyant son poing contre la porte de la nouvelle chambre de Charlie.

Celui-ci ne dit rien et ne bouge pas. Seule sa lourde respiration trahit sa présence.

— Charlie… Tu sais que je ne te forcerai pas à parler, mais laisse-moi te voir, s'il te plaît, plaide-t-elle à nouveau, mais elle est accueillie par un silence froid.

Épuisée par ses efforts vains, elle s'apprête à partir. Mais soudain, la porte s'ouvre, révélant un Charlie visiblement épuisé. Ses yeux sont rouges et humides, marqués par la fatigue, et ses cheveux bruns sont en désordre. Attristée par l'état de son ami, la rouquine se précipite pour l'enlacer. Elle le serre fort, heureuse de pouvoir le tenir dans ses bras après deux semaines sans aucunes nouvelles. Charlie a toujours été comme un grand frère pour elle, veillant sur elle depuis qu'ils sont tout petits.

Dénué d'émotions, le garçon ne bouge pas, laissant son regard errer vers la porte derrière lui. Bien que la présence de Raven soit réconfortante, cela ne fait que lui rappeler à quel point il a tout perdu. Sa famille n'existe plus, sa maison non plus.

— Viens, murmure Raven.

Elle saisit Charlie par la main et l'emmène s'asseoir sur son lit.

Il ne proteste pas et s'assoit à côté d'elle. Son regard est vide, errant dans le néant. Sa respiration est désormais calme, trop calme.

— J'imagine que tu ne veux pas parler de l'horrible incendie. Est-ce que tu veux parler d'Hazel ? demande-t-elle en analysant le garçon.

Son visage est pâle, contrastant fortement avec la peau dorée qu'il arbore tout l'été.

— J'aurais dû me douter, murmure-t-il. Ses paroles sont à peine audibles, mais elles dégagent une intense haine.

— Tu ne pouvais pas savoir, personne ne pouvait le prévoir, tente de le rassurer Raven, mais justifier une telle chose est difficile.

— C'était la seule personne qui me restait, marmonne-t-il en fixant la fenêtre.

— C'est faux, tu nous as, nous.

Charlie tourne la tête vers Raven, se remémorant la dispute qu'il a eue avec Nate il y a deux semaines et les horribles mots qu'il a osé dire à Simon.

— Je crois que je n'ai plus que toi, avoue-t-il.

Raven esquisse un léger sourire et pose sa main sur celle de Charlie. Ils restent silencieux un moment, mais le silence est agréable.

— Ma tante avait l'habitude de me raconter une histoire, tu veux l'entendre ? demande Raven après quelques minutes de silence.

Il acquiesce.

Raven laisse sa tête reposer sur son épaule.

— Elle me racontait cette histoire d'origine indienne. C'est en fait une légende pour le peuple indigène. On dit qu'une araignée tissait sa toile près du lit de la grand-mère de la tribu, nommée Nokomis. Chaque jour, Nokomis

observait l'araignée tisser sa toile. Puis, un jour, son arrière-petit-fils est entré dans la chambre et a crié le nom de sa grand-mère, lui disant de s'éloigner de l'araignée. Il a alors pris une chaussure et s'apprêtait à tuer la petite créature.

Alors que le ciel semble se conformer aux émotions de Charlie, la pluie se met à tomber, captivant encore davantage son attention. Raven laisse également son regard se perdre dans les gouttes qui se fracassent contre la fenêtre, tout en poursuivant son récit.

— Nokomis, dans un calme absolu, a alors dit à son petit-fils, Keegwa, de ne pas faire de mal à l'araignée. Intrigué, Keegwa a demandé à Nokomis pourquoi elle protégeait l'araignée. La vieille dame n'a rien dit, elle s'est simplement contentée de sourire. Lorsque Keegwa est parti, l'araignée s'est approchée de Nokomis pour la remercier de lui avoir sauvé la vie. Elle lui a dit que pour toutes ces heures passées à observer sa toile, à admirer son travail, elle méritait un cadeau. L'araignée s'est éloignée puis a commencé à tisser un cercle. « Tu vois comment je tourne et je tisse ? » a demandé l'araignée à Nokomis. « Apprends ceci : chaque toile attrapera les mauvais rêves, tandis que seuls les bons rêves passeront à travers les trous. C'est mon cadeau pour toi, utilise-le avec précaution. Les mauvais rêves seront pris au piège dans ma toile. »

— C'est ainsi que l'attrape-rêves est né de cette légende. On dit que les mauvais rêves se retrouvent pris au piège dans la toile, et que, lorsque le soleil se lève, ils glissent le long des plumes attachées en dessous pour finalement

disparaître à jamais. Les bons rêves, quant à eux, passent à travers les trous, conclut Raven, un léger sourire aux lèvres en voyant les yeux de Charlie désormais fixés sur elle.

— Trouve ton attrape-rêves, Charlie, déclare Raven d'une voix calme et apaisante.

Elle se penche et l'embrasse sur la joue.

— N'oublie pas, pour toujours et à jamais, jusqu'à la fin des temps, puis elle se lève et quitte la pièce, laissant Charlie assis sur son lit.

* * *

Les jours défilent et bientôt, deux semaines se sont écoulées depuis cette nuit pluvieuse. Le mois de janvier a fermement établi son emprise, apportant avec lui son froid glacial et ses journées grises et monotones. Un vent mordant s'insinue entre les anciennes bâtisses d'Edgartown, produisant parfois un sifflement lugubre lorsqu'il caresse la côte. L'océan, en quête d'harmonie avec le ciel, revêt également une teinte grise et sombre.

Pendant ce temps, Ellie et Charlie continuent de travailler côte à côte au restaurant, leurs interactions se limitant aux échanges nécessaires. Une atmosphère légèrement tendue plane entre eux, comme une distance silencieuse qui s'est installée depuis leur dernière discussion. Les conversations sont rares, chacun se concentrant sur ses tâches, préférant garder une certaine réserve. Le restaurant devient leur refuge, un endroit où les bruits des clients et les odeurs des plats se mêlent pour masquer les pensées qui les tourmentent.

— Ellie, tu dois absolument venir avec nous ce soir ! s'exclame Raven, perchée sur le comptoir du bar.

Le restaurant Willy & Co vient tout juste de fermer ses portes, libérant ainsi les employés de leurs obligations. Alaric est déjà parti, affirmant qu'il ne voulait pas passer plus de temps que nécessaire derrière ce bar.

Ellie hésite, repliant ses bras autour d'elle-même.

— Je ne sais pas… Je ne suis pas vraiment d'humeur à faire la fête, explique-t-elle.

— Ce n'est pas vraiment une fête, commence Simon en s'approchant d'Ellie. Il s'agit d'une soirée karaoké dans un bar en dehors de la ville. Il est à peine à quinze minutes d'ici. Tu ne peux pas manquer ça, crois-moi. Surtout quand tu as moi, le meilleur chanteur du continent, ajoute Simon en croquant dans une pomme avec assurance.

Raven saute du comptoir, s'approche d'Ellie et lui prend doucement le bras.

— S'il te plaît, Ellie, viens avec nous. Ça va être super amusant, et tu mérites de te détendre et de t'amuser un peu.

Ellie hésite encore, mais une petite étincelle d'excitation brille dans ses yeux, chassant finalement sa réticence initiale.

— D'accord, une soirée karaoké c'est ce qu'il me faut, souffle-t-elle.

Les autres éclatent de joie. L'idée d'une soirée karaoké dans un bar animé semble apporter un peu de légèreté à cette période hivernale.

* * *

Ellie est confortablement installée à l'arrière de la vieille voiture de Nate, observant le paysage défiler à travers les fenêtres alors qu'ils se dirigent vers le bar. À l'avant, Raven et Simon sont engagés dans un débat animé qui donne vie au trajet.

— Je te l'ai déjà dit, je ne chanterai pas du Mariah Carey avec toi, Simon, soupire Raven en jouant distraitement avec ses ongles manucurés.

— Pourquoi ? demande-t-il.

Raven laisse échapper un rire avant de se retourner, appuyant ses mains sur l'appuie-tête.

— Parce que la dernière fois qu'on a chanté *We Belong Together*, tu as arraché le micro de mes mains pendant mon solo et tu as chanté à ma place.

— C'était un accident !

Ellie laisse échapper un rire en écoutant leur conversation houleuse. Nate, concentré sur la route, jette parfois des coups d'œil rapides dans le rétroviseur, un sourire en coin illuminant son visage.

— Ne te moque pas de moi, Simon, prévient Raven en pointant un doigt accusateur vers son ami, avant de se rasseoir correctement dans son siège.

Il soupire à nouveau et détourne son regard vers sa fenêtre, laissant la route défiler sous ses yeux.

— De toute façon, tu étais en train de massacrer cette chanson, marmonne-t-il, mais cela suffit pour que Raven l'entende.

Elle se retourne brusquement dans son siège, presque debout. Nate ricane devant cette scène, mais garde les yeux rivés sur la route.

— Qu'est-ce que tu as dit ?!

— Je disais… commence Simon avec un déglutissement sonore. Je disais que j'aime bien ce buisson, poursuit-il en pointant la fenêtre, mais aucun buisson n'est en vue.

Raven fronce les sourcils et observe son ami pendant un moment avant de finalement se rasseoir. Un sourire discret se dessine sur le visage d'Ellie alors qu'elle observe ses amis engagés dans des conversations animées. Elle ne peut s'empêcher de penser à quel point cela aurait été merveilleux si elle avait rencontré ces personnes plus tôt. Si seulement elle les avait connus à Boston, peut-être que sa vie aurait pris une direction différente.

Ellie réalise que peut-être, finalement, elle n'est pas si différente de Charlie. Tous deux sont confrontés à des démons intérieurs qu'ils ne peuvent pas simplement chasser. Ils luttent tous deux pour garder la tête hors de l'eau et ne pas sombrer dans les abysses de leurs propres tourments. Un sentiment de regret la submerge soudainement alors qu'elle repense à sa réaction lorsque Charlie lui a parlé de George. Il lui a accordé sa confiance en se montrant vulnérable en sa présence, et elle devrait être en mesure de faire de même avec lui. Cependant, elle se sent bloquée lorsqu'il s'agit de partager son histoire personnelle. Elle éprouve des difficultés à en parler, c'est pourquoi elle préfère souvent consacrer ses efforts à guérir les blessures des autres plutôt que les siennes.

— Nous y voilà ! annonce Nate, ramenant Ellie à la réalité.

Au milieu d'une vaste plaine, se trouve un bar qui illumine la petite route de ses enseignes au néon. Le nom, L'Équateur, est formé par ces lumières sur la façade.

— Saletés de cailloux, marmonne Raven en secouant le pied.

— Quelle idée de porter des talons aussi, remarque Nate en riant.

— Je suis d'accord avec Nate pour une fois, intervient Simon.

— Allez, viens Ellie, déclare Raven, ignorant les garçons.

Ellie est immédiatement enveloppée par la chaleur qui règne dans le bar lorsqu'ils y rentrent. L'endroit est rempli de personnes de leur âge. Un long comptoir, similaire à celui du Willy & Co, se trouve sur le côté, avec des tabourets rouge vif placés devant. De petites tables pour quatre personnes sont également disposées contre le mur de l'autre côté du bar. Une scène et un écran géant sont installés au fond de la pièce. L'ambiance chaleureuse et l'aspect vintage du petit bar créent une atmosphère cosy.

Raven se fraie un chemin à travers la foule jusqu'au bar, entraînant Ellie avec elle en lui tenant fermement le poignet. La musique de fond est à peine audible, noyée par le brouhaha des conversations qui s'entremêlent.

— Quatre mojitos, s'il vous plaît ! commande Raven.

Elle s'appuie contre le bar et se tourne vers ses amis.

— Cette soirée va être magique.

— C'est toi qui le dis, réplique Nate.

Une heure plus tard, l'atmosphère dans le bar est festive. Nate, complètement saoul, se trouve sur scène en train de chanter *Don't Go Breaking My Heart* avec un boa rose autour du cou. Ses amis, assis à leur table, l'encouragent bruyamment. Les rires et les applaudissements résonnent dans la pièce. Ellie sourit en le regardant se donner à fond sur scène, égayant la soirée de sa présence excentrique.

Une fois la chanson terminée, Nate descend de la scène sous les acclamations de la foule et se dirige d'un pas aviné vers la table.

— Ellie, c'est à ton tour ! s'exclame-t-il en la pointant du doigt.

— Je ne sais pas chanter, je préfère regarder, avoue-t-elle.

Nate, avec un air déterminé, fronce les sourcils et attrape rapidement le bras d'Ellie, la forçant à se lever.

— Pas d'excuses, lance-t-il avec entrain. Vous aussi, ajoute-t-il en entraînant Raven et Simon à sa suite.

Il les guide sur scène, où ils sont accueillis par une salve d'acclamations de leurs nouveaux fans enthousiastes. Nate distribue rapidement des micros à chacun d'entre eux. Ellie se sent quelque peu mal à l'aise sous les regards tournés vers elle, mais elle trouve du réconfort dans le sourire rassurant de Raven. Simon, quant à lui, semble apprécier l'attention, il dérobe le boa rose à Nate et l'enroule avec style autour de son cou, ajoutant ses lunettes de soleil pour compléter son look.

— Quelle chanson tu as choisie ? demande Raven, un sourire amusé se dessinant sur son visage.

— *Kids in America*, répond-il immédiatement, mais le sourire de Raven s'efface légèrement alors qu'elle se remémore un souvenir.

[UN AN AUPARAVANT]

— Allez ! S'il vous plaît les gars ! implore Hazel, tournant son regard vers ses trois amis.

— Les gars, faites quelque chose, plaide Simon.

— Je monterai sur cette scène lorsque les poules auront des dents, ricane Milo avant de prendre une gorgée de sa bière.

Hazel soupire d'exaspération, consternée de voir ses amis masculins refuser de monter sur scène et de chanter avec elle.

— Nate ? implore Hazel en se tournant vers le grand blond.

Ce dernier grimace brièvement.

— Tu sais que je ne sais pas chanter, dit-il, désolé.

Hazel grogne et se tourne désespérément vers Charlie.

— S'il te plaît Charlie, viens chanter.

Elle entoure ses bras autour de son cou. Cela ne surprend personne, leur proximité étant un secret de polichinelle. Hazel plonge ses yeux bleus dans les iris verts de Charlie, rappelant l'océan qu'il peut observer depuis sa fenêtre. Toujours changeant, mais toujours captivant.

— Juste une chanson ! ajoute-t-elle, espérant que cela soit suffisant pour convaincre Charlie.

— Juste une chanson.

Hazel détache ses bras du cou de Charlie et le serre contre elle.

— Merci !

Charlie se tourne vers Nate et Milo, qui sirotent leur bière. D'un geste rapide, il saisit leurs bouteilles et les pose sur le comptoir avant de les attraper chacun par le bras. Le duo est pris de court et se laisse manipuler jusqu'à la scène.

— Wow, qu'est-ce qu'on fait ? demande Milo une fois sur scène.

Simon lui tend un micro, répondant à sa question par ce simple geste.

Une foule assez importante se tient devant eux, attendant avec enthousiasme que la chanson commence.

— Hé, il est hors de question que je chante ! déclare Milo.

Nate se tient droit sur la scène, le micro fermement entre les mains. Son regard terrifié est fixé sur la foule qui semble s'impatienter devant eux.

— Je savais que j'aurais dû boire beaucoup plus… marmonne-t-il suffisamment fort pour que ses amis l'entendent.

— La ferme ! s'exclame Raven en se penchant pour jeter un regard noir aux garçons.

— Vous savez quoi ? Vous faites un très bon groupe sans moi, annonce Milo avant de faire un pas vers les escaliers de la scène.

Mais Simon ne le laisse pas s'enfuir.

— Milo, si tu gâches ma chanson, je te ligote nu à une chaise dans les bois et te laisse mourir de froid.

Milo fronce les sourcils, se demandant ce qui peut bien se passer dans l'esprit de son ami pour qu'il en arrive à une telle menace aussi rapidement.

— Simon, tu vas le traumatiser, dit Charlie en riant.

Une fois le groupe en place, Hazel se tourne vers l'ingénieur du son et lui fait signe de mettre la bande son. Lorsqu'elle se tourne de nouveau, elle croise le regard amusé de Charlie.

— Je ne sais même pas ce qu'on chante, se plaint Nate.

Raven soupire.

— Regarde juste l'écran en face, idiot.

La musique commence, le rythme est rapide et entraînant. Charlie est le premier à commencer à chanter. Bien que son cœur batte fort, la présence de Hazel à ses côtés le rassure.

Looking out a dirty old window
Down below the cars in the city go rushing by
I sit here alone and I wonder why
Friday night and everyone's moving

I can feel the heat but it's soothing, heading down
I search for the beat in this dirty town[1].

C'est maintenant à Hazel de se laisser emporter par la musique, chantant en chœur avec Charlie. Leurs voix fusionnent harmonieusement, entraînant les spectateurs avec eux. De temps en temps, leurs regards se croisent.

Raven entonne les paroles suivantes, tandis que ses yeux se promènent sur la foule en train de danser devant elle. À la surprise de leurs amis, Milo décide finalement de chanter en accompagnement de Raven.

Nate et Simon rejoignent leurs amis avec confiance pour le refrain. La foule ne demande pas mieux et chante en chœur avec le groupe, créant une atmosphère d'euphorie.

Malheureusement, la chanson se termine trop vite au goût du groupe. Les six amis se tiennent essoufflés sur la scène, acclamés par un public tout aussi euphorique qu'eux. Hazel saisit ses amis et les entraîne dans une étreinte collective à laquelle personne ne proteste. Après cette performance, le groupe d'amis a gagné une certaine notoriété à L'Équateur

Cependant, tout a changé depuis l'été dernier, depuis la tragédie qui a touché la famille Wolf.

* * *

1. *Kids in America* (reprise de Riverdale Cast).

Raven, Simon, Nate et Ellie reçoivent une ovation de la foule enthousiaste lorsque la chanson prend fin. Les applaudissements résonnent dans la salle, accompagnés de cris de joie et d'encouragements. Ellie, le visage rayonnant, arbore un large sourire, comblée d'avoir puisé suffisamment de courage pour monter sur scène. Raven saisit sa main ainsi que celle de Simon, et s'incline gracieusement devant l'audience. Le cœur d'Ellie bat à tout rompre, palpitant sous l'effet de l'adrénaline qui parcourt son corps. Ce moment de triomphe lui procure une sensation indescriptible.

— Tu nous a caché ton talent Ellie, tu étais incroyable ! s'exclame Simon avec enthousiasme.

— Merci !

— La dernière note était un peu fausse, remarque Nate.

— Je vais essayer de m'améliorer et de prendre exemple sur toi avec ta magnifique voix, se moque Ellie.

— Allez, laissons la place aux autres même si personne ce soir ne pourra nous arriver à la cheville, dit Simon.

— Je paie ma tournée ! s'exclame soudainement Ellie sous les regards interrogateurs de ses amis. C'est pour vous remercier de m'avoir fait passer une superbe soirée et aussi de m'avoir si bien intégrée à votre groupe.

Raven hausse les sourcils.

— T'es d'humeur sentimentale on dirait, remarque-t-elle en descendant de la scène.

— On peut dire ça, sourit Ellie. Je reviens.

Avec détermination, elle se fraie un chemin au milieu de la foule, faisant de son mieux pour rejoindre le bar bondé où les gens se sont amassés.

— Excusez-moi, pardon ! s'exclame-t-elle avec politesse, dans un effort d'attirer l'attention d'un groupe de garçons qui lui bloquent l'accès au bar.

Les garçons se retournent vers elle, affichant un air perplexe avec des sourcils haussés. Leur regard critique la traverse.

— Je doute que tu sois assez âgée pour être au bar, lâche l'un d'eux avec du sarcasme plein la voix. Il est grand, et porte une veste en cuir noire qui s'accorde avec ses cheveux foncés et bouclés.

— Je suis majeure, on a probablement le même âge, alors, s'il te plaît, laisse-moi passer, que je puisse commander.

Ellie tente une fois de plus de se frayer un chemin, mais le jeune homme lui coupe la route en soufflant un rire condescendant.

— J'en doute fort, répond-il.

Elle s'apprête à répliquer, mais une voix intervient avant qu'elle ne puisse le faire.

— Oli, je la connais, déclare cette voix d'une manière reconnaissable entre mille.

Charlie.

Ellie se tourne vers lui, croisant son regard pendant un bref instant.

— Vraiment ? Tu connais ce nain de jardin ? demande Oli.

— Je te demande pardon ! s'exclame Ellie.

— Oh mais tu es toute pardonnée, Gnoméo.

Ellie fronce les sourcils.

— Gnoméo ?

Oli esquisse un sourire amusé.

— Tu sais, le nain de jardin dans le dessin animé *Gnoméo et Juliette*, explique-t-il.

Un sourire amusé se dessine sur le visage de Charlie qui se tient à côté.

— Et après c'est moi qui suis trop jeune pour commander… réplique Ellie avant de se retourner vers le bar.

Elle attire l'attention du barman en levant la main et celui-ci prend sa commande, acquiesçant d'un geste de la tête.

— D'où tu connais cette fille ? Elle est insupportable, remarque Oli en se tournant vers Charlie.

Ellie fait mine de ne pas entendre leur conversation, mais elle est consciente de la présence de Charlie derrière elle. Cela fait déjà plusieurs jours qu'ils ne se parlent plus en dehors du travail.

— On travaille ensemble, c'est tout, répond Charlie simplement.

Ellie est quelque peu déçue de cette réponse, mais elle se force à remercier le barman lorsqu'il lui tend un plateau avec quatre bières. Elle décide ensuite de se fondre dans la foule pour retrouver ses amis et s'éloigner des garçons. Sous les acclamations de ses amis impatients, elle pose les verres sur la table avec précaution, puis s'assoit à côté de Nate. Elle saisit une pinte et la brandit au-dessus de la table.

— Je vous remercie tous de m'avoir si chaleureusement accueillie dans votre groupe, je vous adore, déclare-t-elle.

— Ellie, les déclarations d'amour, c'est pas quand on est sobres, il faut attendre quelques verres, remarque Nate.

— À la nôtre ! s'exclame-t-elle avec enthousiasme, alors qu'ils lèvent tous les quatre leurs verres pour trinquer.

Chacun prend une gorgée de son verre, mais Ellie, continue de boire se concentrant pleinement sur sa pinte. Les autres observent avec amusement sa détermination.

Son regard est fixé sur le liquide ambré qui remplit son récipient.

Après un moment, Ellie pose finalement son verre sur la table, ayant déjà consommé plus de la moitié de son contenu. Son regard est immédiatement attiré par Charlie, qui se tient toujours près du bar en compagnie d'Oli et de leurs amis. Cependant, quelque chose semble différent chez lui, comme s'il était fermé. Cette observation n'échappe pas à Raven, qui remarque immédiatement où le regard d'Ellie se porte.

— Et bah Ellie, je ne te savais pas comme ça ! s'exclame Simon.

— Est-ce que tu ne nous cacherais pas un passé de fêtarde par hasard ? ajoute Nate, mais Ellie est trop distraite par Charlie pour leur prêter attention.

Raven le remarque.

— Charlie est ici, dit-elle simplement, captivant l'attention d'Ellie.

Raven perçoit le changement d'attitude chez Ellie, qui semble moins joyeuse qu'auparavant. Elle remarque un léger voile d'inquiétude qui assombrit son regard, contrastant avec l'enthousiasme qu'elle affichait précédemment.

— Qu'est-ce qu'il se passe entre vous deux ? Vous semblez à peine vous parler ces derniers temps, demande-t-elle, captant également l'attention des garçons qui sont curieux d'entendre la réponse d'Ellie.

Ellie baisse les yeux sur sa pinte, sentant une vague de nervosité l'envahir alors qu'elle s'apprête à aborder le sujet délicat.

— On a eu quelques désaccords récemment et une certaine tension s'est installée entre nous.

— Ça explique les regards noirs et les vents que je me suis pris lorsque je parlais de toi, commente Nate en buvant une gorgée de sa pinte.

Raven soupire légèrement, partageant l'observation de Nate. Son regard se détourne un instant pour se poser sur Charlie, qui se tient toujours de l'autre côté du bar.

— Oui, il peut être têtu et difficile à vivre par moments. Mais tu sembles bien le cerner, je ne me fais pas de souci pour vous. S'il y a bien une personne qui peut le faire sortir de sa coquille, c'est toi.

Un sourire sincère se forme sur le visage d'Ellie, se sentant rassurée par les paroles de Raven.

Cependant, la conversation est interrompue par un soupir bruyant de Simon, qui attire l'attention de tous.

— Désolé, mais je ne suis pas venu ici pour parler de Charlie. Ça ne m'intéresse pas. Je vais plutôt montrer à tout le monde ce qu'est le vrai talent, déclare-t-il avec un brin d'arrogance, se levant de sa chaise pour se diriger vers la scène.

Ellie laisse échapper un rire tandis que Raven lève les yeux au ciel.

— On ne le changera jamais.

Simon se trouve maintenant sur scène, avec un boa rose autour du cou, et se positionne devant le micro sous les acclamations de la foule. Il sourit avec assurance et salue la foule comme un roi avant de demander à l'ingénieur du son de lancer la musique. Il se met rapidement dans la peau de son personnage alors qu'il entame la chanson *Dancing Queen* d'ABBA. Il se déhanche, exécutant la chorégraphie à la perfection.

— On devrait aller l'encourager ! Raven attrape ses amis par la main et les entraîne jusqu'au pied de la scène, bousculant quelques personnes au passage.

— On est vraiment obligés ? J'ai déjà eu ma dose d'embarras pour aujourd'hui, demande Nate en grimaçant, mais malgré ses réticences, il ne proteste pas lorsque Raven le tire tout devant.

— Ne fais pas comme si tu n'appréciais pas les soirées karaoké. Maintenant lève les bras et encourage Simon, dit-elle en prenant le bras de son ami et en le levant.

Nate soupire, résigné, et se plie à ses demandes. Alors que Simon s'avance vers l'avant de la scène, tendant la main en direction de ses amis, Nate se résout à lever les bras, affichant un sourire forcé. Lorsque la chanson prend fin, Simon se redresse et pose dramatiquement sur scène, une main sur la hanche et l'autre brandissant fièrement le micro.

Le son retentissant des applaudissements envahit la salle, accompagné des acclamations enthousiastes de la foule.

Simon se met à rire, surpris par l'enthousiasme de son public.

— Vous en voulez encore !

La foule se met à crier, l'encourageant. Sous les ovations chaleureuses, Simon se prépare à offrir une autre prestation à son auditoire, prêt à répondre à leur demande pour une nouvelle chanson. Cependant, juste au moment où il s'apprête à formuler sa requête, un bruit fracassant résonne soudainement, captant l'attention de tous. Le bar, encore animé quelques secondes plus tôt, se fige instantanément dans un silence lourd, tandis que chacun réalise l'incident qui vient de se produire.

Au milieu des débris de verre, autrefois une table, gît un jeune homme, semblant blessé avec du sang s'écoulant de sa joue. Ce qui frappe le groupe d'amis, c'est la personne qui se tient au-dessus de lui, Charlie, dont les yeux brillent de colère. Oli se tient près de lui, essayant de le résonner.

Des murmures d'incompréhension se propagent dans la foule, alors que tous essaient de comprendre ce qui a pu provoquer un tel incident. La tension est palpable, et l'ambiance festive qui régnait quelques instants plus tôt est maintenant teintée d'appréhension. Simon et ses amis échangent des regards perplexes, se demandant s'ils doivent intervenir ou rester à l'écart de la situation qui se déroule devant eux.

Après quelques instants d'hésitation, le groupe se fraie un chemin à travers la foule, s'approchant de la scène tumultueuse. Ellie observe attentivement la situation, captant chaque détail alors que le jeune homme blessé esquisse un sourire mesquin, essayant d'essuyer le sang de son visage.

— Ce qu'on dit sur toi est donc vrai, tu es un psychopathe, déclare-t-il d'une voix chargée de mépris, fixant intensément Charlie qui se dresse devant lui.

— J'ai entendu beaucoup de choses à ton sujet. Certains prétendent que tu es tombé dans la drogue, d'autres que tu es un alcoolique… Tu veux savoir ce que je pense ? demande le jeune homme ensanglanté d'une voix empoisonnée.

Charlie ne détourne pas les yeux, fixant son adversaire avec détermination.

— Je pense que tu es un foutu psychopathe qui a pété un câble et tué sa famille.

Les mots acérés du jeune homme trouvent leur cible, perçants comme une lame de rasoir. Ils réveillent une rage incontrôlée en Charlie, qui se jette sur lui, le frappant violemment.

La foule réagit, devenant de plus en plus bruyante alors que Nate et Oli se mêlent à la confusion, tentant de séparer Charlie du jeune homme. Ils s'emparent de Charlie, le forçant à reculer. Au même instant, le gérant de L'Équateur fait son apparition, visiblement furieux.

— Bande de petits cons ! Qu'est-ce qui vous fait croire que vous pouvez régler vos comptes ici ? Dégagez de mon établissement, je ne veux plus vous voir ! s'exclame-t-il d'une voix tonitruante.

Les amis du jeune homme au sol se précipitent pour l'aider à se relever, gardant un regard empli de mépris dirigé vers Charlie. Le gérant continue son avertissement, poussant légèrement le jeune homme blessé vers la sortie. Il ne peut s'empêcher de lancer un dernier sourire satisfait à Charlie, alimentant ainsi encore plus la fureur qui brûle en lui.

— Dehors, avant que j'appelle la police !

Le jeune homme blessé quitte les lieux sous les regards méfiants de chacun. Le gérant se tourne ensuite vers Charlie, son regard rempli de désapprobation.

— Quant à toi, j'espère que tu comptes payer pour la table que tu as brisée, lance-t-il d'un ton accusateur, pointant du doigt les débris de verre éparpillés au sol.

Charlie baisse les yeux un instant, sentant encore la colère brûler en lui. Les conséquences de ses actes impulsifs se font ressentir, mais il ne regrette en rien son geste.

Ellie reprend ses esprits et se tourne vers Nate.

— Te souviens-tu de mon idée de m'infiltrer dans le bureau du shérif ? On le fait demain, déclare Ellie avec détermination, provoquant un regard ahuri de la part de Raven.

— Quoi ! s'exclame Raven, les sourcils froncés et une expression de choc sur le visage. C'est quoi cette histoire ? demande-t-elle, cherchant à comprendre.

Ellie ne prête pas attention à l'étonnement de son amie et continue d'observer Nate, qui n'a pas encore dit un mot.

— On ne peut pas attendre plus longtemps, tu as vu ce qu'il vient de se passer. On doit prouver son innocence, sinon tout le monde continuera de l'accuser et ça ne fera qu'empirer ! Nate, on doit essayer, ajoute-t-elle.

— Hé ! Arrêtez de faire comme si je n'étais pas là. Vous voulez prouver l'innocence de Charlie en vous infiltrant dans le bureau du shérif ? Vous êtes complètement malades, c'est la pire des idées ! s'exclame Raven d'une voix indignée.

Ellie soupire et se tourne vers elle.

— Raven, tu as vu ce qu'il vient de se passer. Je suis également sûre que tu as remarqué que l'état de Charlie ne fait qu'empirer. Il s'éloigne, il boit de plus en plus, il se renferme… on doit faire quelque chose. Je suis convaincue qu'on peut trouver des preuves concrètes dans le dossier de l'affaire qui prouveraient son innocence à tout le monde. Pour l'instant, les gens ne voient que le fait qu'il a été acquitté faute de preuves solides, mais qu'il était tout de même présent sur les lieux de l'incendie, apparemment insensible.

Raven secoue la tête, désapprouvant cette idée.

— Tu sais que le shérif est le père de Simon, n'est-ce pas ? demande-t-elle en haussant les sourcils, son visage tendu.

— Je sais, et c'est pourquoi Simon ne doit rien savoir.

Raven souffle un rire incrédule.

— Tu veux sérieusement t'infiltrer dans le bureau du shérif, qui se trouve être le père de Simon, afin de trouver des indices pour innocenter Charlie ? Ellie, je t'adore, mais là, c'est trop, déclare Raven en secouant la tête.

Ellie soupire à nouveau, prête à répondre à Raven, mais c'est Nate qui prend la parole.

— Si on ne fait rien, on le regrettera, Ravy, dit-il d'une voix calme et solennelle. Charlie ne va pas bien, et si on ne fait rien il risque de s'enfoncer encore plus.

Surprises par la réponse de Nate, les deux jeunes femmes se tournent vers lui, l'une indignée et l'autre étonnée.

— Tu es sérieux ? dit Raven.

— Tu te souviens il y a quelques semaines, lorsque Charlie a disparu lors de la soirée du Nouvel An ? Ellie et moi l'avons retrouvé complètement ivre près du phare, sur le point de se faire tabasser par mes frères. Il était à peine conscient, Raven, dit-il d'une voix sérieuse, contrastant avec sa personnalité habituellement enjouée.

— Et j'ai également retrouvé Charlie complètement saoul sur le port il y a quelques jours, ajoute Ellie, veillant à ne rien révéler d'autre sur les événements de cette nuit-là.

Raven reste silencieuse pendant un instant, décontenancée par ce qu'elle entend. Elle savait que Charlie avait du mal à faire face à ses démons du passé, mais elle n'imaginait pas que la situation était aussi compliquée pour lui. Elle ressent de la tristesse pour lui, mais aussi un sentiment de regret de ne pas avoir remarqué plus tôt son état.

Elle soupire et passe une main sur son front, déchirée entre sa conscience et son devoir envers son ami. Elle pose les mains sur ses hanches et laisse son regard se promener autour d'elle. Les clients de L'Équateur semblent avoir repris leurs activités, en buvant et en riant bruyamment, tandis qu'une personne occupe désormais la scène. Son regard se pose sur Simon qui parle avec un autre jeune homme de son âge. Ils semblent plongés dans une discussion sérieuse.

— Et Simon dans tout ça ? demande Raven en reposant son regard sur ses amis. S'il apprend qu'on s'est infiltrés dans le bureau du shérif, il sera furieux. Sans parler des ennuis qu'il pourrait avoir si son père l'apprend.

— C'est pour ça qu'il ne doit rien savoir, pour le protéger, explique Ellie.

Raven soupire à nouveau. Elle sait que cette idée est dangereuse, mais elle ne peut se résoudre à laisser Charlie souffrir plus longtemps.

— Tu veux faire ça quand ?

Un léger sourire de satisfaction se dessine sur le visage d'Ellie, heureuse que Raven soit de la partie.

— Demain soir.

Les seules mauvaises idées sont celles qui ne sont jamais tentées.

Chapitre 24
Aléthéia

Selon le mythe d'Hadès et Perséphone, transmis à travers les récits de l'humanité, Perséphone aurait été enlevée alors qu'elle cueillait des fleurs dans un champ et condamnée à vivre dans les Enfers aux côtés de son roi, Hadès. C'est là l'histoire que l'on retient, l'histoire que l'on enseigne. Pourtant, ce que la mémoire collective omet de mentionner, c'est l'amour inconditionnel qu'Hadès portait à Perséphone. Durant son séjour dans le royaume des morts, Hadès a créé pour elle un jardin de fleurs, l'a traitée avec respect et compassion. Ce que l'humanité oublie, c'est que lorsque Perséphone s'est vu offrir le choix de retourner auprès de sa mère dans le monde des vivants ou de rester aux côtés de son époux, elle a choisi Hadès.

La vérité.

Elle n'existe véritablement que dans son entièreté, et devient mensonge lorsqu'elle est altérée ou partiellement racontée, comme le mythe d'Hadès et Perséphone.

— Ma tête va exploser, déclare Simon, épuisé, alors que le groupe quitte le restaurant, achevant leur journée de travail.

Raven lève les yeux au ciel, exaspérée.

— T'avais qu'à moins boire hier soir, rétorque-t-elle.
Nate affiche un sourire amusé.

— C'est vrai, t'es tellement faible quand il s'agit d'alcool, ajoute-t-il taquin.

— Et la dernière fois où tu étais ivre-mort, on en parle ? J'ai dû te récupérer au milieu d'un champ, lance-t-il.

Ellie rit à cette anecdote, marchant aux côtés de ses amis. Après une longue période d'absence, le soleil fait enfin son retour, répandant sa chaleur et apaisant les esprits. Cependant, une brise glaciale souffle, rappelant à tous que l'hiver est bel et bien installé.

— Tu n'as aucune preuve que ça s'est réellement passé, se défend Nate avec assurance.

Raven soupire et sort son téléphone. Après une brève recherche, elle affiche une photo de Nate, torse nu, allongé au milieu d'un champ. Simon pose à côté de sa silhouette endormie, les deux pouces en l'air. Raven montre ensuite d'autres photos où Simon prend diverses poses.

Nate fronce les sourcils, indigné par ces photos qu'il n'avait jamais vues auparavant.

— Vous avez fait une séance photo pendant que j'étais inconscient ?!

Il attrape violemment le téléphone de Raven et regarde les photos de plus près.

— Qui est le faible maintenant ? demande Simon.

Un sourire se dessine sur le visage d'Ellie alors qu'elle observe l'échange taquin entre ses amis, mais son expression se transforme rapidement lorsqu'elle aperçoit Charlie de l'autre côté du trottoir. Il marche d'un pas solitaire, les mains enfoncées dans les poches de son long manteau noir. Cela fait plusieurs semaines qu'ils n'ont pas eu de vraie conversation. Malgré les désaccords qui les ont divisés ces derniers jours, l'inquiétude s'immisce en elle lorsqu'elle pense à lui. Ellie ne peut s'empêcher de se demander comment il va, ce qu'il ressent et comment il fait face à tout ce qui s'est passé. Une part d'elle souhaite trouver un moyen de renouer avec lui.

— Continuez sans moi, annonce Ellie en s'éloignant pour traverser la rue et rejoindre Charlie. Ses amis, surpris par sa décision soudaine, n'ont pas le temps de répliquer.

Arrivée à la hauteur de Charlie, Ellie ralentit son pas, enfonçant ses mains dans les poches de son manteau. Il remarque sa présence à ses côtés. Ils marchent en silence pendant un moment, le bruit de leurs pas étant le seul environnant. Elle ne sait pas comment engager la conversation. Elle a peur de lui demander comment il va, car elle sait qu'il se refermera sur lui-même.

Lorsqu'ils arrivent au croisement où leur chemin sont censés se séparer, Ellie continue dans la direction de Charlie. Lorsqu'il remarque qu'elle continue, il s'arrête brusquement, forçant la jeune femme à lui rentrer dedans. Gênée et embarrassée, elle réarrange son bonnet sur sa tête et évite son regard.

— La maison de Marguerite est par là, indique-t-il en pointant la route opposée.

Ellie acquiesce nerveusement de la tête et se retourne. Charlie fait de même et s'éloigne dans la direction opposée. Mais au bout de quelques pas, elle s'arrête brusquement, exaspérée par l'embarras soudain qui pèse entre eux. Cette distance qui s'est installée ces derniers jours la dérange profondément, et elle sait que c'est sa faute. Déterminée, elle fait demi-tour et s'avance résolument vers Charlie. Elle saisit son bras, le forçant à s'arrêter.

— Il faut qu'on parle, déclare-t-elle.

— Si c'est pour me faire la morale à propos d'hier, c'est…

— Je suis désolée, Charlie, le coupe Ellie.

Surpris, il fronce les sourcils.

— Je n'aurais pas dû réagir comme je l'ai fait ce jour-là. Après tout ce qu'on a traversé ensemble, tu mérites de connaître la vérité sur mon passé, commence-t-elle d'une voix tremblante.

— Ellie…

— Ce que j'ai vécu… hésite-t-elle sur ses mots, son regard empli de détresse plongé dans celui de Charlie. Je ne suis pas encore prête à en parler, et ce n'est pas parce que je ne te fais pas confiance. Tu es sans doute la personne en qui j'ai le plus confiance, celle à qui j'ai le plus envie de tout dévoiler. C'est juste que… je ne suis tout simplement pas prête.

Charlie soupire et fait un pas en avant.

— Ellie, tu n'as pas besoin de t'expliquer.

Elle relève les yeux vers lui. Son expression est un mélange de détermination et de tristesse.

— Mais je te promets que je t'en parlerai. Je te le promets, Charlie, je te dirai la vérité lorsque je serai prête.

Charlie fixe Ellie, qui se tient devant lui, les yeux remplis de larmes et les bras le long du corps. Il a l'étrange sensation de se voir en elle. Au moment où il l'a rencontrée, il n'aurait jamais imaginé qu'elle aussi puisse porter un passé lourd. Sa personnalité rayonnante et ses sourires étaient de véritables masques. Cependant, il semblerait que ses démons soient tout aussi tenaces que les siens, et peut-être est-ce pour cette raison qu'il ressent cette connexion inexplicable avec elle. C'est comme si ses propres démons se taisaient en sa présence, trop occupés à danser avec les siens.

Empli d'un élan d'affection, Charlie franchit la distance qui les sépare et enlace Ellie. La jeune femme laisse échapper un sanglot de soulagement et encercle Charlie, laissant ses larmes couler. Ils restent ainsi quelques instants, se retrouvant après plusieurs semaines à se tenir à l'écart. Ellie ressent un sentiment de soulagement, elle craignait d'avoir brisé quelque chose.

— Annie m'a fait promettre de l'emmener patiner, tu veux venir ? demande-t-il d'une voix calme.

Ellie sourit et hoche la tête.

— J'adorerais.

Charlie tend son bras, la main dissimulée dans la poche de son manteau, et Ellie accepte ce geste avec bonheur. Elle lie son bras au sien et ils se mettent en route vers la maison. Quelques instants plus tard, ils se trouvent devant la maison où Annie est en train de les attendre assise sur le patio, ses patins à la main.

Le visage de la fillette s'illumine de joie lorsqu'elle aperçoit Ellie aux côtés de Charlie. Elle se précipite vers elle et se jette dans ses bras.

— Ellie, je suis trop contente de te voir !

— Moi aussi, Annie. Alors, prête à aller patiner ?

— Tu viens avec nous ? demande Annie avec surprise, le visage éclairé d'excitation.

Ellie hoche simplement la tête, et la petite fille éclate de joie.

— C'est trop bien ! Allez, on y va ! s'exclame-t-elle avec enthousiasme, saisissant la main de son frère et d'Ellie.

Des regards amusés sont échangés entre les deux, avant qu'ils ne montent tous les trois dans le vieux pick-up de Charlie.

— Est-ce que tu sais patiner ? demande Annie en arrivant devant la patinoire, ses grands yeux bleus rivés sur Ellie.

Elle a toujours trouvé amusant le fait que Charlie possède des yeux vert émeraude tandis qu'Annie possède des yeux bleu océan.

— Si tu considères que glisser sur place en me tenant à la rampe compte, alors oui.

— Je ne sais pas patiner non plus. C'est nul parce que je veux être patineuse aristique.

— Artistique, la corrige Charlie en ouvrant le bâtiment.

La fillette tire la langue avant de rentrer dans la patinoire. Un sourire se dessine sur le visage d'Ellie face à l'innocence d'Annie.

— Tu as les clés du bâtiment ?

— J'ai fait faire une clé lorsque j'étais dans l'équipe.

La porte s'ouvre sur un espace sombre et vaste. Charlie disparaît dans l'obscurité pendant quelques secondes. Peu de temps après, les lumières éclatantes s'allument, éblouissant Annie et Ellie. Les yeux de la petite brune finissent par s'habituer, révélant devant elle une immense patinoire. La glace est immaculée et les projecteurs la mettent en valeur.

Ellie est stupéfaite. Elle a toujours rêvé de patiner sur une véritable patinoire. Jusqu'à présent, elle n'avait eu l'occasion de patiner que sur de petites surfaces, spécialement aménagées pour les enfants pendant les vacances d'hiver. Cette patinoire est la plus grande qu'elle ait jamais vue.

— Allez, viens ! dit Annie en tirant le bras d'Ellie vers Charlie qui est assis dans les gradins.

— Annie, tes patins, dit-il en tendant une paire de patins à sa petite sœur.

Elle les prend et s'assoit pour les enfiler.

— Je reviens, dit-il avant de se diriger vers une porte près des gradins.

Charlie revient quelques minutes plus tard, tenant deux paires de patins dans sa main.

— Tiens, ça devrait être à ta pointure, dit-il en donnant la paire à Ellie.

Surprise, Ellie hausse les sourcils.

— Tu veux que je patine ?

— Tu ne pensais pas simplement nous regarder quand même ? réplique Charlie avec un sourire taquin. Enfile ça, dit-il en désignant les patins, avant de s'asseoir à son tour.

Il enfile ses patins avec une aisance déconcertante.

Annie continue de grimacer en essayant de lacer sa paire, ce qui n'échappe pas à son frère. Il s'accroupit à sa hauteur et lui fait rapidement ses lacets correctement.

— Merci, dit Annie, un peu déçue de ne pas avoir réussi seule.

— Vas-y, déclare Charlie en montrant la glace derrière lui.

La petite fille s'élance sur la glace sans hésitation, s'appuyant sur la rambarde. Ellie commence à nouer ses lacets, mais avant qu'elle ne puisse finir, Charlie se met à genoux devant elle et les noue à sa place.

— Tes lacets ne sont pas assez serrés. Tu pourrais te tordre la cheville si tu ne fais pas un nœud bien solide, dit-il en resserrant et en attachant les patins d'Ellie avec facilité.

Surprise, Ellie l'observe tandis qu'il se concentre sur sa tâche. Ses cheveux bruns tombent délicatement sur son front, formant de légères boucles qui ajoutent une touche de charme à son apparence.

— Prête ? demande-t-il, sortant Ellie de sa rêverie.

— Prête, répond-elle en attrapant la main qu'il lui tend.

Ils se dirigent ensemble vers la glace, et Charlie est le premier à poser le pied dessus. Ellie le suit de près, mais elle éprouve des difficultés à trouver son équilibre, posant maladroitement ses deux pieds sur la glace.

— C'est ta première fois sur la glace ?

— C'est ma première fois sur une vraie patinoire, répond Ellie d'une voix incertaine, essayant de faire quelques pas en avant.

Charlie esquisse un sourire amusé et se place devant elle, l'arrêtant dans son élan. Elle lève les yeux.

— Redresse ton dos et garde tes yeux fixés sur l'endroit où tu veux aller, lui dit-il. La jeune femme suit ses conseils, mais elle manque de perdre l'équilibre en se redressant. T'es vraiment pas douée, remarque-t-il.

— Pas besoin de le préciser, Sherlock !

Charlie rit et au même moment, un cri retentit de l'autre côté de la patinoire. Annie se retrouve les fesses sur la glace, arborant une moue triste sur son visage. Sans attendre, Charlie patine avec aisance jusqu'à l'autre côté de la patinoire pour aider Annie à se relever. Ellie se retrouve maintenant seule sur le côté de la patinoire, se sentant mal à l'aise sur la glace. Elle tente de faire des pas en avant, mais chaque tentative est un pas de plus vers la chute. Après plusieurs essais infructueux, elle décide de s'accrocher fermement à la rambarde et d'observer Charlie et Annie de loin.

Ils échangent quelques mots, mais Ellie ne peut pas les entendre depuis sa position. La petite fille commence à effectuer de plus grands mouvements sur la glace, faisant glisser ses patins. Bien qu'elle manque de tomber à plusieurs reprises, les bras de Charlie sont toujours là pour la stabiliser.

Après quelques minutes à expliquer les bons gestes à Annie, Charlie attrape la main de sa petite sœur et se met à patiner à ses côtés. Le duo progresse lentement sur la patinoire, et à chaque avancée, Annie gagne en confiance.

Ellie observe la scène avec fascination, trouvant leur relation fraternelle touchante.

— J'y arrive ! Regardez, j'y arrive ! s'exclame Annie, sa voix résonnant dans l'immense espace.

Ellie sourit davantage, heureuse de voir qu'elle a finalement réussi. Charlie sourit lui aussi, mais de manière plus discrète. Il finit par lâcher la main de la fillette et patine à ses côtés.

— Tu te débrouilles bien, l'encourage-t-il.

Annie rit et continue de patiner, ses deux petites mains tendues devant elle pour prévenir toute chute.

— Doucement quand même, remarque Charlie, maintenant solidement appuyé sur la rambarde à l'extrémité de la patinoire où Annie se trouve. J'aimerais éviter que tu te retrouves à l'hôpital avec une jambe cassée, ajoute-t-il d'un ton calme.

Annie ignore son frère et poursuit fièrement son chemin sur la glace.

Charlie prend un moment pour l'observer. Son sourire lui réchauffe le cœur et lui procure un certain réconfort quant à ses capacités à s'occuper d'elle. Il lui arrive parfois de douter de son rôle de grand frère. Cependant, son attention est attiré par Ellie qui grogne de frustration alors qu'elle essaie de se détacher du bord. Il décide de lui venir en aide et patine jusqu'à l'autre bout de la patinoire, passant près d'Annie.

— Je pense qu'il est temps que je te donne un vrai cours, dit-il.

Ellie soupire, exaspérée par son manque de dextérité sur la glace.

— Je t'ai dit de redresser ton dos et de ne pas regarder tes pieds. La posture est importante.

Ellie se redresse, ses jambes tremblantes et son corps chancelant vers l'avant.

— Garde ton regard vers l'avant, insiste-t-il.

Elle relève la tête et ses yeux rencontrent les iris verts de Charlie. Sous les lumières vives, ses yeux semblent encore plus éclatants.

— Tes bras doivent maintenir l'équilibre, explique-t-il en saisissant les poignets d'Ellie pour écarter ses bras. Ils doivent accompagner chaque pas en avant. Quant à tes pieds, ils doivent se diriger vers l'extérieur lorsque tu patines. Est-ce que tu as compris ?

Ellie hoche la tête et se concentre. Il finit par relâcher sa prise sur ses poignets, mais reste à proximité au cas où. La glace se détériore rapidement sous ses patins, ce qui la fait presque tomber à plusieurs reprises.

— Tes pieds ne doivent presque jamais quitter le sol. Tu dois glisser plutôt que frapper le sol avec tes pieds. Sinon, tu abîmes la glace et perds ton équilibre, explique Charlie.

Ellie reprend ses mouvements en faisant glisser ses pieds vers la droite puis vers la gauche. Cependant, le mouvement est encore trop brusque, ce qui lui fait perdre l'équilibre et tomber en arrière. Elle grogne de frustration en heurtant la glace, ce qui fait rire Annie.

Charlie laisse échapper un rire à son tour et tend la main à Ellie, qui l'attrape volontiers pour se remettre sur ses pieds.

— Allons-y plus doucement cette fois-ci.

Il saisit les deux mains d'Ellie dans les siennes, et le cœur de la jeune femme s'accélère légèrement à ce contact soudain.

— Regarde devant toi. Laisse ton pied glisser plus longtemps. Fais de grands pas, pas de petits pas qui te déséquilibrent.

Ellie suit les conseils de Charlie sans dire un mot et fait de plus grandes enjambées, sentant son équilibre se stabiliser. Après un instant, elle gagne de plus en plus confiance, jusqu'à ce que Charlie finisse par la lâcher.

— Trop forte ! s'exclame Annie en manquant de tomber. La fillette se rattrape en s'accrochant à la rambarde, la tenant fermement.

— Vas-y doucement, rappelle Charlie.

Annie hoche la tête et patine près du bord cette fois-ci.

Ellie, de son côté, patine maintenant normalement, bien qu'elle ne soit pas encore à l'aise. Elle commence à faire quelques tours de patinoire, prenant un bon rythme.

Charlie, quant à lui, patine jusqu'à rejoindre Annie près du bord.

— Tu apprends vite, déclare-t-il avec un sourire fier aux lèvres.

— Bientôt je serai une patineuse aristique ! s'exclame-t-elle avec enthousiasme.

— Je t'ai dit que c'était patineuse « artistique ».

Annie hausse les épaules et continue de faire des tours de patinoire main dans la main avec son frère. Après quelques minutes, la fillette commence à fatiguer.

— Est-ce que je peux aller jouer au babyfoot ? demande-t-elle.

Charlie hoche la tête et l'observe s'éloigner. En voyant Ellie devant lui, les bras écartés bien grand sur les côtés, il décide de la rattraper. Il accélère comme il le ferait au hockey et parvient facilement à la rejoindre.

— Je t'ai fait peur ? demande-t-il, amusé, en patinant à côté d'elle.

— Non, tu as failli me faire tomber, surtout.

— Oh, tu te débrouilles déjà très bien toute seule pour ça, rétorque-t-il avec un sourire taquin aux lèvres.

Ellie le regarde avec une expression faussement offensée.

— Tu as de la chance que je ne puisse pas te frapper ! lance-t-elle en plaisantant.

Il souffle un rire puis, de manière inattendue, entrelace ses doigts avec les siens. Surprise par cette initiative, Ellie reste silencieuse et continue de patiner à ses côtés.

— Au fait, comment s'est passé ton week-end à Falmouth ? demande-t-il soudainement, les yeux fixés devant lui.

Ellie fronce les sourcils, étonnée par la question.

— Pourquoi tu me demandes ça ?

— Avec tout ce qui s'est passé, je n'ai pas vraiment eu l'occasion de te le demander, répond-il d'une voix calme.

Ellie sourit, reconnaissante de son attention aux détails.

— C'était bien. J'ai revu mon meilleur ami et sa famille.

— Cody, c'est ça ?

Ellie tourne brusquement la tête vers Charlie, ralentissant sur la glace.

— Comment tu connais son prénom ?

Charlie esquisse un rire.

— Marguerite n'a pas la langue dans sa poche.

— C'est sûr, dit-elle.

Elle se demande ce que Marguerite a pu dire d'autre à propos de Cody. Pourquoi en a-t-elle parlé à Charlie ? Qu'est-ce qu'elle a bien pu lui raconter ?

— Il paraît que vous avez un passé ensemble, dit-il d'une voix calme tandis qu'il patine avec aisance.

Ellie se sent soudainement mal à l'aise et détourne son regard vers la glace. Parler de son passé avec Cody la perturbe étrangement. Cependant, elle a promis à Charlie de se confier à lui et ne peut pas continuer à éviter ses questions.

— C'est vrai, Cody était mon premier amour. On a grandi ensemble et je lui porte toujours beaucoup d'affection, mais il n'y a plus rien entre nous. On s'entend beaucoup mieux en tant qu'amis, dit-elle en observant ses patins glisser sur la glace.

Au même moment, son pied s'accroche à la glace et elle manque de tomber. Encore une fois, Charlie la rattrape et encercle un bras autour de sa taille.

— Qu'est-ce que je t'ai dit, Ellie ? Les yeux rivés droit devant, dit-il en esquissant un léger sourire. Puis, son visage prend une expression plus sérieuse. Sache que je ne veux pas te forcer à parler de quoi que ce soit. J'ai eu tort de m'énerver la dernière fois.

Un élan d'affection traverse Ellie, reconnaissante d'avoir quelqu'un qui la comprend à ses côtés. Sa main toujours dans celle de Charlie, elle caresse doucement sa main avec son pouce pour le rassurer.

— Si je te parle de Cody, c'est parce que j'en ai envie. Je n'ai pas envie que ça vienne détruire ce qu'il y a entre nous.

Charlie hausse un sourcil, l'air taquin.

— Qu'est-ce qu'il y a entre nous ?

Ellie lui rend un regard espiègle.

— Eh bien, pour l'instant, c'est une belle amitié en train de se former, non ? dit-elle, jouant le jeu.

Charlie souffle un rire et tire Ellie vers lui. Leurs visages ne sont désormais qu'à quelques centimètres l'un de l'autre. Ellie sourit, heureuse de retrouver cette complicité et cette proximité avec Charlie. Il lui a terriblement manqué.

Il abaisse la tête vers Ellie, leurs lèvres sont à quelques centimètres l'une de l'autre, lorsque Annie réapparaît sur la patinoire.

— Je déteste le babyfoot ! s'exclame-t-elle.

Charlie et Ellie s'écartent immédiatement l'un de l'autre, ce qui fait basculer Ellie en arrière sur la glace.

Elle grimace de douleur tandis que Charlie se met à rire discrètement à côté d'elle. Elle lui lance un regard noir, mais accepte tout de même la main qu'il lui tend pour l'aider à se relever.

— Qu'est-ce qu'il t'arrive ? demande Charlie en patinant vers sa petite sœur.

— J'arrive jamais à gagner ! dit-elle en croisant les bras sur sa poitrine.

— Annie, tu jouais seule, comment tu peux perdre ?

— C'est nul, c'est tout ! déclare-t-elle.

Charlie et Ellie échangent un regard amusé et rejoignent Annie dans les gradins.

— Je pense que c'est l'heure d'y aller, déclare-t-il en enlevant ses patins.

Ellie fait de même à côté de lui.

— Merci pour ce cours de patins, me voilà moins crispée sur la glace, dit Ellie.

— Moins crispée, je n'irais pas jusque-là, rétorque-t-il. Ellie lui lance un regard noir tandis qu'il esquisse un sourire amusé. Mais je dois avouer que t'as fait des progrès et tu apprends vite.

— Ce n'est pas tous les jours qu'on reçoit un cours d'un joueur professionnel, tu es un bon coach.

Le visage de Charlie se voile légèrement à ce commentaire.

— Je suis loin d'être un professionnel.

— Tu pourrais largement l'être, dit sincèrement Ellie, se rappelant la conversation qu'elle a eue avec Nate au jour de l'an. Tu aurais pu l'être, ajoute-t-elle.

Charlie tourne la tête vers Ellie, se doutant que Nate a dû lui parler du recrutement de la NHL et de son refus. Après tout, ils étaient dans la même situation. Charlie n'a jamais vraiment compris pourquoi Nate n'a pas accepté l'offre. Après tout ce qu'il s'est passé, il aurait pu se construire une vie et oublier tout ça.

— J'imagine que ce n'était pas pour moi, répond-il d'une voix calme.

— Est-ce que tu aurais aimé jouer pour la NHL ?

Charlie prend un instant pour réfléchir. Sa réponse aurait été évidente il y a un an. C'était même son principal objectif avec Nate et Milo. Ils ne vivaient que pour les recrutements. Charlie avait même fait faire un double des clés de la patinoire en cachette afin de pouvoir s'entraîner la nuit avec ses amis. Ils passaient des heures à s'entraîner jusqu'à épuisement. Il aimait sentir la glace sous ses pieds, il aimait la sensation de vitesse que cela lui procurait et même l'adrénaline qu'il recevait lorsqu'il se faisait envoyer valser sur la glace. Mais tout cela a bien changé. L'accident est arrivé et sa famille est partie en flammes, tout comme son rêve.

Il a désormais la responsabilité d'Annie, bien qu'il ne soit pas son gardien légal.

— Avant, j'aurais dit oui sans hésiter, avoue-t-il finalement. Mais maintenant, mes priorités ont changé.

Ellie observe Charlie un instant, consciente des sacrifices qu'il a faits. Une pointe de tristesse l'envahit en réalisant qu'il a laissé passer l'opportunité de devenir la personne qu'il rêvait d'être. Elle sait à quel point le hockey était important pour lui. Ils échangent un regard complice, empli de toutes les choses qu'ils aimeraient se dire.

— Bon, on y va ? s'exclame Annie.

— Allons-y.

Le trio quitte la patinoire, franchissant la porte qui donne sur un paysage entièrement recouvert de neige. Les flocons tombent doucement du ciel, créant une atmosphère féerique. Le visage d'Annie s'illumine et elle sautille de joie.

— Il neige, il neige ! s'exclame-t-elle avec enthousiasme.

Charlie lève les yeux vers le ciel pendant un instant, puis reprend son chemin en direction de son pick-up. Ellie, quant à elle, affiche un sourire radieux, se réjouissant de ce paysage blanc. Elle a toujours été fascinée par la neige et la magie qu'elle apporte. Tout devient plus beau lorsqu'il neige. Le paysage se transforme en un blanc immaculé, comme figé dans le temps.

Certains flocons viennent se nicher dans ses cheveux bruns et sur son visage, lui donnant une sensation étrange d'être pleinement vivante. Cependant, le bruit violent d'une porte qui se referme la ramène à la réalité. Charlie est déjà installé dans le pick-up, paraissant un peu renfermé et silencieux. Ellie aide Annie à monter à bord avant de s'asseoir à côté d'elle. Charlie démarre le moteur tandis que la fillette allume la radio devant elle.

La nuit avance et Ellie décide de se reposer un peu. Elle pose sa tête contre la vitre et se laisse bercer par le ronronnement du moteur. Les flocons de neige continuent de tomber, se collant sur la vitre juste devant ses yeux. Elle trace doucement leurs contours du bout du doigt, se demandant si la neige sera encore là demain pour l'accueillir.

Charlie observe attentivement la route sombre qui s'étend devant lui, se demandant ce que Samuel aurait pensé de cette neige. Son frère détestait la neige, affirmant que cela rendait les trajets plus longs et plus froids, et qu'elle était sans doute une invention diabolique pour infiltrer les chaussettes. Charlie se rappelle qu'un jour de neige, Samuel avait même refusé d'aller au lycée.

« J'ai de nouvelles chaussettes ! Hors de question de les ruiner. Je t'économise de l'argent, maman », avait-il déclaré à leur mère. À l'époque, Charlie était bien plus jeune que son frère, mais il avait également rejoint sa cause, suppliant leur mère de les laisser rester à la maison ce jour-là. La neige ne le dérangeait pas autant que Samuel. Tout ce qu'il voulait, c'était passer du temps avec son grand frère.

Ellie soupire bruyamment, attirant l'attention de Charlie. Ce dernier détourne brièvement le regard vers elle qui a les yeux fermés et la tête contre la vitre.

Il prend un instant pour remarquer les quelques flocons fondant dans ses cheveux bruns. Ses joues sont rosées, probablement à cause du froid glacial. Ses cils reposent délicatement sur ses paupières, caressant sa peau de porcelaine tandis que ses mains sont enfoncées dans les manches de son pull.

Il ne peut s'empêcher de la comparer à *elle*. Elle est son exact opposé. Complètement différente.

Après quelques instants, Charlie prend un virage et gare le pick-up dans une station-service déserte. De faibles néons jaunes vacillants éclairent la station, laissant les alentours plongés dans l'obscurité.

Il descend du pick-up et se dirige vers la pompe.

— Ellie, appelle Annie.

Ellie, qui avait les yeux fermés jusque-là, se redresse.

— Hum ?

— Est-ce que tu es vraiment docteur ? demande innocemment la fillette.

— J'étudie pour le devenir. Je suis à l'école pour devenir docteur, ajoute-t-elle en prenant conscience qu'elle s'adresse à un enfant.

Les yeux d'Annie s'élargissent de surprise, captivée par sa réponse.

— Et toi ? Qu'est-ce qui t'a donné envie de devenir patineuse artistique ? demande à son tour Ellie.

Annie écarte une mèche blonde de son visage et se tourne vers Ellie, prête à partager son histoire.

— Un jour, je suis allée voir un entraînement de Charlie avec Hazel, et dans un coin de la patinoire, il y avait une patineuse aristique. Elle avait un costume pailleté et elle faisait des tourniquets sur la glace, c'était trop bien ! J'ai dit à Hazel que je voulais faire comme elle plus tard, et elle m'a dit qu'il fallait que je demande à mon frère de m'apprendre à patiner, explique-t-elle avec une pointe d'excitation. Oh, et elle m'a même acheté une tenue de patineuse ! Je te la montrerai quand tu viendras à la maison, ajoute-t-elle avec un sourire radieux.

— D'accord, j'ai hâte de la voir, répond-t-elle, appréciant la complicité naissante entre elles.

Charlie finit par remonter dans le pick-up, laissant échapper un soupir qui se transforme en vapeur dans l'air froid. Il redémarre le moteur et sort de la station-service. Fatiguée, Annie repose sa tête sur l'épaule d'Ellie et ferme les yeux, cherchant le réconfort du sommeil.

Ellie, elle, reste pensive, réfléchissant aux paroles d'Annie. Hazel semblait occuper une place importante dans la vie de Charlie. Nate l'avait mentionnée lors de cette nuit où ils ont veillé sur Charlie. Une curiosité grandissante s'empare d'elle, mais elle sait que ce n'est pas le moment de poser des questions.

Une chanson familière résonne à la radio, et Ellie reconnaît immédiatement les premières notes. Prise de plaisir, elle se met à fredonner les paroles, oubliant momentanément la présence de Charlie à ses côtés.

— *I met you at JC Penney's. I think your name tag said Jenny*, fredonne-t-elle.

Charlie tourne la tête vers Ellie, captivé par l'expression de la jeune femme plongée dans sa bulle, complètement transportée par la chanson. Sans dire un mot, elle continue à marmonner les paroles au rythme de la musique.

Soudain, Charlie se met à fredonner également.

— *I wanna get with you, oh girl. And your sister, I think her name is Debra. I wanna get with you, only you, girl and your sister, I think her name is Debra.*

— Tu connais cette chanson ? demande Ellie, curieuse de savoir comment il l'a découverte.

— Ta grand-mère la chantait toujours quand elle venait cuisiner à la maison avec ma mère, explique-t-il.

— Elle avait l'habitude de me la chanter lorsque je n'arrivais pas à m'endormir quand j'étais petite, se remémore Ellie, les yeux perdus sur la route devant elle.

Le reste du trajet se fait au rythme de la radio, plongeant le duo dans une atmosphère reposante, presque hors du temps.

— Merci de m'avoir ramenée, déclare Ellie en sortant du véhicule.

— Je n'allais pas te laisser rentrer à pied avec ce temps, surtout après avoir vu à quel point tu es douée avec tes deux pieds, réplique Charlie avec un sourire.

Ellie lève les yeux au ciel.

— J'ai compris que je suis nulle et que je ne serai jamais aussi douée que le grand hockeyeur Charlie Wolf, plaisante-t-elle.

Il souffle un rire.

— Tu te débrouilles bien, finit-il par avouer.

— Hum, j'ai sans doute un grand avenir dans le patinage.

Charlie laisse échapper un rire en observant Ellie à travers la fenêtre ouverte de son véhicule. Les flocons de neige tombent autour d'elle, se nichant dans sa chevelure brune et sur son manteau. L'atmosphère est douce, et les épaisses couches de neige créent un silence réconfortant. Un large sourire radieux illumine le visage d'Ellie, et pendant un instant, Charlie est fasciné par cette scène.

À ce moment-là, elle lui évoque le matin de Noël, les feux d'artifice écarlates qui étincellent dans le ciel noir, portant les vœux d'anniversaire susurrés au-dessus d'un gâteau surmonté de bougies, légers comme l'air.

En elle, il trouve le réconfort, une flamme ravivée ; lui rappelant ce qu'est l'existence, l'art de vivre, d'avoir un cœur qui bat, qui ne cesse de vibrer.

* * *

Une fois Charlie parti, Ellie se lance dans une course effrénée sous les flocons. Elle traverse la ville avec une hâte fiévreuse, frôlant la glissade à maintes reprises. La nuit s'est installée, drapant les rues d'une profonde solitude. Après quelques minutes, elle atteint enfin le commissariat de la petite ville. Le souffle court, ses poumons embrasés par l'effort, Ellie se tient là, devant le bâtiment, son visage marqué par la détermination. La neige se dépose sur ses épaules, mélangeant ses essoufflements avec des flocons cristallins.

— Ellie j'étais à deux doigts de faire appel à un marabout pour te maudire ! s'exclame Nate.

— On a pensé que tu ne viendrais pas, ajoute Raven pendant qu'Ellie essaie de reprendre son souffle, penchée en avant avec les mains sur les genoux.

— Désolée, j'étais avec Charlie et je n'ai pas vu le temps passer, dit-elle d'une voix essoufflée.

Nate hausse un sourcil.

— Oh tout s'explique, dit-il, un air taquin sur le visage.

Ellie, légèrement embarrassée, évite le regard de son ami.

— Bon, on n'a pas que ça à faire, donne-moi les clés avant que je change d'avis, déclare Raven en tendant la main vers Nate.

— Tu veux passer par la porte d'entrée ?

Raven fronce les sourcils.

— Par où tu veux passer ? T'as piqué les clés de Simon pour une bonne raison, non ?

— Oui, mais j'imaginais notre mission plus périlleuse, avec un peu plus d'action comme dans *James Bond*, dit-il en faisant tourner les clés autour de son doigt.

— On n'est pas dans un film d'action et t'es loin d'être James Bond.

Un sourire amusé illumine le visage d'Ellie pendant que Nate marmonne quelque chose de manière inaudible. Raven se dirige vers la porte d'entrée du vieux commissariat et y insère la clé.

Le cœur d'Ellie bat la chamade alors qu'elle pense à ce qu'ils sont sur le point de faire. Elle jette un coup d'œil aux alentours, espérant que personne ne les surprenne, mais la neige qui tombe abondamment et l'heure tardive devraient dissuader toute présence.

— Raven, attends ! s'exclame soudain Ellie. Nate et Raven lèvent brusquement les yeux vers elle. Et si quelqu'un est là ? Normalement, il y a toujours quelqu'un de garde au poste, non ?

— On est à Edgartown, Ellie. L'effectif est très réduit et la personne de garde est généralement chez elle en attendant un appel, explique Nate, cherchant à la rassurer.

Quelque peu apaisée, Ellie hoche la tête pendant que Raven tourne la clé dans la serrure, ouvrant les portes quelques instants plus tard.

— Je n'arrive pas à croire que je suis en train de faire ça, marmonne Raven en poussant les portes du commissariat.

— Ravy, je t'adore, mais soit tu te joins à nous sur cette affaire, soit tu peux rentrer chez toi, déclare Nate d'une voix étrangement sérieuse.

Raven passe une main nerveuse dans ses cheveux.

— Je vous jure, à cause de vos bêtises, on va tous finir en enfer, déclare-t-elle avant de franchir le seuil de la porte et de pénétrer dans le vieux bâtiment.

Nate esquisse un sourire.

— Ne t'inquiète pas, j'ai une place réservée là-bas, on fera du covoiturage, dit-il en entrant à son tour, suivi d'Ellie.

Ils se dirigent tous les trois vers le bureau du shérif, et Raven déverrouille la porte à l'aide des clés. Nate allume, dévoilant ainsi l'espace devant leurs yeux.

— Très bien, Nate, tu cherches de ce côté, dit Ellie en montrant du doigt le côté droit du bureau. Et Raven, tu peux chercher de ce côté-là ? demande-t-elle en désignant l'étagère où plusieurs dossiers sont posés.

Raven hoche la tête et se met au travail. Ellie, quant à elle, s'occupe de la seconde étagère qui se trouve à côté du bureau.

— Qu'est-ce qu'on cherche exactement ? demande Raven en enlevant ses gants noirs.

— On cherche le dossier des Wolf concernant l'incendie. Il devrait y avoir un document officiel qui relate tous les faits et qui explique pourquoi le dossier a été classé comme un accident.

Raven hoche la tête et se remet à chercher parmi les centaines de dossiers empilés sur l'étagère. Ellie se lance également dans ses recherches de son côté. La plupart des noms lui sont inconnus, mais elle trouve cela fascinant. Chaque dossier renferme une histoire unique, un scénario que les enquêteurs ont dû retracer de A à Z. Ellie fait glisser ses doigts le long des piles jusqu'à ce qu'elle atteigne la lettre qui l'intéresse : W.

Sur l'étagère, le peu de dossiers portant la lettre « W » facilite la recherche. Cependant, aucun au nom de Wolf ne s'y trouve. Après un moment, Ellie soupire et se tourne vers ses deux amis, espérant qu'ils aient découvert une piste. Raven est maintenant assise par terre, entourée de dossiers, tandis que Nate est penché sur l'un d'eux. Curieuse, Ellie s'approche de lui et lit par-dessus son épaule.

— Luna Helfer, lit Ellie à voix haute. Qui est-ce ? demande-t-elle.

Au son de ce nom, Raven lève brusquement la tête, une expression inquiète sur le visage. Nate pose le dossier sur le bureau et se lève précipitamment.

— J'ai besoin de prendre l'air un moment, déclare-t-il avant de quitter le bureau du shérif.

Perplexe, Ellie fronce les sourcils et prend le dossier entre ses mains.

— Il la connaît ?

Raven soupire et hoche la tête.

— Il la connaissait. Elle est décédée.

Raven se lève et rejoint Ellie près du bureau. Surprise par cette révélation soudaine, la jeune femme reste silencieuse, ne sachant pas quoi dire.

— Luna était une fille à part à Edgartown. Elle était toujours dans la lune, dans un autre monde. Son père était le gardien de l'église de la ville, alors tout le monde la connaissait. Elle n'a jamais connu sa mère. Elle n'avait pas beaucoup d'amis, car la plupart des gens la trouvaient trop étrange et bizarre à leur goût. Elle a grandi ici, tout comme nous tous.

Ellie écoute attentivement Raven, laissant les mots s'immiscer dans l'atmosphère clandestine de cette soirée.

— Nate et Luna étaient amis. En fait, je crois que Nate était son seul ami. Il la défendait toujours contre les idiots qui l'embêtaient à l'école. On a essayé d'être amis avec elle, mais à l'époque, notre groupe avait une réputation qui n'intéressait pas vraiment Luna. La popularité des garçons l'effrayait. Elle a repoussé Nate à de nombreuses reprises pour cette même raison, mais il a insisté, jusqu'au moment où elle a commencé à tolérer sa présence. Nate avait l'habitude de la raccompagner chez elle le soir, ils habitaient dans la même rue. Jusqu'au jour où elle ne l'a pas attendu.

La voix de Raven devient considérablement plus grave, ajoutant du poids à l'atmosphère ambiante. Ellie, sans s'en rendre compte, retient son souffle, effrayée par ce qui est sur le point d'être révélé.

— Un soir, Luna a été retrouvée morte dans son jardin. Quelques jours plus tard, l'autopsie a révélé qu'elle s'était suicidée en prenant des somnifères, explique Raven.

— Nate a dû être dévasté, remarque Ellie.

Raven repousse une mèche rousse de son visage.

— Il s'est enfermé chez lui pendant deux semaines, refusant de voir quiconque. Puis, un beau jour, il est sorti comme si de rien n'était. Chaque fois qu'on essayait de lui demander comment il allait, il évitait la question et partait avec une fille qu'il ne connaissait même pas. On aurait dit qu'il avait effacé cet événement tragique de sa mémoire. Il n'en a jamais parlé depuis.

Ellie s'apprête à dire quelque chose lorsque Nate fait son retour dans le bureau.

— On devrait se remettre au travail, il ne faut pas perdre de temps, déclare-t-il d'une voix agitée, passant une main nerveuse dans ses cheveux, évitant le regard intense des deux jeunes femmes.

Raven et Ellie échangent un dernier regard inquiet avant de reprendre leurs recherches. Raven continue d'explorer l'étagère, tandis qu'Ellie décide de fouiller les compartiments du bureau. Quant à Nate, il replace le dossier de Luna en bas de la pile et poursuit ses recherches.

Ellie ouvre le premier compartiment, qui ne contient que quelques carnets vides et des stylos usés. Elle passe au second et est déçue de découvrir qu'il ne renferme que des feuilles A4 totalement vierges. Elle tente ensuite d'ouvrir le troisième compartiment, mais il est bloqué. Elle tire avec plus de force, mais il est fermé à clé. Elle attrape alors le trousseau de clés qui est maintenant par terre. La serrure est de taille considérablement plus petite que les autres, mais la bonne clé ne devrait pas être difficile à trouver. Ellie essaie d'insérer une petite clé jaune, mais elle constate avec déception que ce n'est pas la bonne. Elle essaie ensuite une deuxième clé de même taille et forme. À sa grande joie, le compartiment s'ouvre.

Elle en extrait une pile de dossiers avec des noms écrits en rouge sur fond blanc. Confortablement installée par terre, éclairée par la petite lampe de bureau, elle commence à fouiller parmi les dossiers. Elle n'est pas surprise de trouver le dossier de Zack et Andrew Darwell. Cependant, un dossier en particulier attire son attention. Il s'agit d'un autre dossier portant le nom de Luna Helfer. Celui-ci est beaucoup plus épais que les autres et est fermé par une attache. Ellie lève brièvement les yeux vers Nate et Raven, se demandant si elle devrait jeter un coup d'œil au dossier. Poussée par une curiosité dévorante, Ellie défait l'attache qui maintient le dossier et commence à lire. Les premières pages sont remplies de formalités qu'elle ne cherche pas à comprendre. Cependant, au milieu de toutes ces pages, elle découvre le constat établi par M. Beckett.

Les yeux d'Ellie s'écarquillent alors qu'elle lit les premières lignes : *« […] Luna Stewart Helfer a été retrouvée sans vie le 6 mars 2016 à l'angle de Main Street et Church Street après avoir été renversée. […] Aucun délinquant identifié sur les lieux… »* Ce qu'Ellie découvre par la suite lui coupe le souffle : *« […] seul témoin étant Olivia Wolf… »*

À la mention du nom de la mère de Charlie, Ellie laisse tomber le dossier brusquement sur le parquet, ce qui fait se retourner Nate et Raven.

— T'as trouvé quelque chose ? demande Raven, les sourcils froncés.

Nate se lève et s'approche d'Ellie, prenant le dossier entre ses mains.

— Nate, non ! s'exclame Ellie, mais il est déjà trop tard, il est déjà plongé dans le document.

Raven lit également par-dessus son épaule. Ellie observe péniblement le visage de ses amis se décomposer au fur et à mesure qu'ils lisent le dossier. Un silence glacial s'installe dans le bureau. Nate dirige son regard vers Ellie, toujours assise au sol. Ses yeux, d'ordinaire chaleureux et espiègles, se voilent d'une sombre tristesse, mais elle sait que toute cette colère ne lui est pas destinée.

Dans un murmure qui la fait frissonner, Nate déclare :

— Luna ne s'est pas suicidée. Le shérif a menti.

Soudain, Raven intervient, tenant un autre dossier entre ses mains.

— Ce n'est pas la seule chose sur laquelle il a menti. Son visage est maintenant pâle, arborant une expression qui glace le sang.

Nate et Ellie écarquillent les yeux en remarquant le nom de famille de Charlie inscrit sur le dossier.

Raven déglutit et annonce d'une voix tremblante :

— L'affaire des Wolf a été classée comme un meurtre non résolu…

Le célèbre écrivain James A. Baldwin a dit un jour : *« La vérité vous rendra libre, mais d'abord, elle vous rendra misérable. »*

« Célébrez les fins car elles précèdent les nouveaux commencements. »
Jonathan Lockwood Huie

Remerciements

Parce que ce que je n'étais pas seule dans
l'incroyable aventure qu'a été l'écriture de ce roman,
je tiens à remercier toutes les personnes
qui m'ont apporté leur soutien
et qui n'ont jamais cessé de m'épauler.
Je vous en suis incroyablement reconnaissante.

Mille merci à :
Elodie Quach
(I purple you)
Oriane Samba
Justine Lambert
Nolwenn Gautier
Heidi Bride
Lilou Récamier

DREAM TEAM

Anais

Nell

Emma

Alexia

Diana

Alice

Maylis

❤

Table des matières

ISBN : 978-2-38015-823-6

Dépôt légal : octobre 2023
Achevé d'imprimer en septembre 2023 en Espagne par Liberdúplex